이별
다섯
번

41회 《여성동아》 장편소설 공모 당선작

이별 다섯 번

김설원 지음

Contents

1. 가갸거겨고교구규 _____ 8
2. 아버지의 퍼즐 _____ 23
3. 말 좀 해봐 _____ 39
4. 염소치즈 _____ 55
5. 렘브란트를 만나다 _____ 72
6. 어떤 경험 후에 우리는 이름을 바꿔야 할 것이다 _____ 89
7. 두 개의 그늘 _____ 108
8. 문간방 처녀 _____ 121
9. 한로의 아침식사 _____ 136
10. 고향이 어디지? _____ 151
11. 물냉면 _____ 169
12. 섹스는 보험이야 _____ 181
13. 지문 밟기 _____ 203
14. 달섬에서의 특별한 점심식사 _____ 226
15. 권총 한 자루 _____ 241
16. 구멍 _____ 259
17. 제비는 달력 속에만 있다 _____ 283

에필로그 _____ 304
추천사 _____ 308

모든 생각은 방해받은 감각에서 태어난다.
다른 사람을 깊이 이해하는 방법은 자신의 가장 깊은 곳으로 내려가는 것이다.

- E. M. 시오랑

1
가갸거겨고교구규

관능적인 녹음실이다. 한 평 남짓한 공간, 사무용 집기라고는 책상과 컴퓨터가 전부다. 보디빌더의 적갈색 피부를 연상시키는 벽이 은밀한 분위기를 자아낸다. 천장도 낮다. 녹음실은 너무도 괴괴해서 내 숨소리만 들릴 뿐이다. 팔걸이의자에 몸을 부리는 찰나 누군가의 다부진 팔이 내 둔부를 감싸 안는 듯하다. 엉덩이를 씰룩거려본다. 자극적이다. 말 그대로 구미가 동할 때마다 사뿐히 날아들어 마이크와 입을 맞추고 싶은 욕구가 절절 끓어오른다. 이 섹시한 녹음실을 독차지하려면 이제부터 열의를 다해 내 목소리의 진가를 발휘해야 한다. 나는 생선가시를 뱉어내듯 캑캑거리며 목청을 가다듬는다.

녹음실 직원이 A4용지를 들고 왔다. 어딘가 멍청하고 고지식해 보인다. 도수가 높은 안경 뒤에서 몽몽한 눈이 게으르게 깜박거린다. 순간 뛰어난 달리기 선수인 타조의 뇌가 제 눈알보다 작다는 미심쩍은 생물학적 사실이 불현듯 떠올랐다. 그의 머릿속에도 눈동자만 한 뇌가 파묻혀 있을 것만 같다.

"녹음 방법에 대해서 잠시 설명해드릴게요."

그가 마우스를 움직여 무슨 프로그램을 모니터에 띄웠다. 방금 양치질한 듯 그의 입에서 치약 냄새가 났다. 불쾌하지는 않으나 그렇다고 상큼하지도 않다.

"자, 여기 녹음 프로그램을 보세요. 이 빨간 단추를 클릭하시면 녹음이 시작되는 겁니다. 녹음을 마치고 나면 다시 빨간 단추와 클로즈를 누르시고 파일 이름에 본인 성함을 적으세요. 그리고 저장하시면 됩니다."

나는 핸드백에서 납작한 수첩을 꺼내 그의 지시를 받아 적었다. 허둥거리는 내 손에 그의 시선이 닿는 게 느껴진다. 나는 목걸이형 신분증을 슬쩍슬쩍 곁눈질했으나 그의 이름을 알아볼 수 없었다. 그가 A4용지를 책상 위에 올려놨다. 호치키스로 묶은 A4용지는 세 장이다. 가, 규, 뇨, 쉐, 따위의 낱자가 첫 장에 빼곡하다. 뒷장에는 한 줄짜리 문장이 오십 개쯤 인쇄되어 있었다. '말은 부메랑이 되어 돌아온다'라는 제목을 앞세운 칼럼이 마지막 페이지를 가득 메웠다. 만만히 볼 실기시험이 아니었다. 의욕만 그득하던 내 마음이 삽시간에 술렁거린다.

"가, 갸, 거, 겨, 이렇게 가로로 한 번, 세로로 한 번 읽어주세요. 다음 페이지의 짧은 문장들은 순서대로 읽으시고, 맨 뒷장의 내용은 신문에서 발췌한 건데 천천히 낭독해보세요. 주의하실 점은 침 넘어가는 소리나 쌍시옷, 쌍디귿 같은 된소리를 삼가주세요. 문장 안에 그런 소리가 끼어들면 저희가 교정 작업을 할 때 잘라내질 못하거든요. 마이크의 위치는 자신의 코 높이로 하고, 마이크와 입 사이에 주먹이 들어갈 만큼 거리를 두고서 낭독하시는 게 가장 좋습니다. 친구에게 책을 읽어준다 생각하시고 편안한 마음으로 하세요."

자신의 역할은 여기까지라는 듯 그가 머리를 가볍게 숙이면서 물러갔다. 바로 출입문이 닫혔다. 쏴 하고 흘러들어온 공기로 녹음실이 띵띵하게 부푼 듯하다. 나는 담당자의 설명에 집중하면서도, 그의 뇌가 눈알보다 작다는 엉뚱한 믿음에 사로잡혀 그를 의아한 눈빛으로 쳐다보곤 했다. 녹음실에 홀로 남겨지자 그의 입에서 쏟아져 나온 말들이 감쪽같이 생각나지 않았다. 해독하기 어려운 암호처럼 수첩에 괴발개발 적어 놓은 내용도 헷갈린다. 다시 설명해달라고 청하자니 나를 싱거운 여자로 볼 것 같고, 난감하다. 나는 일단 핸드백에서 은색 파우치를 꺼냈다. 누군가와 화끈한 시간을 보내려면 자신의 일상적인 모습을 잠시 밀쳐두어야 한다. 녹음실의 출입문이 잘 닫혔는지 확인하고서 나는 파우치를 열었다.

먼저 은은한 광택을 선사하는 펄 베이스와 파운데이션으로 피부를 말끔히 정돈했다. 파우더는 필요한 부분에만 발랐다. 펄이 섞인 소프트 핑크 섀도를 눈두덩에 칠하고, 브라운 톤의 아이라이너로 내 눈을 고상하게 꾸몄다. 아이펜슬로 눈가에 포인트를 주는 것도 잊지 않았다. 인조 속눈썹을 붙였으면 더욱 매혹적인 눈매를 표현할 수 있었을 텐데, 좀 아쉽다. 나는 손거울에 비친, 갑자기 커져버린 눈을 깜박거리며 오렌지색 립글로스를 발랐다. 이제 으슥한 녹음실 공간 속에다 나를 통째로 맡기면 된다.

나는 음정을 가다듬었다. 실전에 앞서 읽기 연습을 해봐야 한다. 아까부터 자꾸만 가래가 끓는다. 갸, 야, 거, 겨, 뷔, 붸, 쇼, 쉐…… '뷔'나 '붸'나 어째 발음이 똑같다. '쉬'를 읽는데 침이 꼴깍 넘어간다. 버, 베, 벼, 보, 뫼……목소리가 점점 낮아지면서 떨린다. 페이지를 넘겨 짧은 문장을 낭독해본다. 칠월 칠일은 평창친구 친정 칠순 잔칫날, 우리 집 옆집 앞집 뒷창살은 홑겹창살이고……발음도 부정확할뿐더러 혀가 제멋대로 돌아간다. 헷갈리고 틀리기 쉬운 문장들만 모아놨다. 목소리의 진면목을 보여주기는커녕 내가 테스트 지문을 끝까지 낭독할 수 있을지 걱정이다. 점점 온몸에 열기가 퍼진다. 화장까지 해서 얼굴이 더 화끈거린다.

녹음실에 들어온 지 삼십 분이 지났다. 순서를 기다리는 대기자가 없어서 그나마 다행이다. 나는 수첩에 쓰여 있는 대로 마이크를 코 높이에 맞췄다. 마이크와 입 사이에 주먹이 들어갈 만큼 거리를 두라고 했지. '아에이오우'를 반복하며 안면의 긴장도 풀어준다. 이제 준비는 끝났다. 나는 혀로 입술을 핥고서 조심스럽게 빨간 단추를 눌렀다.

가, 겨, 새, 고, 교, 위……음정이 너무 낮잖아. 글자를 삼켜버리는 것 같아. '빅'를 '브'로 읽었어. 왜 이렇게 입안에 침이 고일까. 침 넘어가는 소리를 내지 말라고 했어. 나는 머리를 뒤로 젖히고 침을 꿀꺽 삼킨다. 사, 새, 여, 츠, 췌, 쵸……혀가 꼬인다. 마치 울먹이는 것처럼 목소리가 덜덜 떨린다. 숨이 차다. 이건 낭독이 아니라 웅얼거림이다. 신진 샹송가수의 신춘 샹송 쇼. '샹송'이 아니라 '샹송'이잖아. 마음속에서 나를 다그치는 자발스러운 목소리까지 들려와 실수 연발이다. 잘못 읽은 문장에 연연하다보니까 발음이 더 거칠어진다. 합격하기는 글렀다.

음성 테스트가 끝났다. 마지막 페이지의 칼럼은 내용까지 음미하며 침착하게 읽었다. 유난스럽게 화장까지 하고서 매달렸지만 녹음실과 나는 호흡이 맞지 않았다. 인태와 나의 섹스처럼.

청결한 간이화장실 같은 녹음실의 출입문을 슬며시 닫고서 나는 담당자를 찾았다. 책과 시디, 비디오테이프로 둘러싸인 방에 그가 앉아 있었다. 나는 활짝 열려 있는 출입문을 두드렸다. 컴퓨터 앞에서 마우스로 장기를 두던 그가 벌떡 일어선다.

"녹음 끝내셨어요?"

그가 내게 말을 걸면서 좀 놀란 표정을 지었다.

"제가 뭘 읽었는지 모르겠어요. 정신이 하나도 없네요."

"처음엔 다들 그래요. 여기에 전화번호를 적어주세요. 연락드리겠습니다."

"언제쯤 결과를 알 수 있을까요."

"늦어도 화요일까지는 연락이 갈 겁니다."

"떨어지면 한 번 더 시험을 볼 수 있을지……."

그가 눈웃음치며 고개를 끄덕였다. 답답하게 생긴 얼굴에 미소를 지으니까 마치 누군가를 비웃는 것 같다.

어떤 결과가 나오든지 간에 낭독 실기시험을 치르고 나니 홀가분하다. 나는 지난 사흘 동안 마음 한구석에 잔뜩 짐만 지고 있었다. 애당초 계획은 매일 밤 볼펜을 입에 물고서 소설책을 읽어보는 거였다. 그러나 그 다짐은 치과에 출근하는 순간 되살아났다가 퇴근할 때면 하얗게 지워지곤 했다. 그렇게 어영부영 지내다가 결국 음식이나 먹고 수다나 떨던 입을 가지고 마이크 앞에 앉은 것이다. 부디 행운이 따라주기를 바랄 수밖에 없다.

'샘물 어린이집' 놀이터가 비어 있었다. 토요일이라 지원자가 많을 줄 알고 약속 시간을 늦게 잡아서 시간이 남아돈다. 오후 두 시에 명동에서 '치와와'와 만나기로 했다. '치와와'는 내가 마음속으로 부르는 재희의 별명이다. 광대뼈가 살짝 튀어나온 얼굴에 턱이 뾰족하고 역삼각형의 몸매를 뽐내는 재희를 보면 치와와가 어김없이 떠올랐다. 주인이 예쁘다, 예쁘다, 하니까 애완견 주제에 질투만 늘어가는……. 그녀가 알면 도끼눈을 뜨고 앙앙거릴 테지만 이런 별명을 붙여준 건 생김새보다 목소리 때문이었다. 고작 내 팔뚝만 한 치와와가 폴짝거리면서 짖어대는 소리와, 상대방의 감정이 상하거나 말거나 무슨 말이든 툭툭 내뱉는 재희의 음색은 꽤나 흡사했다.

나는 사자의 등에 올라탔다. 양쪽 귀에 손잡이가 달려 있어 그걸 붙잡고 엉덩이를 앞뒤로 흔들면서 노는 놀이기구였다. 어린아이들의 체형에 맞춰 제작한 장난감이라서 내 엉덩이가 사자의 등에 꽉 낀다. 어떤 여자가 창가에서 나를 흘깃흘깃 쳐다봤다. 보모 같았다. 유리창에는 나뭇잎 모양의 스티커가 풍성하게 붙어 있었다. 여자가 창문에 얼굴을 바싹 대고 서 있으니 나무 열매와 풀을 엮어서 만든 화환을 쓴 것 같다.

"혹시 아이를 데리러 오셨어요? 오늘은 쉬는 날인데요."

아까부터 나를 눈여겨보던 여자가 창문을 열더니 소리쳤다. 상냥한 말투다.

"아니에요, 놀이터가 예뻐서 잠깐 쉬었다 가려고요."

여자가 얼굴에 웃음꽃을 피운다. 나도 덩달아 미소를 흘렸다. 그녀가 쾌청한 하늘에 골고루 눈길을 주더니 부담 없이 사색을 즐기라는 듯 창문의 커튼을 느릿하게 잡아당겼다. 다사로운 바람이 내 몸을 어루만지고 지나간다. 마음 구석구석에 쌓인 잔설이 녹아내리는 듯하다.

내 삶의 전환점으로 삼은 시월이 곧 다가온다. 죽음과 실연, 그로 인한 탈모증. 지질했으나 우습게 여길 수도 없는 지난 일 년이 속절없이 흘러갔다. 시월이 오면 햇살과 바람이 촉감을 달리하며 만물을 비추고 핥아줄 텐데 나만 언제까지나 뿌옇게 고인 물에서 살 수는 없다. 점점 성글어지는 내 '머리밭'을 위해서라도 어서 마음의 물을 갈아줘야 한다.

아파트 베란다에 널찍한 인공 텃밭을 만들어 상추, 아욱, 고추 따위의 채소를 길러 먹으면 집 안에 다소 활기가 감돌 테지만 문제는 가꿀 사람이 없다는 사실이다. 나부터 무언가를 기르고 보살필 여력이 없다. 욕심껏 뿌린 씨앗이 새싹을 밀어 올리면 내 마음자리도 푸릇푸릇해질 테지만 깜박하고 방치한 사이 시난고난 앓고 있는 채소들을 보면 내 안의 풀밭 또한 시들해지고 말 것이다.

나는 인공 텃밭에 대한 미련을 버렸다. 그 대신 소파와 서랍장의 위치를 바꾸고 거실에 카펫을 깔기로 했다. 때마침 인터넷 쇼핑몰에서 보내 준 가이드북을 뒤적이다가 나비 문양의 자수가 돋보이는 카펫을 골랐다. 내친김에 '물방울 캐피즈 샹들리에'도 주문했다. 귀가 솔깃해지는 제품 설명에 혹해서 저지른 충동구매였다. 천연 조개껍질로 제작했다는 물방울 모양의 비취색 조각들이 메탈 프레임에 풍성하게 연결되어 있었다. 어림짐작으로 헤아려보니 물방울이 오백 개쯤 될 것 같았다. 생김새만 샹들리에였지 불을 켤 수 있는 장식등이 아니었다. 창가에 걸어 놓으면 바람이 불 때마다 찰랑찰랑 물결치는 소리가 들려온다니, 공연히 설레는 마음을 다독이기도 오랜만이다. 주문한 물건을 월요일까지 배달하겠다는 내용의 이메일을 어제 받았다. 녹음실 직원이 화요일까지 합격 여부를 알려준다고 했으니 무사히 낭독의 관문을 통과한다면, '새로운 시간 속에는 새로운 마음을 담아야 한다'는 아우구스티누스의 명언을 나는 기꺼이 따를 작정이다.

  머릿속에 이런저런 밑그림을 그리고 있는 동안 시간이 후딱 흘러갔다. 사색은 시간을 잡아먹는 고상한 곤충이다. 머릿속의 곤충이 시간을 배불리 먹어 통통하게 살을 찌울 때라야 생활에 화색이 돌지 않을까. 그런 의미를 좇아 가만히 들여다보면 내가 직조하는 삶의 피륙은 엉성하기 짝이 없다. 시월부터는 외출을 줄이고 머릿속에 곤충을 키우도록 하자. 건강한 곤충들을 기르다 보면 내 몸과 마음이 한결 가벼워질 것이다. 나는 가뿐한 걸음으로 샘물 놀이터를 벗어났다.

  전철역에 이르러서야 나는 녹음실 직원이 흩뿌렸던 미소의 의미를 알게 되었다. 녹음실에서 색조화장을 지우지 않고 그와 대면했던 것이다. 들어올 때는 분명 민낯이었던 여자가 갑자기 화장을 하고 나타나서 종알대니까 우습기도 했겠지. 그가 마음속으로 엉뚱한 응시자를 놀려댔을 말들이 귓가에서 윙윙거린다. 나는 전철역 계단을 빠르게 밟고 내려가 허둥지둥 화장실부터 찾았다.

  교복차림의 여학생들이 세면대를 차지하고 서서 치장하기에 바빴다. 대형 거울에 비친 나는 갓 상경한 촌뜨기 같았다. 나는 냉큼 화장실로 들어갔다. 휴지를 뜯어 립글로스와 아이섀도만 닦아냈는데도 촌티가 한결 가셨다. 비행접시처럼 앙증맞게 생긴 손거울은 내 얼굴을 온전히 담지 못했다. 손거울을 들고 팔을 길게 뻗어야만 이목구비가 한데 모였다. 안경알보다 조금 클까 말까 한 거울에 얼굴을 처박고서 부분화장에만 공을 들였으니 내 가면이 어설프고 유치할 수밖에. 나는 어두운 체크무늬로 디자인한 손수건을 꺼내 파운데이션을 지웠다. 얼굴이 아니라 마음속의 그을음을 닦아낸 것 같다.

  나는 변기에 걸터앉아 두 팔을 벌려본다. 인태가 봤다면 공간이 약간 넓다고 아쉬워했을 내부다. 사방이 십 센티미터쯤 줄어들어야 완벽한 충전기가 될 텐데. 허공에서 인태의 불만이 툭 불거진다. 그는 도심의 여자화장실을 충전기, 몸의 물꼬를 튼 연인들을 배터리라고 불렀다. 술집에서 맥주를 마시거나 밤거리를 누비다가 정욕이 차오르면 인간배터리들은 충전기에 몸을 맡긴다는 것이다. 인태는 모텔의 침대보다 술집 화장실에서 전열기처럼 몸이 뜨거워지는 순간을 만끽했다. 그를 만나면 나도 덩달아 배터리가 될 수밖에 없었다. 처음에는 그 좀 번거롭고 아슬아슬한 성적 취향이 마뜩잖았지만 나중엔 내가 적극적으로 충전기를 고르러 다녔다. 살포시 감겨 있던 내 눈이 번쩍 떠졌다. 인태와 화장실에서 야하게 놀던 습관이 나를 또 멍텅구리로 만들어버렸다. 혼자 이게 무슨 꼴이람. 나는 벌어진 다리를 냉큼 오므렸다. 밖에서 짜증이 묻은 노크

소리가 들려왔다. 맞갖잖은 상념에 붙들려 시간이 술술 새는 줄도 몰랐다. 나는 파운데이션을 닦아낸 손수건을 쓰레기통에 던져버렸다. 잠시 동안이지만 무슨 미련 따위를 접어뒀을 때처럼 속이 시원하다.

치와와가 프릴이 달린 원피스를 입고서 도도하게 서 있었다. 대규모 의류상가의 회전문을 등지고서였다. 명동역 3번 출구로 나가자 얘가 어디 있나 하고 두리번거릴 것도 없이 치와와가 한눈에 들어왔다. 그녀는 행인들을 다소 깔보는 듯한 시선으로 주위를 살피고 있었다. 어떤 우월감에 젖어 있는 특유의 깡똥한 외모가 그녀를 돋보이게 했다. 흔히 접하는 모습인데도 볼 때마다 어이가 없어 코웃음이 저절로 터져 나온다.

"너는 어째 꼭 십 분씩 늦니? 약속장소가 길바닥일 때는 내 입장을 생각해서 빨리빨리 움직여야지. 사람들이 하도 쳐다봐서 창피해 죽을 뻔했어."

"사람들이 너를 왜 쳐다보는데."

"그걸 몰라서 묻니? 내가 출연한 뮤지컬을 봤으니까 그렇지."

그녀가 면박을 주더니 밥이나 먹으러 가자며 새침하게 돌아섰다. 자그마한 체구에 굽슬굽슬한 머리를 늘어뜨리고서 원피스 자락을 팔랑거리며 걸어가는 그녀의 모습은, 주인의 사랑을 듬뿍 받아 팔자가 늘어진 한 마리 애완견 같았다.

"오늘은 내가 점심 살게. 오빠가 용돈 줬어."

"왜 남자한테 돈을 얻어 쓰고 그래?"

"결혼할 사인데 뭐 어떠니?"

"결혼할 사이일 뿐이지 정식으로 아내가 된 건 아니잖아. 여자가 떳떳이 돈을 받아 쓸 수 있는 남자는 남편과 아들밖에 없어. 난 사귀는 남자가 돈을 준다면 단연코 사양할 거야. 잠자리를 같이하는 남자라면 더욱더. 내 순정이랄지 자존심이 돈에 팔리는 기분이 들 테니까."

"어머머? 그럼 내가 순정이며 자존심을 팔아먹고 있다는 거니? 그리고 그깟 돈 몇 푼에 거창하게 순정까지나 들먹이고 그래. 돈이 있으면 서로 나눠 쓰는 거지. 게다가 난 가난한 예술인이니까 그런 스폰서는 더더욱 필요해. 너랑 있으면 앞뒤가 꽉 막힌 사감 선생이랑 대화하는 것 같아서 답답해. 헛소리 그만 하고 음식이나 시켜."

치와와가 메뉴판을 쌀쌀맞게 내밀었다. 대화의 벽을 느끼는 건 나도 마찬가지다.

그녀가 나를 이끌고 온 곳은 명동 일대에서 최고로 유명하다는 돈가스 전문점이다. 메뉴판을 보니 맛은 어떤지 몰라도 값이 상대적으로 다소 저렴하다. 우리는 모듬돈가스와 치킨가스를 주문했다. 이곳을 다녀간 연예인들의 사진이 조잡한 사인을 곁들여 사방에 붙어 있었다. 나는 실눈을 뜨고 그들을 둘러봤다. 텔레비전의 각종 예능 프로그램에 출연해 한번 떠보려고 몸부림치는 들러리 연예인들이었다.

"넌 아까부터 뭐라고 구시렁대는 거니?"

"잘 들어봐. 가갸거겨요위쵸, 검찰청 쇠창살 쌍철창살. 어때, 발음이 정확하고 부드럽지. 밖에 나오니까 혀가 잘도 돌아가네."

"검찰청 쇠창살이 뭐니? 그리고 그 머리 좀 어떻게 해봐. 돈도 잘 버는 애가 꼬락서니 하고는. 밥 먹고 나랑 미용실이나 가. 내가 단골로 드나드는 미용실이 있는데 거기 남자미용사 커트 솜씨가 예술이야."

제 고향 포항에서 이십 년 넘게 살았으면서 서울 토박이인 척하느라고 말끝마다 '니니' 거리는 치와와의 억양이 오늘따라 유별나게 거슬린다. 게다가 자기 딴에는 완벽한 서울 여자처럼 보이려고 그러는지 말끝을 올려서 무슨 말을 해도 시비조로 들린다.

"점자도서관에서 음성 테스트를 받고 오는 길이야. 자원봉사를 해보려고. 시각장애인들이 독서할 때 점자도서보다는 녹음도서가 편하기 때문에 책의 내용을 녹음해줄 자원봉사자가 필요한가봐."

"그래서 니가 낭독 자원봉사를 하겠다구?"

치와와가 대뜸 깔깔거린다. 실내가 아담한 돈가스 전문점은 테이블을 바싹바싹 붙여 놔서 옆자리의 대화가 고스란히 들렸다.

"결혼 준비는 잘하고 있어?"

그녀가 분명 입방아를 찧겠다 싶어 나는 얼른 결혼 얘기로 화제를 돌렸다.

"얘, 그렇게 두껍고 뻣뻣한 목소리로 무슨 낭독을 해. 낭독은 무대 경험이 많고 연기력이 풍부한 나 같은 사람이 제격 아니니? 그리고 무슨 자원봉사? 너희 병원에서도 사회봉사 확인서 따위를 제출하면 월급 인상 때 참고하겠다니?"

치와와가 팔짱을 끼고서 '무대 경험'과 '연기력'에 악센트를 주며 얄밉게 입을 놀렸다. 양쪽 테이블에 앉은 손님들이 관심 없는 척하면서 우리를 곁눈질했다. 입맛이 싹 달아나버린다.

"멀미가 나서 도저히 못 앉아 있겠어."

나는 치와와에게 차가운 눈길을 던지며 벌떡 일어섰다.

하나같이 모자를 덮어쓴 남자들과 엇갈려 내려가는데 치와와의 당황한 음성이 들려왔다. 멍멍거리거나 말거나 나는 그녀에게 붙잡히지 않으려고 이 골목 저 골목으로 부랴부랴 걸었다. 청바지 주머니 안에서 휴대전화가 끈질기게 몸을 떨어댔다. 어쨌든 통쾌하다. 제 잘난 맛에 사는 것도 부족해서 남의 말을 개떡같이 여기며 함부로 지껄여대는 치와와. 언제 한번 따끔한 맛을 보여주려고 벼르고 있던 참이었다. 나는 명동성당 쪽으로 발길을 돌렸다. 이제야 그녀와 완전히 멀어졌다.

가을빛에 물든 주말의 번화가는 생기발랄하면서도 왠지 모르게 수상쩍었다. 해사한 얼굴들이 들끓는 거리 어디선가 별안간 비명이나 폭음이 터져 초저녁의 좀 부산하고 들뜬 안정을 깨뜨릴 것만 같다. 샘물 어린이집 놀이터에서 오랜만에 되찾은 내 심리적인 평온은 진작 뭉개졌다. 나는 공연히 몸을 사리면서 주위를 두리번거렸다. 한겨울의 장대비처럼 느닷없이 찾아든 불안감이다. 마치 귀한 손님을 맞이하는 것처럼 시월을 앞두고 조목조목 세운 산뜻한 계획들마저 색이 바래려고 한다. 너란 인간의 그릇이 고것밖에 안 되지, 하고 무시해버리면 그만인데 치와와의 말투가 워낙 짱짱해서 지레 주눅이 든다.

 정색을 하고 나불대던 그녀의 말대꾸를 떠올리면 낭독봉사가 내 목소리로는 정말 가당찮은 일로 여겨진다. 하긴 시각장애인들에게 독서의 재미를 안겨주려면 책을 녹음하는 데 어느 정도 연기력이 필요할 것이다. 가령 "그는 나를 사랑했어요. 그것까지 부정하지는 말아줘요."라는 대사를 직업이 배우인 치와와가 읽었을 때와, 가슴속에 말을 모아놓기만 했지 좀처럼 써먹지 못하는 내가 읽었을 때 그 어감이 사뭇 다를 테니까. 내 목소리가 리드미컬하지는 않으나, 낭독 도서가 문학작품 위주로만 구성되어 있을 리만무하다. 경제서적이나 실용서를 즐겨 읽는 시각장애인도 분명히 있지 않겠는가. 그렇다면 치와와가 꼬집은 단점을 살려서 무게 있는 목소리로 가다듬으면 된다. 옆집 팥죽은 붉은 팥 풋팥 죽이고……멍멍이네 꿀꿀이는 멍멍해도……녹음실에서 내게 당혹감을 안겨주었던 문장들을 무슨 주문 외우듯 웅얼거리며 나는 인파에 휩쓸렸다.

2
아버지의 퍼즐

나는 좌변기에 앉아 습관적으로 고개를 돌린다. 욕실 벽면에 붙어 있는 '낱말퍼즐'에 시선이 닿는다. 용변을 보면서 편하게 글씨를 쓸 수 있는 위치다. 아버지는 낱말퍼즐의 빈칸을 채우면 즉각 새것으로 바꿔 놓는다. 욕실에 치약이나 세숫비누 따위가 떨어질지언정 단어를 모조리 짜 맞춘 낱말퍼즐을 그대로 놔둔 적은 단 한 번도 없다. 아버지는 퍼즐 중독자라고 해도 과언이 아니다. 당신의 글자는 얌전치 못해서 자음이며 모음이 네모 칸 밖으로 삐죽삐죽 튀어나와 있다.

유제품, 독수리, 휴가, 지붕, 박물관. 아버지가 휘갈겨 쓴 정답을 또박또박 읽어본다. 점자도서관에 다녀온 뒤로 어디서든 글자가 눈에 띄면 어깨가 펴지면서 목청이 저절로 울린다. 이렇게 본능적으로 연습을 하니까 나도 유능한 낭독자가 될 수 있을 것이다. 테스트만 무사히 통과한다면. '양' 자로 시작하는 7번 가로 열쇠. 시설을 갖추고 물고기를 길러 번식시키는 곳. 나는 하얀 네모에 '양어장'이라고 쓴다. 들쭉날쭉한 글자들이 수족관에서 발발거리는 까만 열대어 같다.

욕실을 나가려다 말고 나는 세면대 앞에 서서 머리띠를 벗겼다. 머리띠에 물려 있던 두발이 풀기 없이 흘러내린다. 머리카락이 사뿐히 떨어진다. 의사의 지시를 착실히 따랐어야 별반 나아진 것도 없다.

"유전적인 요인은 아니고요, 스트레스성 탈몹입니다. 우선 샴푸와 린스를 바꾸세요. 담배, 술, 커피는 금물입니다. 환자 분의 경우 스트레스를 받지 않는 것 말고는 치료제가 없어요. 절대 인상 쓰지 마시고요, 매사에 긍정적인 태도로 생활하시다 보면 머리털이 쑥쑥 자랄 겁니다."

의사가 내 정수리와 가르마를 손가락으로 꾹꾹 누르면서 꼼꼼히 살피더니 귀가 솔깃해지는 진단을 내렸다. 유전적인 탈모라서 체계적인 치료가 불가피하다면 어쩔 뻔했나. 진찰은 십여 분 만에 끝났다. 나는 거금을 들여 병원에서 샴푸와 린스를 구입했다. 내게는 의사가 추천하는 샴푸와 린스가 치료제나 마찬가지였기 때문이다. 그날부터 고가의 액체비누로 정성 들여 머리를 감았지만 별다른 효과를 못 봤다. 오히려 두피뿐만 아니라 머릿속까지 휑한 느낌이 자심했다. 병원에 전화해서 샴푸와 린스를 탓해봤자 시간만 허비할 터였다. 스트레스를 물리치시라니까요. 스트레스에서 놓여나지 못하면 좋은 제품을 백날 써봐야 아무 소용이 없어요. 환자 분은 지금도 샴푸 때문에 스트레스를 받고 계시잖아요. 보나마나 이런 대꾸를 늘어놓을 테니 말이다. 집에 틀어박혀 마른 오징어나 뜯어 먹으며 빈둥빈둥 놀지 않는 이상 스트레스성 탈모증은 완치하기 어려울 것이다. 좀처럼 오지 않는 시내버스를 기다리며 투덜거리거나, 전철 안이 무슨 찜질방인 양 버젓이 떠들어대는 아줌마들이 얄미워 이맛살을 찌푸리기만 해도 내 모낭이 자극을 받아 머리털이 숭숭 빠질 테니까.

정수리가 성깃하다. 거울에 바싹 얼굴을 들이대고 머리를 비춰본다. 머리털이 정수리 부분만 집중적으로 빠지는 상상을 하면 소름이 끼친다. 지금으로서는 길게 자란 앞머리를 뒤로 넘겨 빈약한 정수리를 가리는 수밖에 없지만, 머리띠를 하고 출근하기가 멋쩍다. 그렇다고 탈모증 운운하며 머리띠에 얽힌 사연을 털어놓긴 더더욱 싫다. 머리카락이 자랄 때까지 속사정을 숨겨야 한다. 미용사가 아니었다면 나는 그저 가을이 왔으니까 새들이 털갈이하듯 머리가 빠지는 줄로만 알았을 것이다. 방바닥, 베개, 욕실에 적잖이 떨어진 머리카락을 치우는 것도 짜증나는 일이었다. 미용사들이 추가 비용을 받아야 한다고 농담을 던질 만큼 머리숱이 많았으므로 탈모증에 걸릴 확률은 제로라고 생각했다.

"언니, 잠깐만요, 머리 좀 볼게요. 이것 봐, 원형탈모네. 머리 감기는데 느낌이 이상하다 했어. 요즘 골머리 썩는 일 있어요? 빨리 병원에 가봐요. 뒤통수에 구멍이 생겼어."

미용사가 진한 갈색으로 물들인 내 뒷머리를 이리저리 들추더니 호들갑을 떨었다. 그녀가 내 손을 잡아 뒤통수에 갖다 댔다. 실로 미끌미끌한 민둥산이 만져졌다. 나는 흠칫 놀라 손을 뗐다. 무슨 넓적한 애벌레가 두피에 들러붙은 것 같아 징그러웠다.

아버지가 집에 없다. 오전 열한 시가 넘었다. 현관으로 가 본다. 슬리퍼를 신고 나간 걸 보니 금세 들어올 모양이다. 나는 괜스레 마음이 싱숭생숭해서 안방과 베란다와 주방을 어슬렁거렸다. 집에 있을 시간이 아니라서 그런가, 아니면 늦잠을 잤기 때문일까. 이상하게 아파트가 낯설다. 평일이라면 또 모르겠는데 오늘은 일요일이다. 나는 일요일이면 으레 늦잠을 잤고 일어나 보면 대개 혼자였다. 여느 일요일과 하등 다를 바가 없는 것이다. 그런데도 투명한 거미줄이 사방에 걸쳐 있어 내 발걸음을 가로막는 듯하다.

햇살이 맑게 스며든 주방에서 알싸한 생강 냄새가 풍겼다. 큼지막한 주전자가 가스레인지 위에 떡 버티고 있다. 얼굴과 다리가 지나치게 크거나 짧은 기형적인 내 모습이 스테인리스 표면에 얼비쳤다. 주전자 뚜껑을 열자 수증기가 뭉텅 피어오른다. 인삼, 대추, 생강을 넣고 끓인 물이다. 얼마나 오래 달였는지 대추가 퉁퉁 부르

떴다. 물이 불그죽죽하다. 나는 허리를 살짝 굽혀 얼굴에 수증기를 쐤다. 숨 죽은 피부가 스멀스멀 살아나는 느낌이다.

현관문이 열렸다. 아버지다. 당신의 손에 비닐봉시가 들려 있다. 이발을 하고 오는 길인지 아니면 최근에 머리를 깎았는지 아버지의 얼굴이 말끔했다. 옷차림도 단정하다. 아버지의 변신이 의심쩍다. 오늘이 당신 생일인가, 아니면 누구의 기일? 나는 우두커니 서서 날짜를 헤아려본다. 오늘은 단지 일요일일 뿐 특별한 기념일도 아니다.

"어디 다녀오세요?"

"이제야 일어났냐. 그렇게 잠이 많아서 어쩔래. 성공한 사람들을 보면 하나같이 꼭두새벽에 일어나던데 말이야."

이런 경우를 두고 그슬린 돼지가 달아맨 돼지 타령한다고 하지. 나도 모르게 웃음이 비어져 나온다. 그래서 아버지가 성공을 못했군요. 나는 속으로 중얼거렸다. 부(富)나 사회적 지위를 얻으려고 나는 뭔가에 아득바득 매달리고 있지 않다. 하지만 당신의 말투는 나를 그런 사람으로 대하는 듯하다. 아버지가 말한 '성공'이란 단어를 '뜻을 이룬다'는 단순한 의미로 해석한다면 나는 우리 집에서 유일하게 성공한 여자다. 보수는 둘째 치고 일단 안정적인 직업을 갖는 것이 내 목표였으니까.

"잡채 만들어 줄게."

"갑자기 잡채는 왜요?"

"네가 좋아하잖아. 그 머리띠 좀 빼라. 이마도 넓은 애가 무슨 멋으로 앞머리를 훌렁 넘기고 그래. 출근할 때도 그러고 가냐?"

"정수리가 시려서 그래요."

"머리털이 수북한데 정수리가 왜 시려."

"스트레스가 쌓여서 그런가 봐요."

"이 나이 먹도록 스트레스 받아서 정수리가 시리다는 말은 처음 들어봤다. 주전자에 인삼 물 끓여 놨으니까 부지런히 마셔봐. 속이 허해서 그럴지도 몰라."

아버지가 앞치마를 둘렀다. 잡채라니, 벌써부터 군침이 돈다. 누가 좋아하는 음식이 뭐냐고 물으면 재깍 잡채라고 대답하면서도 솜씨가 없어서 못 해 먹는 요리였다. 부득이한 사정으로 일자리를 잃고서 현재 백수로 지내는 아버지가 전업주부 노릇을 자처했지만 이런 음식 서비스는 처음이다. 아버지가 손부터 씻고서 비닐봉지를 식탁 위에 올려놨다. 돼지고기, 시금치, 당근, 버섯, 당면 따위가 당신의 투박한 손에 이끌려 나왔다. 이래저래 어색한 일요일 아침이다.

당신은 허둥대지 않고 익숙한 손놀림으로 잡채에 들어갈 재료를 준비했다. 돼지고기, 당근, 양파는 얇게 썰어 볶았다. 소금을 넣어 끓인 물에 재빨리 데친 푸릇푸릇한 시금치가 하얀 접시에 담겨 있다. 재료를 볶는 고소한 냄새보다도 상큼한 색의 조화가 입맛을 돋운다. 이제 당면을 삶는 일만 남았다. 아버지는 속이 깊은 냄비에 수돗물을 받아 가스레인지 위에 올렸다.

물이 끓기를 기다리면서 아버지는 낱말퍼즐을 풀었다. 틈만 나면 저런다. 당신은 앞치마를 두른 채 한쪽 다리를 의자에 올려놓고서 따분한 놀이에 금방 빠져들었다. 나는 거실을 휘둘러보며 이런저런 도면을 그려본다. 케케묵은 가구들이라서 어떻게 배치를 해도 분위기가 새로워질 것 같지 않다. 구입한 지 십 년도 더 지난 텔레비전만이라도 갈아치우자고 아버지를 설득할 참이다. 아버지가 볼펜꽁지를 입에 문 채 골똘히 생각에 잠겨 있다.

"아버지, 잡채 먹고 나서 거실의 가구들을 새로 배치해요."

"뜬금없이 무슨 소리야."

"가을이 왔다고 다들 난리잖아요. 우리도 가을 기분 좀 내봐요. 소파를 저쪽으로 옮기고 장식장을 이곳에 두면 공간이 남잖아요. 여기에 잡지꽂이나 클래식한 전신거울을 놓으면 좋겠어요. 이번 참에 텔레비전도 바꿔요. 저게 도대체 언제 적 물건이야. 마트에 가 보니까 몸통이 얇고 멋들어진 텔레비전을 아주 저렴한 가격에 판매하던데. 게다가 무이자 할부로."

"헝가리 광시곡을 쓴 작곡가가 누구냐? 첫 글자가 '리'다."

엉뚱한 질문이 날아왔다. 군소리 그만하라는 뜻으로 들려 맥이 풀린다.

"몇 글잔데요."

"세 글자."

"……리스트요."

"리스트? 그렇다면 '트'의 세로 열쇠, 북위 50도 상공에서 동쪽으로 강하게 부는 바람……아, 제트기류. 리스트가 맞다. 79단계라서 여간 어렵지 않네."

아버지는 일 년 전부터 '퍼즐 100단계'를 정기 구독하고 있다. 정기구독료는 사만 원이다. 낱말 맞히기, 반사된 그림 찾기, 숫자 블록, 다리 연결 퍼즐, 고사 성어 찾기, 문장 만들기 등등 잡지를 펼쳐보면 문제의 유형도 다양했다. 당신은 '퍼즐 100단계'를 받으면 정답부터 뜯어 책상 서랍에 넣어 둔다. 푸짐한 선물이 걸린 '응모권 퍼즐'의 정답을 매달 애독자 엽서에 적어 보내는 것도 잊지 않는다.

양은 냄비에서 물이 끓는 소리가 났다. 아버지는 나의 제안에 대해 가타부타 말이 없다. 피차 기분전환이나 할까 해서 묘안을 낸 건데 싸늘한 반응을 보이니 별수 없이 계획을 접어야겠다. 한눈에 반해 주문한 카펫과 샹들리에는 어쩌나. 가구들을 그대로 둔 채 그것들을 깔고 걸어봤자 태깔이 날 리 없다. 암만해도 '집 단장' 아이디어를 홀링 내쳐버리기가 아쉽다. 가스레인지 앞에서 아버지가 부글거리는 당면을 주걱으로 휘휘 저었다. 나무젓가락으로 당면을 몇 가닥 건져 찬물에 씻어서는 천천히 씹으며 맛을 본다. 약간 질기다 싶을 때 건져내야 혀에 착착 감기지. 아버지가 혼잣말을 하면서 가스레인지의 불을 껐다.

"면발이 유별나게 쫄깃하고 부들부들하네요. 비결이 뭐예요?"

"비결이랄 것까진 없고, 난 삶은 당면을 소쿠리에 건져낸 다음 수돗물을 틀어 놓고 빨래판에 빨래를 치대듯이 박박 문질러. 물기가 빠지면 미리 준비해 둔 재료를 몽땅 넣고 버무리는 거지. 간장과 참기름으로 맛을 내면서. 더 주랴?"

"배불러요. 벌써 두 그릇째예요. 저녁때 먹을래요. 전자레인지에 데우면 또 색다른 맛이 나거든요. 그나저나 아버지, 오늘 할 일도 없는데 가구나 옮기게요. 이참에 대청소까지 해서 반들반들 윤이 나게 가꾸자구요, 네? 전어라는 생선도 이 시기가 오면 겨울을 나기 위해 몸에 기름을 잔뜩 비축한다잖아요."

"괜한 일에 힘 빼지마."

"도대체 마다하는 이유를 모르겠네. 거실에 깔 카펫도 주문했단 말이에요. 몸이 고단해서 그렇지 제 구상대로 정리하고 나면 너무나 상쾌해서 대번에 맥주 생각이 날 거예요."

"정수야, 네가 치과에서 얼마나 근무했지?"

아버지의 음성이 당면만큼이나 매끄럽다. 나는 식탁에 젓가락을 내려놨다. 신경질적인 소리가 났다. 우묵한 접시에는 번들번들한 잡채가 반이나 남아 있었다. 저건 단지 근무연수가 궁금하다는 목소리가 아니다. 아무렴, 꿍꿍이셈이 있으니까 맛깔스런 음식을 바쳤겠지. 아버지가 아무리 죽는 소릴 해도 감정에 치우치지 말아야 한다. 나는 티슈로 입을 닦으며 목청을 가다듬었다.

"이 년 가까이 됐어요, 근데 왜요? 혹시 목돈이 필요해서 그러세요? 대출은 안 돼요. 보증은 더더욱 서줄 수 없구요."

찬기가 뚝뚝 흐르는 내 음성이 미미하게 흔들렸다. 당신은 아무런 대꾸 없이 내가 남긴 잡채나 먹고 있었다. 이대로 앉아 있기가 거북스럽다. 하지만 앞으로 두 번 다시 아쉬운 소리를 하지 못하도록 내 의사를 분명히 밝혀둬야 한다. 나는 어떤 원망의 말도 달게 들을 각오가 되어 있다. 인정머리 없는 태도인 줄 알지만 결국 그 빚이 내 차지라는 걸 번연히 알면서 동정을 베풀 수는 없다. 더군다나 우리는 이해타산을 꼼꼼히 따지지 않을 수 없는 관계가 아니던가.

"아파트가 팔렸어."

"네?"

아버지가 식탁 가장자리로 밀쳐놓은 퍼즐잡지를 펼쳤다. 흑과 백으로 어우러진 자잘한 네모들을 보자 어지럼증이 인다. 나는 다리를 꼬면서 팔짱을 꼈다. 거만한 몸놀림에 따라 내 표정도 일그러졌다. 털끝만큼도 예상치 못한, 실소가 터져 나오는 반전이다. 양념 냄새가 밴 아늑한 주방, 햇살이 차차 몸을 불려가는 거실이 그 어느 때보다 안온했다. 화창한 하늘에 이런 비구름이 숨어 있을 줄이야. 싫은 기색을 내비치는데도 그림자처럼 따라다니던 친구에게 어느 날 갑자기 따돌림을 당한 기분마저 인다. 나는 아버지를 주시했다. 천연덕스러운 얼굴이다. 절대 흥분하지 말자. 내 안면은, 인간적인 감정이 조금도 섞이지 않은 저 얼굴보다 훨씬 건조해야 한다.

"이 년이면 직장 생활에 웬만큼 이력이 붙었겠지. 적어도 적응을 못해서 갈팡질팡하지는 않을 테니까. 시기가 맞아떨어져서 다행이다. 너도 대충 알다시피 엄마가 살아 있을 때 이 아파트를 담보로 은행에서 돈을 빌렸어. 액수가 많지는 않아. 상환 날짜가 다가오는데다 목돈을 급히 쓸 데가 있어서 처분했다. 너, 이 집이 답답하고 지겹지? 나도 여기서는 더 이상 못 살겠어, 신물이 나. 인기가 많은 동네도 아니고 워낙 낡아빠진 아파트라 집이 수월하게 팔릴까 싶어서 시세보다 싸게 내놨어. 시간이 촉박해서 말이야. 이것저것 제하고 나면 방 두 칸짜리 전셋집이야 구할 수 있을 것 같은데……."

"저는 독립할래요. 진작 이 집에서 나갔어야 했어요. 눈치 없이 너무 오래 뭉그적거렸죠. 이래저래 잘됐네요."

퍼즐잡지를 넘기면서 일의 진행 상황을 보고하던 아버지가 눈을 치켜떴다. 초점이 흔들린다. 어제 치와와를 돈가스 전문점에 남겨두고 뛰쳐나올 때처럼 나는 은근한 쾌감을 느꼈다.

"네가 당연히 그렇게 나올 줄 알았다. 그럼 돈을 좀 보태 줄 테니 적당한 원룸을 알아봐."

"저까지 아버지한테 신세 질 수 있나요. 제 걱정은 하지 마세요. 독립하면 어떻게든 살아지겠죠."

아버지의 시선이 내 인중에 닿았다. 공허한 눈빛이다. 어쩌면 당신은 빈말일지언정 단칸방에서라도 함께 살자는, 그런 잔정이 스며든 말이 듣고 싶어 정성껏 잡채를 만들었는지도 모른다. 잡채는 감칠맛이 났지만 우리 부녀의 무의미한 동거는 이쯤에서 마침표를 찍어야 한다. 미성년자라는 꼬리표를 떼고 나면 나만의 뭍으로 가겠노라고 스스로에게 다짐해놓고 어영부영 서른 살의 문턱까지 왔다. 이제 비로소 약속을 지킬 때가 온 것이다.

"다음 주 월요일까지 집을 비워줘야 해."

당신이 토해낸 대사가, 이래도 침착할 수 있느냐는 뜻의 어감을 짙게 풍긴다. 놀랍다 못해 기가 차는 두 번째 통보에도 나는 태연히 맞섰다. 갑자기 집 안의 모든 살림살이, 심지어는 찌그러진 가위표 모양으로 식탁 위에 놓여 있는 젓가락조차 낯설다. 당신이 마치 세입자를 골탕 먹이려는 고약한 집주인처럼 보인다. 아버지가 지난 세월 동안 겪은 수모를 뇌리에 옴폭하게 새겨뒀다가 이제부터 분풀이를 하려는 건가 싶은 의심도 언뜻 스친다. 월요일이라면 일주일 안에 집을 구해야 한다는 소리다. 아파트를 사들인 누군가의 형편 때문이 아니라 아버지가 일부러 촉박하게 날짜를 잡은 것 같다. 이 와중에도 낱말퍼즐을 푸는 아버지의 모습에서 칼자루를 쥐고 있는 인간의 여유가 묻어났다.

"13번 세로, 회화에서 점묘화를 이르는 말……29번 가로, 입센의 소설 《인형의 집》의 주인공? 방정환의 호? 아는 문제가 하나도 없네. 갈수록 태산이야."

아버지는 80단계에서 쩔쩔맸다. 몇 시간째 허탕만 치던 낚시꾼이

드디어 붕어 한 마리를 낚아 올린 듯 아버지가 하나 건졌네, 하면서 퍼즐 맨 구석에 정답을 적었다. 속이 없는 건가, 아니면 섭섭함을 감추려는 거짓 활력인가, 은근히 속이 뒤틀린다. 마침 위층에서 피아노 소리가 들려왔다. 악보를 무시하고 제멋대로 두들겨대는 소리였다. 어떤 계집애가 발을 구르고 고함을 지르면서 웃어대는 소리까지 끼어든다. 나는 탄력 있게 튀어나가 인터폰의 수화기를 들었다.

"아저씨, 구백이 혼데요, 위층 애들 좀 말려주세요. 뛰고, 소리치고 아주 난리가 났어요. 그리고 이번 달 정기 소독은 언제 하나요. 바퀴벌레가 가스레인지 호스를 버젓이 타고 다녀요. 낼모레요? 소독하는 분한테 구백이 호 좀 특별히 신경 써달라고 전해주세요. 정말 불결해서 못 살겠어."

나는 애먼 경비원에게 화풀이를 하고서 소파에 주저앉았다. 잠시 눈을 감았다 떴다. 퍼즐잡지를 끼고 있는 아버지의 침묵도 피아노 소음도 여전하다. 한낮의 적막을 과감히 깨뜨리는 저 난폭한 리듬이 내 인생의 불행을 미리 알리는 전주곡처럼 들린다. 내 운명의 물줄기가 어둔 길로 방향을 튼다면 고분고분 따를 수밖에 없지만, 나는 사나운 강물을 헤쳐 나갈 작은 노조차 갖고 있지 않다. 게다가 실연의 후유증까지 앓고 있는 처지다. 가슴 밑바닥에 숨겨 둔 인태가 재빠르게 기어 올라온다. 나는 굳이 인태를 밀어내지 않았다. 어설프게 꿰맨 상처의 실밥이 결국 터져버린다. 나는 벌떡 일어나 베란다로 걸어갔다.

거뭇한 먼지가 베란다 창문에 얼룩져 있었다. 추했다. 짯짯한 가을 햇살이 창문의 치부를 여실히 보여주고 있다. 나는 추리닝 바지를 걷어 올리고서 둥글게 감겨 있는 연두색 호스를 수도꼭지에 끼웠다. 물이 콸콸 쏟아지는 호스의 주둥이를 납작하게 누르며 창문에 마구 뿌려댔다. 억센 물방울이 사방으로 튄다. 옷이 금세 축축해졌다. 창문에서 구정물이 흘러내렸지만 어째 깨끗하지 않다. 뒤쪽 창문을 닦아야 했다. 나는 창문을 열어젖뜨린 뒤 뒤꿈치를 들고서 상체를 최대한 내밀어 아까처럼 호스를 흔들어댔다. 무심코 아래를 내려다봤다. 아찔하다. 나는 얼른 몸을 뗐다. 창문의 앞쪽과 달리 뒤쪽은 닦는 데 한계가 있었다. 내 팔이 미치지 않는 곳을 어떻게 씻어내야 할까. 고층빌딩의 유리창 청소부처럼 창문에 매달려 물줄기를 마구 뿜어내고 싶다.

엊그제 아침 시내버스 안에서 라디오 방송을 듣다가 시월 일일이 엄마가 운명한 지 사백 일째 되는 날이라는 사실을 깨달았다. 라디오에서 '오 분 건강정보'를 진행하는 의사가 나로 하여금 날짜를 헤아리게 만든 것이다. 그는 다부지면서도 점잖은 목소리로 통계를 들이대며 우리나라 부부들의 섹스리스 생활을 심히 안타까워했다. 각자 사회생활에 몰입하고, 아내의 뚱뚱해진 몸에 매력을 못 느껴 부부관계가 소원해진다면서, 섹스만큼 건강에 유용한 건 없다고 아침부터 떠들어댔다. 그러고는 섹스가 건강에 미치는 영향을 주절주절 늘어놨다. 귀에 쏙쏙 박히게 워낙 요점 정리를 잘해줘서 모두의 마음속에 오늘밤 당장 시도를 해보고픈 욕구가 슬그머니 살아났을 것이다. '여러분, 건강을 위해서 열심히 섹스 하세요!' 오 분 건강정보의 유쾌한 배경 음악이 흘러나오자 의사가 강조하듯 외치며 물러갔다. 시내버스 운전기사가 라디오 볼륨을 크게 틀어놔서 의사의 간곡한 당부가 쩌렁쩌렁 울렸다. 나처럼 귀를 쫑긋 세우고 청취했을 승객들 가운데 간밤에 건강을 위해 애쓴 사람이 몇 명이나 될까 하고 슬쩍 주위를 훑어보는데 엄마가 오롯이 떠오르는 거였다. 인태라면 몰라도 그 순간 엄마가 모습을 드러내다니, 뜬금없고 민망스러웠다.

　나는 버스에서 내린 뒤에도 계속 엉뚱한 연상에 붙들려 있었다. 엄마의 성생활은 원만했는지 알 길이 없으나, 병마가 덮쳐 운명하기까지 엄마의 성적인 호기심은 자연히 시들해졌을 것이다. 하필이면 자궁에 독소가 퍼졌기 때문이다. 그렇게 엄마의 환영에 사로잡혀 있다가 사백 일이라는 까마득한 날수와 맞닥뜨린 거였다. 임종한 지 일 년 일 개월 되었다고 표현하면 최근의 일인 것 같은데 사백 일이라고 하니까 마치 사백 년처럼 아득하게 느껴졌다. 까마득한 시간의 부피만큼 세월을 헛되이 보냈다는 자책감도 고여들었다. 한편으론 어떤 감정의 찌꺼기도 없이 엄마와 내가 저승 사람과 이승 사람으로 완전히 분리된 것 같아 홀가분했다. 나는 쓸데없이 사백 일에 집착했고 이제부터 뭔가 새로이 시작해야 한다는 조바심에 쫓겨 일단 집 안부터 꾸밀 생각을 여툰 것이다.

　두 팔로 눅눅해진 어깻죽지를 감싸 안고서 나는 하늘을 올려다봤다. 뭉게구름이 조신하게 떠 있었다. 배낭을 둘러메고서 쉬엄쉬엄 걸어보고 싶은 하늘이다. 아버지가 내 이름을 부르는 것 같아 뒤돌아보니 식탁이 텅 비어 있다. 내게 난해한 퍼즐을 던져 놓고 당신은 홀연히 사라져버렸다. 베란다를 바장이며 아무리 생각해봐도 고리타분한 양반의 속내를 도통 모르겠다. 나는 시간이 멈춘 듯한, 불길하게 밝은 베란다에서 아버지의 퍼즐을 풀지 못해 끙끙대고 있었다.

3
말 좀 해봐

　　　　　　　　스케일러 팁이 치아 사이사이에 닿을 때마다 치석이 떨어져 나온다. 쌀 튀밥을 잘게 으깬 듯한 모양이다. 입술 안쪽에 걸쳐 놓은 일회용 석션이 타액과 치석을 빨아들인다. 건밤을 새웠더니 눈이 아리다. 나는 간혹 일손을 멈추고서 눈을 깜빡거리거나 생수를 마셨다. 다소 만만히 볼 수 있는 환자라서 적당히 해찰을 부린 것이다. 고속버스 터미널 승차장에서 안절부절못하는 나. 오후 세 시에 출발하는 고속버스를 타야 하건만 아버지가 좀체 나타나지 않는다. 오후 두 시 사십 분, 사십육 분, 오십팔 분······저만치, 아버지가 걸어온다. 그때 고속버스가 슬슬 움직이기 시작한다. 아버지, 빨리 뛰어요! 손을 휘저으며 소리치는 나를 바라보면서도 당신은 늑장을 부린다. 나는 가지 말라고 애원하듯 서서히 후진하는 고속버스의 문짝을 두드렸다. 무언가를 오물거리며 발걸음을 마냥 늦추는 당신, 고속버스가 미련 없이 떠나버린다.

자욱한 머릿속에서 오락가락하는 간밤의 꿈을 걷어내며 나는 환자의 혓바닥에 핀셋을 댔다. 붉은 살덩이가 꿈속의 나처럼 긴장하고 있다. 스케일링 기구들이 입안에 들어가는 순간 환자들의 혀는 물속에서 건져낸 해삼처럼 단단해진다. 나는 핀셋을 통해 느껴지는 그 미세한 떨림을 즐긴다.

"자, 이 물로 입안을 씻어내세요."

나는 자동의자에 딸린 플라스틱 판으로 손을 뻗어 화살표 버튼을 눌렀다. 의자가 유연하게 움직인다. 따로 빚어서 붙여 놓은 듯한 코를 씰룩거리며 여자가 물을 뱉어냈다. 그녀의 수더분한 인상에 어울리지 않는 코다. 우스꽝스럽게 도드라진 코 대신 다른 코가 있다고 생각해보면 그녀의 얼굴은 한결 온순하고 진실해 보인다. 지금의 얼굴은 그녀가 내게 들려주는 말이 모두 거짓 같고, 사근사근하게 굴다가 어느 순간 앙큼한 속내를 드러내지 않을까 하는 의심을 품게 한다. 그래서 나는 여자와 말을 섞을 때면 입이나 무딘 턱을 바라보려고 애쓰지만, 내 눈길은 이내 코로 옮겨가 저 말이 과연 사실일까, 하면서 속으로 괜스레 트집을 잡는다. 그녀는 두 해에 걸쳐 입사시험의 최종면접까지 올라갔다가 미끄러졌다고 했다. 그녀를 떨어뜨리는 데 코도 한몫 톡톡히 했을 것이다.

그녀를 다시 자동의자에 눕힌 뒤 나는 갈고리 모양의 날카로운 팁으로 치아에 박힌 잔 치석을 빼냈다.

"이쪽 부위에 음식찌꺼기가 많이 끼죠? 충치가 생겼을 확률이 높아요. 송곳니가 조금 흔들리네요."

나는 환자의 잇몸 상태를 체크했다. 출혈 흔적이 엿보인다. 출혈은 잇몸병이 진행되고 있음을 알려주는 신호다.

"이왕 나오셨으니 잇몸 검사를 받아보고 가세요."

"오늘은 시간이 없어요. 수학 과외지도를 해야 하거든요."

"과외도 하세요?"

"일주일에 두 번씩 고등학생을 가르쳐요."

"수학 잘하는 사람을 보면 부럽다 못해 신기해. 난 학창시절에 수학 시험의 일 번 문제 '집합'부터 틀렸거든요."

"오늘은 왜 스케일링하면서 아무 말도 안 하세요."

"어젯밤을 꼬박 새웠더니 입까지 굳어버렸나 봐요."

"불면증?"

"아니오, 매니큐어 바르느라고요. 다음에 내원하셔서 꼭 진단받으세요. 당장 통증이 없다고 방심했다간 나중에 고통도 두 배, 치료비도 두 배로 들어요. 평소에 칫솔질만 잘해도 치주질환을 예방할 수 있어요. 상당수 사람들이 치아와 잇몸 사이 또는 치아와 치아 사이를 제대로 닦지 않고 치아 표면만 부지런히 닦죠. 사실 치아 표면은 문제가 발생할 가능성이 극히 적어요. 칫솔질을 하루에

서너 번 건성건성 하느니, 최소한 한 번만이라도 오 분 이상 꼼꼼히 닦는 습관을 들이세요. 칫솔은 삼 개월마다 꼭 바꿔주시고요. 자, 치료 끝났습니다. 수고했어요."

여자는 삼 개월에 한 번씩 스케일링을 한다. 치아의 나이는 대체로 젊은 편이다. 치료가 끝나면 그녀는 다른 환자들처럼 냉큼 돌아가지 않고 거울 앞에서 치아를 살펴보며 시간을 끈다. 그러다 은근슬쩍 속내를 털어놓는다. 얘기를 듣다 보면 어떤 날은 치료보다 대화시간이 길어지기도 한다. 그녀도 나처럼 애인과 갈라선 처지다. 기계 소음의 공포를 없애주려고 스케일링을 하면서 말을 아끼지 않았더니 여자는 들으나마나한 연애담을 줄줄 흘렸다. 작년 십이월에 남자와 헤어졌다니까 일 년이 다 되어가는데도 괴로움의 수위가 좀체 낮아지지 않는 것 같다. 인태와 남남이 된 지 두 달이 채 안 된 내 마음은 그새 미지근해졌는데도 말이다. 그녀가 심연에서 길어 올린 이야기는 온통 뒤돌아선 남자와 관련된 것들이다. 언젠가 연락이 올지도 모른다는 실낱같은 희망에 기대어 살아가는 그녀를 볼 때면, 내가 진정 인태를 사랑했을까 하는 의문이 귀찮게 따라붙는다. 그녀는 이따금 지나가다 들렀다면서 도넛을 사다 주거나 문자메시지를 보내 내 안부를 챙겼다. 나를 치위생사가 아니라 말동무로 여기는 태도였다.

또 무슨 이야기를 꺼내려는지 여자가 자동의자에서 꾸무럭대고 있다. 나는 환자가 밀려 있는 것처럼 분주하게 스케일링 기구들을 정리했다. 그녀가 석연찮은 얼굴로 가방을 뒤적거린다. 깍짓동만 한 여자가 눈치까지 둔하다.

"옛날엔 치아가 반듯했는데 어느 날 보니까 아랫니가 뒤로 쑥 밀려났어요."

여자가 입술을 벌려 문제의 치아를 가리켰다. 잇바디가 찰옥수수처럼 가지런하다. 과연 아랫니 중간에 박힌 치아가 삐딱하게 물러서 있었다.

"우리 눈엔 보이지 않지만 치아는 미약하게나마 움직이고 있어요. 치아는 자기네들끼리 붙으려는 습성이 있거든요."

"양치질을 할 때마다 혼자만 뒤처진 치아를 보면 우울해져요. 나 자신을 보는 것 같아서요. 어제는 용기를 내서 그 남자한테 전화해봤어요. 역시나 받질 않데요. 문자메시지도 보냈는데 씹혔어요. 나는 이제 그이한테 완전히 밀려난 존잰가 봐요. 이 못난이 치아처럼요. 그와 헤어지고 나서 체중이 십팔 킬로그램이나 불었어요. 저는 하루에 두 끼만 먹을 뿐인데도 살이 쪄요. 하루에도 수백 번씩 내쉬는 한숨이 죄다 살이 되나 봐요."

여자가 버릇처럼 한숨을 길게 쏟아놓더니 그제야 자동의자에서 내려왔다.

나는 그녀를 정중히 배웅했다. 치료실에 들어올 때보다 그새 살이 더 붙은 것 같다. 자신의 일상은 평온하다는 듯 일부러 꼿꼿이 걸어가는 한숨덩어리가 돌올하게 내 시야에 들어찼다.

몸이 녹작지근하다. 벽시계의 뭉툭한 시곗바늘이 오후 한 시 삼십오 분을 가리키고 있다. 치위생사들이 잠시 일손을 놓고 한눈을 팔 수 있는 시간이다. 오후 두 시가 지나면 젖니가 들쑥날쑥한 초등학생 환자들이 꾸역꾸역 몰려들 것이다.

천장에 붙박여 있는 스피커에서 감미로운 음악소리가 들려왔다. 데니스 브레인이 연주하는 모차르트 호른 협주곡이다. 통증에 시달리는 환자들을 위해 원장은 노상 클래식을 틀어놓는다. 데니스 브레인은 서른여섯 살에 세상을 떴다. 교통사고였다. 연주를 마치고 이슥한 밤에 아내가 있는 런던으로 자동차를 몰고 가다가 가로수와 충돌했다는 것이다. 그는 남달리 가정적인 사람이었다고 했다. 졸음운전을 했군요. 지극한 사랑이 되레 부부를 갈라놓고 말았어요. 연주자들과 와인이라도 한잔 마셨더라면 죽음의 덫을 피할 수 있었을 텐데. 그날 회식 자리에서 클래식 마니아인 원장이 데니스 브레인의 짧은 생애에 대해 들려주자 치위생사들이 저마다 한마디씩 했다. 나는 이런 자투리 시간에 데니스 브레인의 열정이 녹아든 예술품과 만난다. 가만히 눈을 감고 있으면 그의 호른 연주가 나를 무심(無心)의 경지로 이끌었다. 그가 단명한 사실이 내 감각을 예민하게 만드는지도 모른다. 제1악장이 끝났다.

오늘 새벽 아버지는 뻔질나게 욕실을 들락거렸다. 나는 매니큐어를 칠하고 있었다. 막연한 불안, 혹은 불면증에 시달리면 나는 으레 매니큐어를 가지고 놀았다. 손톱·발톱에 색색의 매니큐어를 칠하고, 마르면 아세톤으로 지우고 다시 바르기를 반복하는 것이다. 붙박이장에 넣어 둔 대나무 소쿠리에는 싸구려 매니큐어가 수북하다. 내 손톱과 발톱에 서너 번쯤 옷을 갈아입히면 졸음이 몰려오는데 간밤에는 그 매니큐어 처방도 먹혀들지 않았다. 그만큼 아버지의 일방적인 통보가 나를 온통 뒤흔들어놓은 것이다.

 내 방과 욕실은 서로 가까이 마주 보고 있다. 안방과 욕실 사이를 아버지는 그야말로 살금살금 걸어 다녔다. 소리를 내지 않으려고 애쓸수록 거실 바닥에 붙었다 떨어지는 맨발의 기척이 명료하게 들려왔다. 당신이 양말을 신고서 돌아다녔어도 내 귀는 그 소리를 감지했을 것이다. 농밀한 어둠은 미세한 소리도 살아나게 하니까. 아버지의 수면을 방해한 건 설사였다. 변기에 앉자마자 묽은 변이 좍좍 쏟아졌다. 설사병에 부대낄 사람은 따로 있는데 왜 자기가 수선을 떨어댈까. 나는 엄지손가락에 코발트색 매니큐어를 덧칠하면서 고시랑거렸다. 욕실에서 한바탕 설사를 하고 나면 아버지는 매번 안방으로 재깍 들어가지 않고 주춤거렸다. 내 방에 귀를 바싹 들이대고서 동정을 살피는 아버지의 어정쩡한 모습이 눈앞에 그려졌다. 그런 낌새가 느껴질 때마다 나는 손톱에 입김을 불어가며 콧노래를 흥얼댔다.

 유니폼 주머니에서 휴대전화가 덜덜거린다. 치와와다. 엊그제 돈가스 전문점에서 보란 듯 튀어나온 이후로 나는 치와와의 전화를 외면해버렸다. 제 기분이나 감정만 감싸고도는 얌체와는 앞으로 일정한 거리를 둘 참이다. 무엇보다 그녀의 가식적인 말투가 역겹다. 오늘도 묵묵부답이니까 몸이 달아서 미치겠는지 치와와는 집요하게 접선을 시도하고 있다. 평상시라면 제 쪽에서 먼저 연락할 계집애가 결코 아니다. 다가오는 시월 이십오일에 그녀는 결혼식을 올린다. 비록 삼류일망정 배우 생활을 그렇게 오래 했어야 변변한 친구라곤 나밖에 없으니 조바심이 나기도 할 것이다. 휴대전화 진동이 멈추는가 싶더니 재차 윙윙거린다. 마음이 또 슬그머니 풀어진다.

"왜."

"여보세요? 어머, 통화된 거니? 너, 나랑 인연 끊으려고 작정했니? 독하다, 독해. 끝까지 전화 안 받으면 오늘 저녁에 너희 집으로 쳐들어가려고 했어. 겨우 그만 일 가지고 너답지 않게 토라지고 그래. 네가 성우 지망생들이나 집적거릴 일을 넘보고 있는데 내 입이 어떻게 가만히 있겠니. 그리고 화딱지 낼 사람은 오히려 나 아냐? 음식을 시켜놓고 그렇게 내빼면 어쩌란 말이니. 밥값은 관두고 쪽팔려서 죽는 줄 알았어. 정수야, 정수야, 내 말 듣고 있는 거니? 말 좀 해봐."

"너랑 노닥거릴 시간 없어. 일해야 돼."

"알았어, 금방 끊을게. 내가 잘못했으니까 그만 화 풀어. 내 성격이 좀 직선적이기는 해도 뒤끝은 없잖니. 아무 생각 없이 지껄인 거니까 마음에 담아두지 마. 정수야, 이번 주 토요일에 청담동으로 웨딩드레스 맞추러 가거든. 동행해줄 거지? 응? 얘, 뭐라고 말 좀 해봐."

"나중에 다시 통화해."

"토요일 오후 두 시야. 잊지 마, 응? 응? 말 좀 해봐. 아이, 답답해. 내가 사과했는데도 계속 그렇게 뚝뚝하게 굴 거니?"

"그 '말 좀 해봐' 란 소리 좀 그만해. 정말 넌덜머리 나. 도대체 나더러 무슨 말을 하라는 거야?"

나는 휴대전화의 배터리를 빼버렸다. 순간 음악 소리가 커졌다. 제3악장 알레그로. 호른 연주는 언제라도 스피디하면서 웅숭깊다. 나는 몸을 일으켜 세웠다. 치와와가 이번에는 웨딩드레스를 들먹여 내 속을 긁어놨다. 아무리 빠르게 연주해도 애수를 불러일으키는 호른이 내 운동신경을 자극한다. 초원의 검은 코뿔소처럼 저돌적으로 달려야만 아슬아슬하게 부푼 마음이 가라앉을 것 같다. 그녀와 거리를 두겠다던 다짐을 묵살해버리고 전화를 받아준 내 탓도 크긴 하다.

하필이면 인태와의 인연이 뚝 끊어진 날, 치와와의 결혼 소식을 들었다. 지난 광복절 오후였다. 나는 집 근처 노래방에서 멍하니 땀을 식히고 있었다. 그가 연달아 보낸 문자메시지를 읽고서 무턱대고 집을 나선 나는 폭염으로 헉헉거렸다. 어디로든 들어가 축축해진 몸을 말려야 했다. 시원하면서도 사람들과의 접촉을 피할 수 있는 곳은 노래방밖에 없었다. 그녀는 마침내 결혼날짜를 잡았다며 눈치 없이 시시덕거렸지만 축하한다는 말이 억지로라도 나오지 않았다. 잠자코 있자 자신이 연예인 집안으로 시집간다니까 심통이 나느냐며 깔깔거렸다. 그녀는 왕년에 유명 짜했던 방송인의 아들과 만난 지 석 달 만에 웨딩마치를 울리는 거였다. 나는 인태와 삼 년 동안 부부나 다름없는 나름의 연애를 하고 헤어졌다. 이혼한 심정이 꼭 그렇지 않을까 싶었다.

노래방 기기에 찍힌 만 원어치의 시간이 없어질 때까지 나는 문자메시지를 거듭 읽었다. 소파 등받이에 머리를 기대고 토끼잠을 자기도 했다. 쓰고 지우기를 되풀이하며 공들여 작성했을 글귀들이 내게는 구질구질한 변명처럼 읽혔다. 어떻게 이런 방식으로 결별을 알리나. 기가 찼다. 한편으론 우리의 사랑을 문자메시지로 가볍게 정리하는 이런 처세가 깔끔한 방법 같기도 했다. 한 쌍의 비둘기처럼 지낸 세월이 길든 짧든 서로 등을 돌리는 마당에 구태여 인상적인 이별의 격식을 차릴 필요가 없는 것이다.

그의 문자메시지가 한 번에 외워졌다. 이 남자, 말이 너무 많네. '네가 싫어졌다' 이렇게 한 문장이면 되잖아. 그를 비웃어줄 수 있을 만큼 마음의 여유가 생겨서 다행스러웠다. 우리는 성격이 안 맞아. 네 성격은 너무 정적인 데 반해 내 성격은 지나치리만큼 동적이지. 물과 불이 만난 거야. 나는 두 번째 문자메시지에서 눈을 떼지 못했다. 수치스러웠다. 그가 '섹스'라는 단어를 차마 쓸 수가 없어서 '성격'을 내세웠다는 확신이 들었기 때문이다. 우리는 섹스가 안 맞아. 네 섹스는 너무 정적인 데 반해 내 섹스는 지나치리만큼 동적이지. 이것이 그의 본심일 터였다.

　물론 가슴이 미어졌으나 나는 그에게 애걸복걸하며 추접스럽게 굴고 싶지 않았다. 그렇다고 마이크를 붙잡고 펑펑 울면서 유행가로 실연의 아픔을 다독이기는 더더욱 싫었다. 진정 성격 차이가 불러온 변심이라면 한 번쯤 매달렸을지도 모른다. 하지만 인태는 내 몸이 지루해졌고, 한번 풀린 육체의 매듭은 결코 다시 이을 수 없는 것이다. 나에겐 그를 대신해 죽어줄 희생 제물이 필요했다. 나는 노래방을 나와 횟집에서 자연산 광어를 한 마리 샀다.

　"드시고 가시겠습니까, 아니면 포장해 드릴까요."

　"살아 있는 채로 포장해 주세요. 칼로 광어의 어느 부위를 찔러야 즉사하나요."

　횟집 칼잡이가 어리둥절한 표정으로 나를 바라봤다.

　나는 실팍한 광어를 욕조에 넣었다. 죽음이 목전에 닥친 광어가 필사적으로 몸부림쳤다. 생물이랍시고 뛰어오를 때마다 둔탁한 소리가 긴박하게 들려왔다. 나는 숫돌에 칼을 갈았다. 이마에서 구슬땀이 떨어졌다. 고무장갑을 끼고서 광어를 두 손으로 붙잡자 변기 옆으로 튕겨 나갔다. 인태의 허벅지처럼 탱탱한 광어를 끌어당겨 무릎으로 찍어 눌렀다. 욕실 바닥에 미리 깔아 놓은 수건 위에 제물을 뉘고 왼손으론 몸통을, 오른손으론 식칼을 쥐었다. 마치 비명을 지르는 것처럼 광어가 입을 벌렸다. 나는 공포로 눈이 멀어버린 듯한 광어의 눈동자부터 찔렀다. 기대했던 대로 피가 솟구치지 않으니까 손이 더 떨렸다. 박인태 대신 광어와 실랑이질을 하다가 몸통을 정확히 반으로 갈랐다. 뼈가 억센 건지 칼날이 무딘 건지 나는 제물을 자르기 위해 몇 번이고 칼질을 해야만 했다. 개나리색 수건이 피로 물들었다. 동강 난 광어의 꼬리가 힘없이 뒤척였다. 미련을 버리기가 그렇게도 어렵냐, 나는 식칼로 꼬리를 툭툭 건드리면서 횡설수설했다.

어느 때부턴가 인태와의 섹스가 부담스런 행위로 여겨졌다. 발가벗은 육체를 탐닉하다가도 몸이 결합하는 순간이 오면 나는 심리적으로 쫓겼다. 쾌락이 아닌 어떤 의무감 비슷한 감정이 나를 옭아맸던 것이다. 구속당하는 기분마저 들었다.

"뭐라고 말 좀 해봐. 내가 어떻게 해줄 때 몸이 뜨거워져? 그저 좋다, 좋다만 남발하지 말고 디테일 하게 표현해보라구. 그래야 내 몸이 탄력을 받는단 말이야. 사람의 후각은 초저녁 이후에 민감해진대. 그래서 향수를 살 때는 되도록 늦은 시간에 구입하라는 거야. 후각만이 아니라 청각도 그렇잖겠어?"

그가 보챌수록 무슨 돌을 물고 있는 듯 내 혀가 굳어졌다. 인태는 섹스를 하면서 그때그때의 느낌을 노골적으로 토해냈다. 다소 저속한 표현들, 무슨 말인지 알 수 없는 중얼거림이 내 몸을 달아오르게 만들기는 했다. 그렇지만 나는 그 좀 수상쩍고 난잡한 말들에 물렸다. 나는 침묵하면서 다소 거칠게 꿈틀거리는 인태의 몸에 귀

기울였다. 그도 한 번쯤은 묵묵히 내 몸의 밀어를 듣길 바랐다. 나는 입만은 다문 채 인태가 침대에서 요구하는, 또한 제멋대로 까불어대는 원색적인 행위를 마다하지 않고 즐겼다. 다리로 허리를 감아서 세게 조여줘, 엉덩이를 이쪽으로 돌려, 좀 더 힘을 주면서 물었다 났다 해봐, 그래 그렇게. 그는 유능한 트레이너처럼 침대에서 나를 훈련시켰다.

"몸은 꽤나 날렵한데 입이 무거운 게 좀 아쉬워. 자고로 섹스 할 때만큼은 입이 가벼워야 하는데 말이야."

인태가 곧잘 농담조로 불평을 해댔어도 우리는 주말이면 만나 시시덕대다가 땅거미가 지면 모텔로 기어 들어갔다. 더듬어보면 연애기간 중 마지막 일 년은 동물적인 욕정만으로 채워진 시간이었던 것 같다.

휴대전화에 배터리를 끼웠다. 부재중 전화가 일곱 통이나 와 있었다. 발신자는 모두 치와와다. 정말이지 성가신 애다. 나는 스케일링 기구가 담긴 알루미늄 쟁반을 한쪽으로 치우고서 걸레질을 했다. 나의 일터인 '화이트 치과'에는 스케일링만 하는 치료실이 다섯 개 있다. 치위생사들이 깔밋한 방을 하나씩 차지하고서 치아의 묵은 때를 벗겨낸다. 비록 치료실일망정 직장에 자신만의 공간이 있다는 건 흐뭇한 일이다. 동료들은 치료실에 틀어박혀 환자의 입속을 휘젓다보면 자신이 무슨 '인간 이쑤시개'가 된 것 같아 허무해진다지만 나는 이 공간에 만족한다. 상사의 비위나 맞추면서 따분한 사무에 들볶이는 것보다야 인간 이쑤시개의 처지가 못할 것도 없지 않나. 누구에게나 의사소통의 도구로써 바쁜 신체의 일부를 때맞춰 청결하게 해주니 보람이 없는 것도 아니다. 사무원들이 수동적이라면 이쪽은 나름대로 능동적이다.

한숨덩어리가 누웠던 자동의자에 곱슬곱슬한 머리카락이 떨어져 있다. 언뜻 보니까 휘갈겨 쓴 '로' 자 같다. 내 머리카락을 뽑아 '로' 자 옆에 놓는다. '로!' 꼴이다. 나는 뒷짐을 지고 서서 머리카락 글자 앞머리에 단어를 붙여 읊조렸다. 스위트 홈으로! 녹음실로! 캐나다로! 내 구호에 장단을 맞추듯 휴대전화가 진동한다. 생소한 번호다. 분명 어떤 상품을 치켜세우는 광고 전화일 것이다. 받을까 말까 망설이다가 누군지 내심 궁금해서 폴더를 열었다.

"여보세요, 유정수 씬가요? 여기 점자도서관입니다. 토요일에 음성 테스트 받으셨죠. 결과가 나왔는데, 낭독봉사는 어려우시겠어요."

"아, 네……."

"목소리가 떨리고, 발음이 부정확해요. 저희가 제시한 지문과 다르게 읽은 부분도 많았구요."

"제가 지문대로 읽지 않았다구요?"

"조사를 많이 틀리셨어요. '철수는'을 '철수가'라고 하는 식이죠. 뿐만 아니라 불분명하게 발음한 종결어미도 더러 있었어요."

휴대전화의 감이 좋지 않아 볼륨을 끝까지 올렸다. 그런데도 상대방의 음성이 흐릿하게 들린다.

"나중에 다시 한 번 시험을 치를 수 있을까요?"

"테스트야 얼마든지 받아볼 수 있는데요, 긴장해서라기보다 원래 목소리가 불안정한 것 같아요. 읽기 훈련을 좀 더 하셔야겠어요. 그럼, 이만 끊겠습니다."

데니스 브레인의 호른 연주가 끝났다. 허탈하다. 실내가 잠깐 동안 잠잠하다가 다시 제1악장이 시작되었다. 나팔꽃 모양의 호른 속으로 내 몸이 유연하게 빨려 들어가는 듯하다. 갑자기 졸음이 밀려온다. 내 목소리가 마이크와 궁합이 맞지 않는다면 어쩔 수 없는데 왠지 마음이 접어지지 않는다. 음성 테스트를 필연코 통과해야만 하는 이유도 없을뿐더러 봉사정신이 남다른 것도 아닌데 말이다. 나의 행동은 순전히 호기심에서 비롯된 것이었다. 사실 집에서 멀지 않은 곳에 점자도서관이 있는 줄도 몰랐다.

얼마 전 서점에서 《잡학사전》이라는 책을 뒤적이다가 점자에 관한 내용을 읽게 되었다. 프랑스의 시각장애인인 루이 브라유가 점자를 처음 고안해냈으며, 한국에서는 1926년 박두성이 브라유의 6점식 점자를 토대로 한글에 맞도록 고쳤다고 했다. 시각장애인들을 위한 녹음도서가 있다는 것도 금시초문이었다. 여러 문학 작품을 낭독한 내 목소리가 시디에 담겨 각지로 배포된다니, 근사한 일이 아닐 수 없었다. 나는 도서 말미에 적힌 점자도서관의 연락처를 알아내 문의했다. 담당자가 무엇보다 목소리가 좋아야 한다고 못 박았다면 나는 내 작은 소망을 즉각 날려버렸을 것이다. 차분한 목소리로 상냥히 답변해주던 여자는 사투리를 쓰지 않고 발음만 정확하면 된다고 말했다. 마음 깊은 곳에서 풋풋한 새싹이 마구 돋아나는 것 같았다. 나는 곧장 구두로 신청서를 접수했다.

하이얀 입김 절로 가슴이 메어 마음 허공에 등불을 켜고, 내 홀로 밤 깊어 뜰에 내리면, 머언 곳에 여인의 옷 벗는 소리……내가 유일하게 외우는 시를 낭송하며 점자도서관 직원의 평가를 되새겨본다. 집이 팔렸어, 다음 주 월요일까지 집을 비워야 해. 나를 화끈하게 놀래준 아버지의 대사도 읊어본다. 목소리가 불안정하기는커녕 발음만 정확하다. 당장 점자도서관으로 달려가 재시험을 치르고 싶은 심정이다.

4
염소치즈

　　　　　　　　북한이 스위스 기독교 단체의 지원으로 산악영농 기법을 전수받아 염소 사육에 성공, 독자적인 종균 배양을 통한 치즈 생산을 목전에 두고 있다. 기아와 영양실조로 고통받고 있는 주민들에게 동물성 단백질을 공급하려고 추진한 염소 사육이 치즈 생산으로까지 발전한 것이다. 지원 단체 측은 북한의 토양에 맞는 목초 씨앗을 보내고, 냉동 염소 정자를 공수하고, 수의사를 파견할 예정이다.

　퇴근 무렵, 인터넷 부동산을 헤집고 다니다가 발견한 기사다. 2001년 5월 23일자 신문에 실린 내용이었다. 북한과 치즈라니. 두 단어는 어감은 물론이고 그 배면에 깔린 이미지와도 겉돌았다. 염소라는 단어가 곳곳에 박혀 있는 기사를 보자 대뜸 엄마의 얼굴이 어른거렸다. 망자가 불러일으킨 건 그리움이나 연민이 아니라 악취였다.

백화점은 평일 저녁인데도 혼잡하다. 주차요원이 호루라기와 야광 봉을 불고 흔들어대면서 줄줄이 입장하는 자동차들에게 방향을 일러주고 있었다. 그와 눈이 마주쳤다. 이 몸은 어디로 갈까요. 나는 속으로 우스갯소리를 내뱉으며 팔짱을 꼈다. 반드시 그래야 한다고 교육을 받기나 한 것처럼 주차요원의 표정은 꽤나 사무적이다. 그가 빨간색 봉으로 허공에 원을 그리더니 로봇처럼 고개를 획 돌렸다.

만사를 제쳐두고 집부터 구해야 하건만 나도 모르게 발길이 백화점으로 옮겨졌다. 이사 날짜가 코앞으로 다가왔다. 깐깐하다기보다도 깐족거리기가 능사인 은행이 경력 이 년의 치위생사에게 과연 돈을 얼마나 빌려 줄 수 있는지도 알아봐야 한다. 인터넷 부동산의 매물정보를 살펴보니, 해약할 수밖에 없는 적금은 전셋집을 얻기에 턱없이 부족한 액수였다.

나는 에스컬레이터를 타고 지하 식품 매장으로 내려갔다. 시끌벅적했다. 반짝 세일을 알리는 고함소리가 여기저기서 들려온다. 일터에서 빠져나온 지친 일꾼들을 겨냥한 수다스러운 호객행위였다. 어쩌다 백화점에서 이런 진풍경을 접할 때면 식품매장이 마치 새벽마다 열리는 도떼기시장 같다는 생각이 든다. 떠들썩한 풍경이 오늘 하루를 닫는 게 아니라 여는 것처럼 비쳐서 발걸음마저 가벼워진다. 나는 유제품 코너를 찾아 두리번거렸다. 품이 넓은 진열대에 치즈가 넘쳐났다. 치즈의 종류며 브랜드도 다양하다. 사람들이 이렇게 치즈를 즐겨 먹는 줄 몰랐다. 내가 진열대를 둘러본 그 잠깐 동안에도 몇몇 사람이 치즈 묶음을 덥석덥석 집어 갔다. 치즈 진열대를 샅샅이 훑어봤지만 염소치즈가 없다. 나는 고객들을 향해 억지미소를 짓고 있는 종업원에게 다가갔다.

"손님, 무엇을 도와드릴까요?"

"염소치즈는 없나요."

"염소치즈요……잠시만 기다려주세요."

대답이 즉각 나오질 않는 걸 보니 신참인 모양이다. 여자가 카운터로 종종걸음 쳤다. 판매 도우미들의 호객행위가 절정에 올랐다. 그녀들은 햄, 만두, 떡갈비, 삼겹살, 우동 따위를 굽거나 삶으면서 목청을 높였다. 누군가의 마음을 끌기 위해 저렇듯 간절히 외쳐본 적이 있었나. 도우미들의 오달진 목소리가 자문을 품게 했다. 소리는 저 여자들이 지르고 있는데 괜스레 내 목구멍이 싸하다.

"고객님, 염소치즈는 모레 들어온답니다."

"모레 오면 진짜로 살 수 있는 거죠?"

나는 염소치즈를 구입할 것도 아니면서 재차 물었다. 오랜만에 구경이나 하고 싶었던 염소치즈가 없다고 하니 식품매장에 금세 흥미가 떨어진다. 나는 와인 코너를 돌아 무심코 엘리베이터를 탔다. 하필 지하로 내려가는 엘리베이터다. 내 뒤로 사람들이 우르르 몰려와서 벗어날 수도 없다. 나는 사람들에게 떠밀려 지하 삼 층에서 내렸다. 지하 주차장의 빽빽한 열기가 온몸을 에워쌌다.

자동차들이 서행하면서 주차장을 한 바퀴 돌고는 지하 이 층으로 올라갔다. 지하 삼 층에는 주차 공간이 없었다. 주차장의 사각기둥에 새겨진 일련번호를 따라 질서 정연하게 늘어선 차들을 보니 어수선한 내 마음까지 정돈되는 듯하다. 나는 후텁지근하고 탁한 공기를 개의치 않고 주차장을 거닐었다.

"샤를 드골이 이런 말을 했대. '이백육십오 종의 치즈를 생산하는 나라를 어떻게 제대로 통치할 수 있겠소?' 너도 알다시피 그 나라는 프랑스야. 치즈의 종류가 엄청나다는 것이 프랑스인들의 자랑인 만큼 드골 장군이 밝힌 숫자도 어디까지나 추측에 불과하겠지. 치즈에는 칼슘, 미네랄, 비타민, 단백질이 풍부해. 한마디로 영양덩어리야. 소화흡수도 빨라서 운동선수나 발레리나가 선호한대. 치즈가 미식가들의 음식으로 손꼽히는 이유가 뭔 줄 알아? 짜고, 시고, 고소하고, 쿰쿰하고, 이처럼 다양한 맛을 내기 때문이야. 너도 한번 먹어볼래?"

엄마는 불치병을 얻고 나서야 무남독녀를 말벗으로 삼으려 했다. 내가 마지못해 얼굴을 내밀면 당신은 어디서 주워들었는지 노상 치즈에 얽힌 얘기만 늘어놨다. 숙성될수록 고소한 냄새가 진하게 풍기는 에담, 부드럽지만 자극적인 향미가 있는 그뤼에르, 구멍이

숭숭 뚫린 에멘탈, 겉이 흰곰팡이로 덮인 카망베르 등등 치즈의 종류도 줄줄이 꿰고 있었다. 엄마가 예전부터 치즈를 편애한 건 아니다. 외려 나처럼 싫어한 쪽이었다. 번져가는 암세포 때문에 방광의 뼈를 깎아낸 뒤부터 엄마는 치즈를 입에 달고 살았다. 처음에는 슬라이스 치즈에 짭짤한 김을 얹어 돌돌 말아서 먹었다. 치즈에 맛을 들이기 위해서였다. 그 단계를 거치고 나자 별스럽게도 염소치즈만 밝혔다.

그 치즈 편식이 의아해서 걸핏하면 손이 가는 인터넷을 샅샅이 뒤져봤지만 염소치즈가 자궁암에 특효라는 말은 그 어디에도 없었다. 염소치즈는 아무 데서나 팔지 않았다. 가격도 일반 치즈보다 몇 배나 비쌌다. 아버지는 일요일마다 승용차를 몰고 시내로 나가 백화점에서 염소치즈를 사 왔다. 그것은 미용 비누처럼 둥글넓적한 모양이었다. 염소의 젖을 숙성·발효시킨 영양덩어리를 엄마는 끼니마다 한 개씩 먹어치웠다. 밥은 관두고 염소치즈만 먹는 날도 허다했다. 얼마나 맛있으면 저럴까 싶어 조금 떼어 먹었다가 기겁을 하고 뱉어버렸다. 퀴퀴한 냄새에 맛도 한마디로 지랄 같았다.

염소치즈 때문에 집 안이 발칵 뒤집힌 적이 있었다. 염소치즈를 미처 준비하지 못한 아버지가 내게 심부름을 시켰다. 엄마의 식량이나 마찬가지니까 잊지 말라고 신신당부했다. 그날은 일요일 오후였고, 나는 인태와 용산에서 모델하우스를 구경하고 있었다. '물과 바람과 나무가 조각한 캐슬, 이 아름다운 캐슬에서의 삶은 예술을 닮아갑니다.' 아무리 팍팍한 인생이라도 앞으로 지어 올릴 아파트에 발을 디디기만 하면 대번에 구김살이 펴질 것 같은 카피였다. 시간이 허락하는 족족 나는 인태를 모델하우스로 데려갔다. 중세 유럽식 분수와 조형물로 꾸며진 주거 공간에서 소박한 가정을 함께 꾸리고 싶은 내 속내를 들키고 싶어서였다.

나는 아버지의 심부름을 까먹은 게 아니었다. 모델하우스에서 염소치즈를 판매하는 백화점까지의 거리가 그리 멀지도 않았다. 하는 짓마다 얄미운 친구의 부탁을 받은 것처럼 그냥 사다 주기가 싫었다. 아니나 다를까, 엄마는 빈손으로 들어간 나를 족대기며 상말을 퍼부어댔다. 나도 지지 않았다. 참회와 용서를 구하며 음전하게 죽음을 기다리지 않고 염소치즈나 밝히는 엄마가 한심스러웠다.

"염소치즈가 한 개에 얼만 줄 알기나 해요? 꼬박꼬박 월급을 타 오는 자식이나 많으면 또 모르겠어. 돈벌이하는 인간은 달랑 나 하나뿐인데 그게 무슨 사치야. 왜 자꾸 욕을 하고 그래요, 상스럽게. 그렇게 힘이 펄펄 넘치는 걸 보니 염소치즈가 영양덩어리 맞나 보네요."

마음에도 없는 말이 줄줄 흘러나왔다. 병든 엄마를 혼자서 책임지고 있는 양 나는 말끝마다 돈타령을 했다. 내 월급의 일부가 엄마의 치료비는 물론이고 하다못해 식비로 쓰인 적은 이제껏 한 번도 없었다. 나한테는 땡전 한 푼도 신세 지지 않겠다고 평소에 엄마가 입버릇처럼 말하곤 했으니까. 금방 기절할 듯이 목에 핏대를 올리며 엄마가 악을 써대면 나도 사정없이 빈정거렸다. 더 이상 못 봐주겠는지 아버지가 내 등짝을 후려치고는 거실에서 쫓아냈다.

　엄마는 우중충한 빛깔의 잠옷을 입고서 다른 치아보다 크게 자란 앞니로 염소치즈를 갉아 먹었다. 나는 꼭 염소치즈여만 하는 엄마의 편식을 일종의 히스테리라고 생각했다. 그런 일은 거의 드물었지만 어쩌다 염소치즈가 떨어지면 당신은 등으로 벽을 치거나, 온몸에 쥐가 난 것 같다면서 끙끙거렸다. 히스테리라는 용어의 기원은 '자궁'이며 고대 사람들은 자궁을 끊임없이 돌아다니는 일종의 동물 같은 기관으로 여겼다는 내용이 어떤 이론서에 언급되어 있었다. 자궁은 출산을 갈망하는 생물인데 오랫동안 결실을 맺지 못했을 때 언짢아져 유랑자처럼 방랑한다는 것이다. 따라서 그 살아 움직이는 기관이 다양한 형태의 발작을 일으킨다. 히포크라테스 시대의 사람들은 욕구와 충동에 의해 두 성이 합쳐질 때 자궁이 비로소 안정을 찾게 된다고 믿었다. 어떤 의사는 그때 벌써 자궁이 남자의 정액과 비슷한 액체를 분비한다는 추측까지 내세웠다.

　그리스 시대에 널리 퍼진 '자궁이동설' 이론에 비춰 보면 엄마의 자궁은 그야말로 화난 생물체였다. 출산의 고통을 한 번만 겪은 엄마의 단산에 굶주린 자궁이 불만을 품고서 이리저리 헤매다가 급기야 병이 든 것이다. 고대 의사들의 치료법대로라면 성관계로 자궁을 다독여야 했지만 엄마는 배 속의 유랑자를 제거해버렸다. 비록 형체는 없어졌으나 분노한 자궁의 뿌리가 몸속을 휘젓고 다녀 엄마는 '염소치즈 탐욕'이란 히스테리를 일으킨 것이 아닐까.

배 속 유랑자의 뿌리가 촉발시킨 히스테리를 잠재울 방법이야 있었지만 엄마가 한사코 거부했다. 나는 그 사실을 실로 우연히 알게 되었다. 그날 나는 잠을 자다가 목이 말라서 깼다. 한밤중이었다. 주방까지 걸어가기가 귀찮아서 웬만하면 참아보려고 했는데 입이 바싹바싹 말랐다. 은은히 새어 들어오는 희미한 달빛과 감각에 기대어 나는 깜깜한 거실에 발을 내딛었다. 인기척을 내지 않으려고 살살 발걸음을 떼는데 문이 버긋하게 벌어진 안방에서 말소리가 들려왔다. 나는 안방 가까이 놓여 있는 서랍장 쪽으로 살금살금 발길을 돌렸다.

"이거 바르고 하면 되잖아."

"바르면 뭐해. 금세 말라버리는데. 당신은 그런 것을 발라가면서까지 하고 싶어?"

자못 짜증스런 엄마의 목소리가 날카롭게 솟구쳤다. 무슨 간음 현장이라도 목격한 것처럼 내 머릿속이 화끈거렸다. 팔다리를 한데 모으고서 어둠 속에 파묻혀 있는데 '에이, 씨' 하는 볼멘소리가 상스럽게 터져 나왔다.

"그러니까 내가 밖에서 해결하라고 했잖아. 묵인하겠단 말이야. 제발 그래줘. 진심이야. 난 정말이지 못 하겠어. 아무런 느낌도 없고 말라붙은 질이 찢어질 것처럼 아프기만 해."

"내가 개냐? 아무 여자한테나 쑤셔 넣게. 됐어, 잠이나 자."

누군가가 불쑥 튀어나올 것 같아서 나는 황급히 내 방으로 들어갔다. 정신이 맑아지자 갈증도 가셨다. 나는 침대에 누워 새우처럼 몸을 구부렸다. 내 머릿속은 양친의 내밀한 이야기로 빈틈이 없었다. 말라붙은 질……자궁을 제거하면 여성호르몬도 아예 분비되지 않는 것일까. 그렇다면 부드럽게 삽입하기 위해서 질이라는 대롱 입구에 뭔가를 바르려다 거절당한 거겠지. 인공 물기의 정체는 모르겠고, 거기까지 헤아려보자 뻑뻑한 통로에 기름을 쳐가며 생식기를 밀어 넣으려는 한 남자의 철없는 성욕이 야만스럽다기보다 측은했다. 오히려 안방의 비밀스런 대화를 곱씹기만 해도 금세 훈기가 감도는 내 축축한 질이 혐오스러웠다.

사십삼 킬로그램까지 줄어든 엄마는 한여름에도 벨벳 커튼을 치고 있었다. 종국엔 햇빛까지 싫다고 했다. 어쩌다 거실에서 텔레비전을 시청하고 있으면 방문이 열린 안방에서 음식물 씹는 소리가 새어 나왔다. 나는 아직 살아 있다, 나는 결코 죽지 않을 거라고 안간힘을 쓰는 듯한 검질긴 소음. 텔레비전의 볼륨을 높일수록 그 버석거리는 이물질 같은 소리는 한결 도드라졌다.

우아하고 세련된 프랑스 요리에나 어울릴 염소치즈에 나박김치를 곁들여 먹으면서 엄마는 방사선 치료를 받았다. 자궁암 말기였다. 암세포가 방광, 직장, 복강 안까지 번져 수술은 하나마나였다. 콩팥에도 물이 찼다. 그 악성 종양은 건강하게 자라 척추까지 점령지를 넓혔다. 엄마는 병원 침대에서 앉은뱅이로 사 개월을 살다가 숨을 거뒀다. 아무도 엄마의 임종을 지키지 못했다. 아버지가 모처럼 사우나탕에 다녀온 사이 엄마는 저승으로 부리나케 달아났다. 나는 분당 율동공원에서 번지점프를 하려고 순서를 기다리다가 아버지의 전화를 받았다. 기압골의 영향을 받아 온종일 날씨가 흐렸던 날이었다.

  그 무렵 나는 집에 중환자가 있는데도 직장생활과 연애를 게을리하지 않았다. 이제 그만 엄마가 세상과 인연을 끊어줬으면 하는 몹쓸 소망, 한 생명에의 단념이 뜻밖에도 내 일상을 바로잡아줬다. 엄마가 정을 떼려고 그렇게나 추한 몰골로 내 곁에서 오래도록 버둥댄 거라면 당신의 목적은 이루어진 셈이다. 실제로 나는 엄마의 부음 소식을 접한 뒤 높이 사십오 미터의 번지점프대에서 몸을 날리며 목이 터져라 환성을 올렸으니까. 구름 사이로 날아가는 엄마의 영혼을 본 듯한 그날의 번지점프를 나는 평생 잊지 못할 것이다.

  엄마의 생애는 길지도 짧지도 않았다. 자궁암에 걸렸을 때 엄마는 마흔아홉 살이었다. 여성호르몬을 만드는 아몬드 모양의 난소와 산속의 옹달샘 같은 자궁을 잃어버린 엄마의 몸은 무슨 볏단 같았다. 몸을 뒤척일 때마다 바스락바스락 소리가 났다. 어쩐 일인지 집 안 공기도 날로 건조해졌다. 나는 가습기를 틀어 놓는 것도 부족해서 세탁기가 빨아준 옷가지들을 거실에서 말렸다.

  "체중이 오십사 킬로그램에서 오십이 킬로그램으로 줄었어. 내 자궁과 난소의 무게가 이 킬로그램이었던가봐."

수술실에서 나온 지 사흘째 되던 날, 엄마가 꺼낸 첫마디였다. 퇴원해서는 구두와 치마, 액세서리를 죄다 모아서 불살랐다. 어느 날은 립스틱이며 아이섀도, 마스카라가 쓰레기통에 몽땅 버려져 있었다. 수술이 안겨준 짙은 상실감을 그런 식으로 표현하는 것 같았다.
　나에게도 변화가 생겼다. 화장이 진해지고, 거들떠보지 않았던 치마에 눈을 돌린 것이다. 치마는 인태가 하도 졸라서 입게 되었다. 그에게 치마, 특히 플레어스커트는 영화관, 노래방, 골목길, 승용차 등등의 호젓한 장소에서 성적 유희를 간편하게 누릴 수 있게 해주는 요긴한 가리개였다. 색조화장은 순전히 내 의지의 산물이었다. 인태는 화장한 내 얼굴이 멍청해 보인다며 립스틱이나 살짝 바르라고 조언해줬다. 물론 새겨듣지 않았다. 엄마가 여자만이 소유할 수 있는 물건을 전부 처치해버린 시점부터 이상하게도 나는 여성스러워지고 싶어졌다. 내 얼굴형에 어울리는 화장법을 익혀 매끄러운 낯에 색깔을 입히고, 레이스나 예쁘장한 리본이 달린 옷으로 멋을 부렸다. 하이힐도 신었다.
　그 시절 인태는 나를 향한 구애의 장기를 욕심껏 뽐내고 있었다. 나 또한 육체의 문을 언제든 열어 뒀다. 어떻게 하면 그를 만족시켜줄 수 있을까 하고 요리조리 머리를 굴려보기도 했다. 제법 실하고 게다가 열렬하기까지 한 수컷에게 무엇이든 못 줘서 안달인 마음은 암컷의 본능일 테니까. 엄마는 볼썽사납게 쪼그라들었다. 반면 나의 육체는 달콤하게 익어갔다. 엄마가 안방에 묵새기고 있어서 우리 모녀는 마주칠 일이 드물었다. 그보다는 내가 의도적으로 거리를 뒀다. 물이 올라 달콤한 향기가 풍길 내 외모를 엄마에게 보이기가 겸연쩍어서라기보다, 안방의 암울한 기운이 내게 전염될까 봐 그랬다.

딸의 뜸한 발길이 불안했던지 엄마는 새삼스럽게 화분을 사러 가자거나, 외식을 하자면서 아버지를 통해 내게 말을 걸었다. 나는 그때마다 일을 핑계 삼았다.

"너희 엄마, 늦가을 나뭇잎 같은 목숨이야. 언제 떨어질지 모른다는 거 너도 잘 알잖냐. 엄마한테 매정하게 굴지 마라. 다 너를 위해서 하는 말이야. 후회의 응어리는 커지면 커졌지 절대 녹아 없어지지 않아. 혹시 나 때문에 그러냐?"

"저는 변함없이 행동할 뿐이에요. 제가 언제 엄마한테 나긋나긋했나요. 갑자기 입안의 혀처럼 굴면 환자의 건강에 오히려 해가 될지도 몰라요. 쟤가 안 하던 짓을 하는 걸 보니 내가 죽을 날이 가까웠나 보다, 이렇게 생각하지 않겠어요. 지나친 동정과 관심이 때로는 독이 될 수도 있다구요. 좀 더 정직하게 말하면 엄마한테서 풍기는 냄새가 제 발길을 막아요."

"내가 날마다 씻기는데도?"

"시체를 오래 방치한 냄새가 그렇지 않을까 싶어요. 나도 모르게 찌푸려지는 얼굴을 엄마한테 보이는 것보다야 무관심이 낫죠."

하혈과 하복부 통증으로 고통스러워했던 엄마에게서는 고약한 냄새가 났다. 내 엄마한테서 저런 냄새가 풍기다니, 자존심을 건드리는 악취였다. 어떤 불평도 없이 자나 깨나 엄마의 병수발을 드는 아버지가 신기할 따름이었다. 나는 종종 내가 만들어져 나온 모체를 의심하곤 했다. 친딸이라면 그깟 냄새에 민감한 반응을 보이며 데면데면하게 굴지는 않았을 테니까.

입원과 퇴원을 반복하면서 엄마는 하루가 다르게 여위어갔다. 그건 사람의 몸이 아니었다. 엄마의 살은 연한 물질이 아니라 뼈를 감싼 포장지나 마찬가지였다. 울툭불툭한 뼈가 훤히 드러났고 볼, 배, 등, 눈이 움푹 꺼졌다. 한마디로 혐오감을 주는 육체였다. 자기 명대로 탈 없이 살다가 고요히 숨을 거둔 망자야말로 가장 축복받은 사람이라고 생각해 왔다. 포근한 밤, 가족이 잠든 사이에 저승길로 혼자 뚜벅뚜벅 걸어가는 건 그보다 더 품위 있는 죽음이다. 하지만 점잖고 의연한 죽음은 만복이 그런 것처럼 아무나 맞이할 수 없다. 엄마의 말년은 내가 상상했던 모습에서 크게 벗어나지 않았다.

갑자기 날카로운 클랙슨 소리가 들려온다. 내 뒤로 승용차 몇 대가 줄 서 있다. 나도 모르게 주차장 진입로 한가운데를 걷고 있었다. 운전자들에게 미안하다는 뜻을 전할 겨를도 없이 나는 후닥닥 비켜섰다. 치아가 듬성듬성 빠진 것처럼 주차장에 빈자리가 많아졌다. 검정색 매그너스와 벽돌색 아반떼 사이에 선다. 누군가가 방금 차를 세워 두고 매장으로 들어갔는지 승용차의 옆구리가 뜨뜻하다.

매그너스의 엉덩이를 만져본다. 따사롭다. 엉덩이에 올라타 냉한 몸을 데우고 싶을 만큼 온기가 자극적이다. 주차장의 불빛을 받아 광채가 흐르는 승용차에 몸을 기댔다. 나에게 허리를 빌려 준 매그너스가 잠시 숨을 고르고 있는 생명체인 듯한 느낌마저 든다. 살아 있는 동체와 넓은 주차장에 단둘이 있다고 생각하니까 무슨 말이든 하고 싶다. 이럴 때 치와와에게서 전화가 걸려온다면 그녀의 푸념을 기꺼이 들어줄 텐데. 그렇다고 내가 먼저 연락하기는 싫다.

나는 휴대전화의 전화번호부를 뒤적거렸다. 기역부터 히읗까지 일흔두 개의 전화번호가 저장되어 있다. 남양우유, 두루넷, 우리약국, 아파트관리실, 타이맥스, 포토스튜디오 따위의 전화번호를 제외하면 나는 육십여 명의 사람들과 인간관계를 맺고 있는 셈이다. 전화번호부의 머리에 놓인 '강미혜'부터 마지막을 장식한 '황애진'까지 지인들의 고유번호를 눈여겨본다. 마음이 쏠리는 이름이 없다. 나는 이동통신회사의 대표번호를 눌렀다.

'기분 좋은 변화, 엘지텔레콤 고객센터입니다. 모바일 고객센터 연결은 별표, 요금문의는 일 번, 분실·정지·통화품질 문의는 이 번……상담원 연결은 영 번을 눌러주십시오. 명의자 본인이 아니시면 상담내용에 제한을 받으실 수 있습니다'

기분 좋은 변화, 하면서 안내 멘트가 나올 때 영 번을 누르면 상담원과 바로 연결이 된다는 걸 알고 있지만 나는 감미로운 목소리를 끝까지 들었다. 이 순간만큼은 침대 위의 인태처럼 상대방의 음성을 들어야 에너지가 충전될 것 같다.

"요금 청구서를 이메일로 받으려고 하는데요."

"아, 네. 휴대전화 번호가 공일일 육팔삼에 일공이일 번 맞으십니까?"

"네."

"가입자 분 성함이 어떻게 되시죠?"

"최정수요."

"우리 고객님 주민등록번호 뒷자리를 말씀해주시겠어요?"

"이사육이구이공요."

"네에, 맞습니다. 소중한 정보 감사합니다. 청구서를 받으실 이메일 주소를 알려주세요."

"피이엔지에이치아이 골뱅이 한메일 쩜 넷."

"제가 아이디를 다시 한 번 확인할게요. 피이엔쥐에이취아이, 맞습니까?"

"네."

"변경됐구요, 다음 달부터 요금내역을 이메일로 확인하실 수 있습니다. 그리고 청구서를 이메일로 받으시는 고객 분께 매달 문자메시지 열다섯 건을 무료로 제공하고 있습니다. 다른 궁금하신 점은 없으신가요? 그럼 좋은 하루 되시구요, 감기 조심하세요. 만나서 정말 반가웠습니다."

싹싹하다기보다도 시키는 대로 정답을 맞혀내는 듯한 상담원이 내 건강까지 챙기고는 물러갔다. 행여 내가 말실수를 하더라도 노여워하지 않고 나를 극진하게 대해줄 여자다. 정답은 어차피 외워야 하는 거고, 그것은 다섯 개 중의 하나일 뿐이고, 그것을 못 맞히면 이 사회에서 낙오는 아닐지라도 구시렁거리며 살아가야 하니까. 나는 전화통화를 하면서 상담원에게 사적인 말을 하고 싶어 입이 근질거렸다. 최근에 어떤 영화를 보셨어요, 원룸을 구하려고 하는데 집값이 만만치 않네요, 스킨닥터라는 회사에서 제조한 영양크림을 바르면 피부가 몰라보게 맑아진대요, 등등의 사소한 이야기들.

나는 아반떼와 매그너스 사이의 좁다란 통로를 빠져나와 주차장을 기웃거리며 걸었다. 들어오고 빠져나가는 자동차들의 둔탁하면서도 바지런한 엔진소리에 내 발걸음도 덩달아 빨라진다. 부족한 돈을 어떻게 메운담. 나는 딴전을 부리다가 이제야 현실적인 고민에 빠졌다. 은행에서 인심을 후하게 써도 오백만 원 이상은 빌려 주지 않을 것이다. 눈이 번쩍 뜨이는 액수를 제시하면서 제발 돈을 가져다 쓰라고 아우성치는 고리채 금융기관에 손을 내밀 수는 없다.

치와와에게 돈이 있을 리 만무하다. 결혼을 앞둬서가 아니라 어쩌다 돈이 생기면 일단 쓰고 보는 타입이라서 그녀는 한결같이 빈곤에 허덕인다. 현재로서는 월세로 세 드는 수밖에 없다. 그렇다면 생활비가 곱절로 들 테니 캐나다로의 이주계획이 마냥 늦춰지거나 아예 흐지부지될 수도 있다. 공들여 쌓은 탑이 와르르 무너지는 소리가 들린다. 학사 과정을 진득하게 밟지 않고 휴학, 자퇴, 입학을 일삼으며 방황한 나 자신이 새삼 한심스러워진다. 사전에 귀띔도 해주지 않고 나를 골탕 먹이려는 수작이지 뭐야. 나는 아버지에게 원망을 퍼부으며 주차장을 벗어났다.

 십육 층에서 내려오는 엘리베이터를 기다리며 무심코 휴대전화를 꺼냈다. 어느 결에 부재중 전화가 두 통이나 와 있었다. 휴대전화 벨소리가 엔진소리에 파묻혔나 보다. 아버지가 나를 찾았다. 웬일로 음성메시지까지 남겼다. 비밀번호를 누르자 착 까부라진 아버지의 목소리가 잔잔히 밀려온다. 통장 확인해봐. 곧 겨울이 올 테니까 난방이 잘되는 집을 구하도록 해. 나는 거래은행으로 전화를 걸어 입금내역을 조회했다. 농협에서 최상혁 고객님이 타행 폰뱅킹으로 이천만 원을 송금하셨습니다. 때마침 엘리베이터가 열리면서 사람들이 한꺼번에 쏟아져 나왔다. 나는 그저 망연히 서 있었다.

5
렘브란트를 만나다

삼흥 목욕탕에 다녀오는 길이다. 마지막 발걸음이라고 생각하니까 자못 섭섭해서 쉬엄쉬엄 때를 밀다 보니 목욕시간이 길어졌다. 중학교 때부터 왕래한, 엄마와의 추억이 유일하게 스며 있는 목욕탕이다. 닭장 같은 카운터를 지키며 묵묵히 목욕 요금이나 받던 젊은 주인 여자가 지난주에 환갑날을 맞았다고 했다. 중학생이었던 내가 서른 살이 된 줄은 모르고, 때밀이 여자들의 입에서 흘러나온 소식에 놀라 나는 덧없는 세월에 위축감을 느꼈다. 시간이 속절없이 흐르는 동안 아파트 주변 상가들이 자주 업종을 변경했지만 삼흥 목욕탕만은 꿋꿋이 자리를 지켰다. 그 뚝심이 미더워 나는 깔밋한 사우나탕을 뒤로하고 삼흥 목욕탕만 드나들었다. 어쩌면 모녀 사이의 하찮은 추억이나마 때때로 상기하고 싶어서 발걸음을 했는지도 모르겠다.

열쇠를 끼우려고 손잡이를 잡았는데 현관문이 그냥 열린다. 낯선 신발이 눈에 들어왔다. 주름이 볼썽사납게 잡히고 굽도 닳아빠진 단화다. 반쯤 열어 놓은 미닫이문으로 웬 여자의 나지막한 목소리가 새어 나왔다. 목욕탕에서 깜박하고 로션을 바르지 않아 얼굴이 땅긴다. 나는 목욕 가방을 욕실에 놓고서 기척을 내느라고 맥없이 훌쩍거렸다.

"정수냐? 목욕탕 간 지가 언젠데 이제야 나타나. 살가죽이 팅팅 불었겠다. 하여간 여자들은 인내심도 대단해. 얘, 이리 와봐."

누군지는 몰라도 손님 앞에서 채신사납게 잔소리를 해댈까. 나는 옷매무시를 고쳤다. 젖은 머리에 벌건 얼굴로 나서기가 좀 민망하다.

아버지보다 연상으로 보이는 여자가 소파에 다소곳이 앉아 있었다. 인상이 밝지 않다. 아버지가 당신 곁으로 오라고 고갯짓을 했다. 둘 다 머그잔을 들고 있다.

"제 딸입니다. 인사드려라. 앞으로 이 집에서 사실 분이야."

저 시르죽은 여자가 우리 아파트를 샀다는 말이었다. 자기 집까지 지니고 사는 형편이면서 행색이 왜 저래. 신발은 저게 뭐고. 하긴, 평생 자린고비로 살았으니까 말년에 이만한 아파트라도 장만했겠지. 나는 마음속으로 공연히 비꼬면서 목례를 했다. 그녀가 웃을 듯 말 듯한 표정으로 나를 쳐다봤다. 나는 아직 열이 가시지 않은 볼을 한 손으로 감싸면서 고개를 숙였다.

　두 사람은 매매 물건에 대해서만 대화를 나눴다. 계약서에 그런 조항이 명시되어 있기라도 하듯 사적인 이야기는 일절 꺼내지 않았다. 나는 답답해서 미칠 지경이었다. 저 여자를 어디서 분명히 봤는데 머리가 꽉 막혀 도무지 생각나지 않는다. 나를 바라보는 적막한 눈빛 하며 군살이 붙어 투실투실한 몸, 피부가 늘어진 누런 빛깔의 얼굴, 그녀의 손에 들려 있는 중절모처럼 생긴 모자. 확실히 안면이 있는 여자였다. 나는 눈으로 그 모자를 그녀의 머리에 씌워본다. '나야, 나. 그렇게 생각이 안 나?' 하면서 그녀가 내게 말을 붙이는 것 같다. 전철이나 버스, 혹은 어느 술집이나 길거리에서 스친 사이가 아니라 서로 말없이 오랫동안 바라봤는데……나는 실례인 줄 알면서도 사이사이 의심의 눈길을 던졌다. 나를 의식한 그녀가 집 안을 이리저리 둘러봤다.

　"딸애 방도 한번 보시겠습니까. 오래된 아파트이긴 해도 사는 데 불편하진 않을 겁니다. 주변에 아기자기한 공원들이 많아서 산책하기도 좋아요. 들어오시다가 공사현장을 보셨죠. 그 자리에 유료주차장과 재활용센터가 있었는데 모두 허물고 공원을 조성하고 있어요. 공원 면적이 넓어서 완공하면 이 동네의 명물이 될 겁니다. 그리고 현관과 거실 사이에 저렇게 중문이 있어서 겨울에 따뜻할 겁니다. 아파트라고 다 중문이 있는 게 아니거든요. 옛날 가옥 구조로 말하면 사랑채나 마찬가지죠. 딸애 방이 중문 밖에 있어서 독립적인 공간으론 그만입니다. 저 방에 얌전한 자취생을 들여도 괜찮을 거예요. 중문이 이쪽과 저쪽을 확실하게 갈라놓고 있으니까요."

 아버지는 미닫이문을 '중문'이라고 칭하면서 평범한 아파트에 후한 점수를 줬다. 중문이 내 방과 거실을 확실히 갈라놓고 있다는 표현이 의미심장하게 들렸다. 아버지의 말마따나 나는 그동안 어느 누구의 간섭도 받지 않고 자취생처럼 살아왔다. 그렇게 지내는 게 가능한 구조였던 것이다. 게다가 나는 중문 저쪽 사람들, 즉 부모와 식습관이며 생활패턴이 달라서 며칠 만에 얼굴을 볼 때도 있었다. 솔직히 방의 위치 때문에 자연스럽게 외따로 생활했다기보다 '중문'을 꽁꽁 닫으면서 내 방을 별개의 공간으로 그들에게 인식시켰다.

 틈틈이 그녀를 훔쳐보며 기억을 더듬고 있던 나는 퍼뜩 정신이 들었다. 이런, 아직 숙소를 마련하지 못했다. 아버지의 음성메시지를 듣고 통장 잔액을 확인한 순간 성가신 일이 바로 해결되어 여태 마음을 놓고 있었던 것이다. 스스로 독립하겠다고 뱃심 좋게 큰소리를 쳤으면서 나는 거저 생긴 이천만 원을 움켜쥐고 있다. 속물이 따로 없다. 사실 돈이 문제지 원룸이야 사방에 널려 있을 게 뻔하다. 그렇긴 해도 난생처음 홀로서기를 하는 마당에 마음이 이다지도 태평할 수 있을까.

 "저는 무엇보다 볕이 잘 들어서 좋네요."

이 아파트의 유일한 장점을 여자가 알아챘다. 하지만 오늘은 깔깔한 광선이 어떤 통일성을 깨뜨리고 있었다. 오래 묵은 아파트, 애수에 젖은 여자의 눈빛, 아버지의 눅신한 목소리와 박자가 맞으려면 날이 찌뿌드드해야 한다.

"집 안을 차근차근 훑어보시고 필요한 살림살이가 있으면 말씀하세요. 몸집이 큰 세간은 처분할 생각이니까요."

"아유, 그래 주시면 저야 감사하죠. 그렇잖아도 중고 살림살이를 사려던 참이었어요. 인정머리 없는 사람들이 이불과 수저만 남기고 죄다 긁어 갔거든요."

"살림살이를 처분하다뇨?"

"안방의 더블침대도 놓고 갈 생각이야. 그럼 네가 전부 맡을래? 엄두가 나면 가져가든지."

"두고 가시는 살림살이에 대해서는 값을 치를게요."

"아닙니다. 보시다시피 낡은 가구들인데요, 뭐. 대신 우리 집사람의 손때가 묻은 물건이니 오래오래 써주세요. 중고대리점에 헐값으로 팔아치우는 것보다야 아주머니께 맡기는 게 낫죠. 나중에 제가 넓은 집으로 이사 가면 도로 가져가겠으니 그때까지 잘 보관해주세요."

마치 들여놓을 가구가 없어서 시무룩했던 것처럼 여자의 얼굴이 대번 환해졌다. 살림살이마저 한마디 상의도 없이 제멋대로 처리하다니, 기가 막혔다. 내가 중학교 3학년 때 입주한 이십칠 평짜리 아파트에 당신 돈이 섞여 있는지는 몰라도 살림살이는 엄마가 장사하면서 하나씩 늘린 거였다. 그중에는 엄마와 내가 둘이 살 때 장만한 것도 있다. 채권자가 정당한 절차를 밟지 않고 내 물건을 갈취하는 기분이다.

"월요일 언제쯤 이사를 하시렵니까."

"아저씨 편하신 대로 하세요. 저는 아무 때고 괜찮아요."

"그럼 시간 끌 것 없이 일요일 아침에 짐을 옮길까요. 네 생각은 어떠냐."

웬일로 제 의견을 물으세요, 라는 대꾸가 입안에서 맴돌았다. 두 사람의 시선이 내게로 쏠렸다. 준비가 전혀 안 된 입장이면서 나는 주저 없이 동의했다. 뜬금없게도 집 마련 대금이 굴러 들어왔으니 집이야 지금부터 알아보면 될 터였다. 감정을 누그러뜨리고 가구들을 하나하나 눈여겨보니까 아버지의 결정 말고는 다른 방도가 없긴 하다. 내가 계약할 원룸은 끽해야 열 평 미만일 테고, 나에게 이천만 원씩이나 떼어 준 아버지라고 평수가 넓은 집을 얻었겠는가. 거처를 옮길 때마다 지겹게 끌고 다니던 엄마의 가구는 구식이라서 하나같이 부피가 컸다.

"혼자 살기엔 집이 너무 넓네요. 아저씨 말대로 따님 방에 자취생을 들여야 할까 봐요."

궁기가 흐르는 단화를 신으며 그녀가 약간 들뜬 목소리로 말했다.

손님을 배웅하고 들어와서 아버지는 '퍼즐 100단계'를 펼쳤다.

시월 호가 벌써 배달되었는데도 당신은 여태 구월 호를 끼고 있었다. 나는 냉수를 두 컵이나 마셨다.
"아차, 주소 변경을 안 했네."
"무슨 주소 변경요."
"퍼즐 100단계 말이야."
아버지가 전화통 앞으로 걸어갔다.
"오늘 개천절이에요."
"그렇지, 참. 잡지사도 쉬려나."
"목욕탕에서 오는 길에 보니까 분식점도 문을 닫았던걸요."
내 말을 무시하고서 아버지가 수화기를 들었다.
"에이, 왜 하필 오늘이 공휴일이야. 내일이 또 토요일이잖아. 이사한 뒤끝이라서 월요일은 이래저래 분주할 텐데. 얘, 월요일에 나한테 전화 좀 해라. 주소 변경하라고. 나이를 먹으니까 무슨 말을 해놓고도 돌아서면 까먹어."
아버지가 퍼즐잡지를 들고 터덜터덜 식탁으로 걸어갔다. 내 가슴을 밟고 지나가는 듯 아릿한 느낌이 전해져왔다. 퍼즐잡지의 새 주소를 챙기는 아버지를 보니까 비로소 마음이 뒤숭숭해진다. 할 일도 태산같이 쌓여 있다. 내일 아침 일찍 점자도서관에도 다녀와야 한다. 음성 테스트를 다시 받아볼 참이다. 점자도서관에 자주 얼굴을 내밀면서 녹음실 직원들과 가까워지면 아무래도 까다로운 시험을 통과하기가 조금은 수월하겠지. 그러니까 나는 지금 잔머리를 굴려서 가느다란 인맥이라도 만들어보려는 심산인 것이다.

"아까 그 아줌마는 누가 살림살이를 긁어 갔다는 거예요?"

"집달관을 두고 하는 소리일 거야. 집달관이 살림살이에 빨간딱지를 붙이고 결국 몽땅 실어내 간 모양이지. 그 여자가 무슨 돈벌이에 손을 댔다가 폭삭 망했거나 누구 보증을 서줬거나 뭐 그런 경우겠지. 이 땅에서는 그런 사고야 만날 흔해터졌으니까."

아버지의 추측대로라면 알거지가 되었다는 말인데 아파트는 무슨 재주로 샀을까. 내가 지금 남의 일에 참견할 때가 아니다. 이사 날짜가 잡혔다. 이제부터 본격적으로 집을 알아봐야 한다.

"아버지는 집을 구했어요?"

"그래."

"어느 동넨데요?"

"화곡동. 너는 어느 동네에 집을 얻었냐."

"아직 마땅한 원룸을 못 찾았어요."

"뭘 믿고 늑장을 부려. 요즘 한창 이사철인데."

나는 휴대전화의 지하철노선도를 불러내 내 근무처에서 화곡동까지의 거리를 확인해본다. 소요시간 육십구 분, 정거장 수 서른여섯 개. 보기만 해도 질린다. 아버지가 일부러 내 직장과 동떨어진 곳에 깃을 내린 것 같은 생각이 든다. 코가 식탁에 닿을 듯 앉아서 낱말퍼즐 풀기에 여념 없는 당신의 우묵한 등 위로 희뜩한 그림자가 아른거린다.

엄마와 사별하고 나서 아버지는 퍼즐잡지를 곁에 뒀다. 우리 부녀는 엄마의 뜻대로 뼛가루를 여수 오동도에 뿌렸다. 어느 때쯤부터 아버지와 나는 말을 나누지 않았다. 그것이 그렇게 편할 수 없었다. 아버지의 인품이 그때서야 또렷이 잡혀오는 기분이었다. 여수는 우리와 하등 연관이 없는 도시였다. 엄마의 고향도 아니다. 엄마가 사후에 몸담고 싶은 장소로 지목한 오동도는 필시 당신의 포근한 추억이 묻혀 있는 곳일 터였다. 왜 오동도일까. 엄마의 사십구일재가 지나도 궁금증이 가시지 않았다. 당신은 충청도 태생이었고, 우리 가족은 경기도와 충청도 일대를 돌다가 서울에 정착했다. 경상도라면 몰라도 전라도는 선거개표방송 때나 귀에 들어오는 지역이었다. 경주 불국사가 수학여행의 단골 코스였고 인태와 더러 놀러간 곳이 부산이라서 경상도는 왠지 낯설지 않았다. 엄마가 만약 가루로 변모한 당신의 몸을 태종대에 뿌려달라고 했다면 나는 별다른 의심을 품지 않았을 것이다.

당신은 처녀시절 직장 때문에 잠시 전라도에 머물렀을 수도 있고, 어쩌면 여수 오동도가 신혼 여행지였는지도 모른다. 상상력을 좀 더 발휘해보면 그곳에서 한때 누군가와 동거했거나, 인생이 고달파서 그만 살려고 오동도에 갔다가 우연히 눈에 잡힌 어떤 생명력에 감화를 받아 발길을 되돌렸을 수도 있다. 엄마의 사후 거처에 얽힌 내막을 파헤치다가 나는 부정할 수 없는 진실을 캐냈다. 그건 회식 때나 어울리는 오래된 직장 동료처럼 외모, 나이, 고향, 성격,

취미 따위만 알고 있을 뿐 엄마의 사생활에 대해서는 깜깜하다는 사실이었다. 아버지는 뭔가 알고 있는 눈치였으나 굳이 캐내고 싶지는 않았다.

엄마를 바다에 묻고 돌아오는 길에 들른 천안삼거리 휴게소의 음식점에서 아버지가 퍼즐잡지를 주워 왔다. 겉표지에 '두뇌혁명'이란 글자가 튀어나올 듯 큼직하게 박혀 있었다. 어디에도 손댄 흔적이 없는 새 잡지였다. 아버지는 운전할 생각도 않고 낱말퍼즐의 빈칸을 채웠다. 당신은 퍼즐잡지와 금세 친해졌다. 한 문제만 더, 한 문제만 더, 하면서 삼십 분 가까이 휴게소에 머물러 있었다. 아버지의 취미를 떠올려보면 인생의 모든 일이 필연에 의해 지배되고 있다는 말에 수긍이 간다. 퍼즐잡지가 아니었다면 당신은 이스트를 넣은 빵처럼 나날이 부푸는 고독을 끌어안고 살았을 테니까. 서둘러 상경할 이유가 없어서 나는 휴게소 광장을 거닐다가 화장실로 발걸음을 옮겼다. 손바닥이 꿉꿉했다. 평일 오후라서 화장실이 텅 비어 있었다. 세면대에서 손을 씻는데 인태의 얼굴이 물줄기에 섞여 떠내려갔다. 그 무렵, 우리의 연애지수는 소폭으로 꾸준히 떨어지고 있었다. 나는 청바지 주머니에서 휴대전화를 꺼냈다. 그가 무미건조한 음성으로 전화를 받았고 우리는 잠시 밍밍한 대화를 나눴다.

"여기 천안휴게소 화장실이야."

"출근 안 했어?"

"오늘 우리 엄마 화장한다고 했잖아. 오동도에 뿌리고 돌아오는 길이야."

"아차, 그랬지. 일은 잘 끝냈어?"

예의상 물어보는 말투였다. 우리 집안의 초상을 까맣게 잊고 있는 인태를 대하자 엄마의 죽음이 비로소 실감 났다. 내가 천안휴게소 화장실이라고 말했을 때 차라리 '거기 충전기는 쓸 만해?'라는 대꾸가 날아왔다면 울증이 다소 가라앉았을 것이다. 연애시절 인태는 화장실을 충전기로 불러 버릇하며 그곳에서 배설이 아닌 성교의 쾌감을 느끼곤 했다. 충전기의 크기는 작을수록 좋았다. 우리는 술집의 충전기를 애용했다. 어느 술집이든 자리를 잡으면 나는 일단 화장실부터 갔다. 청결 상태와 구조를 검토하기 위해서였다. 충전기가 형편없으면 나는 술집에서 나와 휴대전화로 인태를 불러내 다른 곳을 물색했다. 우리는 월요일부터 목요일 사이에 한적한 동네의 술집을 찾아다녔다. 금요일과 주말에는 유흥가의 술집에 술꾼들이 넘쳐나기 때문이다. 인태가 맥주 오백 시시 두 잔을 비우면 나는 슬그머니 화장실로 기어 들어갔다. 그리고 사람이 없는 틈을 타서 그에게 문자메시지를 보냈다.

여자화장실로 잠입한 인태는 일단 넥타이를 풀어 자신과 내 목에 둘러 감았다. 그러고는 바로 지퍼를 내렸다. 우리는 한 몸이며, 너는 내 것이라고 말하는 듯한 넥타이는 애무 못지않게 성감대를 자극하는 소품이었다. 우리의 목이 넥타이에 살짝 묶여 있어서 인태가 변기에 앉고 내가 그의 허벅지에 올라탔다. 그런 자세여야 안정감도 있고 스릴 만점의 게임을 신속하게 끝낼 수 있었다. 한 쌍의 배터리가 된 우리는 충전기에 들어앉아 에너지를 흠뻑 빨아들였다. 어쩌다 누군가가 노크를 하면 우리는 일시에 동작을 멈추고 신호를 보냈다. 잠시 동안 취하는 그 부동의 자세가 무슨 흥분제처럼 오히려 우리를 달아오르게 했다. 우리는 잡소리가 새어 나가지 않게 조심하며 빈틈없이 붙은 몸을 비비댔다. 그의 몸 구석구석이 지나치게 팽팽해져서 마치 순하게 길들인 새끼 악어를 얼싸안고 있는 기분이었다.

"오늘은 정답이 머릿속에서 재깍재깍 튀어나온다. 120단계까지 왔어."

아버지가 내 회상의 연실을 끊어버린다.

"허구한 날 집에서 퍼즐잡지랑 씨름하다간 외톨이가 되고 말겠어요. 이제 혼자 사셔야 하는데 친구도 없이 어쩌려고 그러세요."

"둘이 사나 혼자 사나 다를 게 뭐가 있다구."

아버지가 코웃음을 치면서 혼잣말하듯 대꾸했다. 미상불 나의 대사를 되새겨보니 우습게 들릴 만도 하다. 마치 내가 당신의 싹싹한 말벗이었던 양 잔소리를 하고 있으니 말이다.

"등산이든 낚시에 취미를 붙여보세요. 제가 장비는 얼마든지 사드릴게요. 말이 나온 김에 동호회를 알아볼까요."

"만날 친구가 없어서가 아니라 담을 쌓고 살기로 작정했다. 마누라 눈치나 슬슬 보면서 쩨쩨하게 구는 놈들을 보면 술맛이 싹 달아나. 내가 무엇하러 그놈들 틈에 껴서 시간 낭비, 돈 낭비를 하냐. 그에 비하면 퍼즐잡지는 주워들을 말이 얼마나 많아. 난 나르시스가 죽어서 된 꽃이 수선화라는 사실을 퍼즐잡지에서 처음 알았어. 나르시스가 누군지는 모르겠지만.”

“그리스 신화에 나오는, 나르시스라는 미소년한테 저주가 내려요. 오만함 때문에 누구도 사랑할 수 없고, 물에 비친 자기 모습만 사랑하리라는 저주요. 나르시스는 저주에 걸린 줄도 모르고 연못을 바라보다가 연못에 비친 자신의 모습에 반해버리죠. 나르시스는 죽어서도 물가 곁에서 자기 모습을 바라봤대요. 그래서 수선화가 되었다는 얘기예요.”

“꽃 이야기가 나왔으니 하는 말인데, 마음에 드는 화분 있으면 골라봐.”

“화분이라뇨?”

“베란다에 있는 화분 말이야. 살림살이야 어쩔 수 없어도 저것들은 가져가야지. 네 엄마가 애지중지 키운 식물이잖아.”

아버지가 턱짓으로 베란다를 가리켰다. 식물들이 햇빛에 촉촉이 젖어 있었다.

“제 몸뚱어리 하나 건사하기도 힘들어요. 아버지가 몽땅 가져가세요.”

베란다에는 이십여 종의 화분이 있었다. 꽃기린, 영산홍, 매화,

인삼벤자민, 게발선인장, 군자란, 고무나무, 홍콩야자, 아이비, 호접란, 동백, 문주란, 금천죽……대개 다 우리 가족과 안면을 튼 지 십 년이 넘는 것들이다. 엄마의 장례식을 치른 작년 팔월에 게발선인장이 느닷없이 죽었다. 그때 아버지는 한여름에 줄초상을 치른다면서 가장자리가 노랗게 타들어간 선인장을 가제에 곱게 싸서 버렸다. 그해 여름이 다가도록 당신은 의지할 데가 없어 굶주린 모습으로 집 안에만 틀어박혀 있었다.

"올해도 저 동백나무가 꽃을 피울까요. 엄마가 살아 있을 땐 해마다 겨울이면 꼭 두 송이씩 빨간 얼굴을 내밀었잖아요."

나는 무릎걸음으로 걸어가 동백나무에 그윽한 눈길을 던졌다. 아버지는 퍼즐잡지에 정신이 팔려 묵묵부답이다. 화초들은 신선한 공기와 물과 햇빛을 넉넉히 흡수하는데도 마지못해 살고 있는 것처럼 푸석푸석하다.

"생각났어!"

나는 문뜩 기억이 되살아나 소리쳤다. 아버지도 번쩍 고개를 들었다.

"아까 다녀간 아줌마, 렘브란트랑 똑같이 생겼어요."

나는 '똑같이'에 힘을 주며 눈을 휘둥그레 떴다. 생전에 백여 점의 자화상을 그렸다는 화가를 아버지가 알 턱이 없다. 렘브란트가 그린 〈자화상〉을 직접 보여주면 고개를 끄덕일 것이다. 나는 냅다 방으로 들어갔다. 책꽂이를 아무리 살펴봐도 내가 즐겨보는 미술서적이 없다. 나는 미술서적의 묘연한 행방에 짜증을 내면서 책상 서랍 속까지 뒤졌다. 아차, 치와와가 빌려갔지. 나는 방바닥에 철퍼덕 주저앉았다.

열대야로 몸살을 앓았던 지난여름, 술에 찌들어 비틀비틀 찾아온 치와와를 재워준 적이 있다. 거나하게 취한 그녀가 캔맥주를 사 들고 와서는 대뜸 거실로 가더니 "아버지, 저랑 술 한잔해요." 하면서 초면인 사람한테 야지랑을 떨었다. 숨통을 죄는 더위에 러닝셔츠마저 벗어던지고서 반나체로 텔레비전을 시청하고 있던 아버지가 기겁을 하고 안방으로 들어갔다. 내가 등짝을 때리며 거실에서 끌어내자 치와와가 갑자기 욕실로 달려가더니 속엣것을 모조리 게워 냈다.

다음 날 간밤의 추태를 모른다고 잡아떼는 그녀에게 토사물로 쉰 냄새가 진동하던 욕실을 실감 나게 묘사해봤자 내 오장만 뒤집어질 터였다. 뿌루퉁해 있는 나를 무시하고서 방 안을 훑어보던 치와와가 그 미술서적에 눈독을 들였다. 마지못해 빌려 주면서 아끼는 책이니까 후딱 반납하라고 일렀는데 여태 소식이 없다. 나는 치와와에게 즉각 전화를 걸었다. 받지 않는다. 보나마나 한두 페이지 읽고서 아무 데나 처박아 놨을 것이다.

렘브란트의 자화상은 일종의 자서전이나 다름없다. 인기 절정의 시절부터 파산의 비애를 거친 노년에 이르는 동안 제작된 자화상에는 그의 인생이 고스란히 담겨 있기 때문이다. 렘브란트의 헌신적인 반려자였던 두 아내는 그보다 먼저 세상을 떴다. 그가 죽었을 때 유품이라고는 헌 옷 몇 벌과 화구밖에 없었다고 한다. 렘브란트의 무수한 자화상 중에서 유독 애착이 가는 작품은 1656년경에 그려진 〈자화상〉이다. 둥근 챙이 달린 모자를 쓴 오십 대 초반의 사내를 응시하다 보면 세상살이에 지친 이웃과 마주하고 있는 듯한 착각이 들었다. 비감에 젖어 터져 나오려는 눈물을 애써 참고 있는 눈망울. 그가 말하지 않아도 나는 어떤 절박함과 외로움을 충분히 느낄 수 있었다. 그림으로 접한 말년의 렘브란트와 이제 집주인이라고 불러야 할 여자를 눈앞에 그려본다. 마치 남매 같다. 당장 미술서적을 펼쳐 놓고 비교해 볼 수 없어서 안타까울 뿐이다. 하여튼 사사건건 치와와가 말썽이다.

　나는 방바닥에 누웠다. 목욕탕에서 세 시간 넘게 기운을 뺀 피로가 이제야 몰려온다. 천장에 렘브란트와 집주인이 서로 엇갈리며 떠다닌다. 휴대전화에서 차임벨 소리가 났다. 문자메시지가 도착했다는 신호다. '환율특별우대환전, 삼백 불 이상 환전 시 추첨, 유럽과 동남아 여행 상품권 제공' 언제나 말만 번지르르한 문자메시지를 삭제하고서 나는 휴대전화의 지하철노선도를 펼쳤다. 액정에 '화곡'이라고 검색어를 입력하자 역에 대한 정보가 일목요연하게 뜬다. 작심하지 않고서는 선뜻 발이 떨어지지 않을 까마득한 아버지의 동네다.

　더듬어보면 뒤늦게 부녀라는 인연으로 맺어진 우리는 서른여섯 정거장만큼의 거리를 두고서 살아왔다. 내가 넉살 좋게 아버지라 부른다고 해서 거리감마저 지워진 건 아니다. '장발'에서 '아버지'로 호칭만 바뀌었을 뿐이니까. 당신도 내 마음과 다를 바 없을 것이다. 휴대전화 액정에 드러난 컬러풀한 지하철노선도를 보니 화곡역에서 네 정거장만 가면 김포공항이다. 비록 껍데기에 불과했을지라도 가장이라는 신분을 벗어던진 당신은 무언가가 충동이면 언제라도 가뿐히 비행기를 탈 수 있다. 나와는 상관없이 일부러 김포공항과 지척인 동네로 방향을 잡은 걸까. 그래도 그만인데 이상스럽게도 숱이 적어지는 내 정수리처럼 가슴패기가 허하다.

"아버지, 제가 동백나무를 맡을게요!"

동백나무가 마치 우리 부녀 사이에 벌어진 틈을 메워줄 요긴한 생물인 것처럼 나는 거실에 대고 소리쳤다.

6
어떤 경험 후에 우리는
이름을 바꿔야 할 것이다

오늘은 샌드위치까지 만들어 먹고 일찌거니 집을 나섰다. 늦어도 열 시까지 점자도서관에 닿아야 한다. 내일이 이사날이다. 점자도서관에 들렀다가 내 보금자리를 얻으려면 바지런을 떨어야 한다. 이왕이면 도중에 전철을 갈아타지 않고 직장까지 한 번에 갈 수 있는 동네를 뒤져볼 참이다. 지난주 토요일, 점자도서관 자원봉사과로 전화를 걸어 문의하자 안내원이 곧장 인쇄실로 연결해줬다. 어떤 여자가 '여보세요오?' 하면서 알은체했다. 톤이 높은 독특한 목소리였다. 거칠게 돌아가는 기계소리로 수화기 속이 왁자했다.

"자원봉사를 하고 싶은데요."

"어떤 자원봉사를 원하십니까아? 아, 그럼 일간 한번 들러주시겠어요오?"

그녀와 나는 행여 소음 때문에 상대방한테 말이 제대로 전달되지 않을까봐 목청을 돋우었다. 귀가 먹먹했다. 직장인이라서 평일에는 시간이 여의치 않다고 말하자 그녀가 토요일도 상관없다면서 딱따구리처럼 내 귀를 쪼아댔다. 토요일은 사 층 도서열람실만 문을 닫고, 인쇄실이나 녹음실은 직원들이 교대로 근무한다고 했다.

가로수가 말로 형용할 수 없는 오묘한 색채를 띠고 있다. 노란 빛깔로 한창 염색 중인 은행나무들이 한꺼번에 바르르 떤다. 바람이 슬몃슬몃 뒤척이면 잎사귀들은 이때다 하고 몸을 흔들면서 은은한 향기를 퍼뜨린다. 순풍이 도시를 적실 때마다 가을은 한층 깊어진다. 일주일 만에 다시 걷는 길이다. 생각해보면 현대인들은 사람보다도 길과 돈독한 우정을 나누며 살아간다. 생계에 지장이 없을 만큼의 노동시간을 채우고 나면 그들은 잽싸게 여행 가방을 꾸려 길 탐색에 나서니 말이다. 나는 가로수를 따라 걸으며 그동안 인연을 맺은 길들을 떠올려봤다. 단출하다. 사람이든 길이든 어느 쪽과도 소원하게 지내는 내가 은행나무만도 못한 인간처럼 여겨진다.

샘물 어린이집을 끼고 우회전하면 바로 점자도서관이 나온다. 오전 열 시가 지났다. 시간 초과다. 애교 있게 팔랑거리는 가로수가 불러일으킨 잡념 탓이다. 나는 발걸음을 멈추고 전봇대 뒤로 몸을 숨겼다. 며칠 전 녹음실 건넛방에서 마우스로 장기를 두던 남자가 귀에 이어폰을 꽂고 점자도서관으로 걸어간다. 그의 어깨가 흔들흔들 리듬을 타고 있다. 그는 남방자락을 청바지 안에 집어넣고서 검정 벨트로 허리를 조여 맸다. 멋대가리 없이 튼튼하기만 한 몸을 반으로 가른 벨트가 그의 성격이며 취향을 말해주는 듯하다. 남방과 티셔츠는 반듯하게 펴서 꼭 바지 속에 넣어 입으며, 어느 자리에서나 자기 몫의 음식 값을 잔돈까지 계산해서 내놓고, 담배 피우는 여자를 백안시하며, 여름에 양말을 신고서 샌들을 발에 꿰는 남자. 침대 위에서 인태처럼 야한 말로 여자를 흥분시킬 줄도 모르겠지. 나는 순간 어이가 없어 도리질을 했다. 내가 옷까지 벗겨놓고서 그를 희롱하고 있었던 것이다.

인쇄실은 현관 우측에 있었다. 출입문을 열자 촘촘하고 규칙적인 기계음이 와락 달려들었다. 얇은 그물에 포획당한 느낌이다. 책으로 둘러싸인 공간을 거뜬히 휘어잡은 쌩쌩한 소음에 비해 덩치가 턱없이 작은 점자인쇄기계가 하얀 종이를 분주히 뽑아내고 있다. 아무도 없는 줄 알았는데 저쪽 책장 아래서 어떤 여자가 풀쑥 튀어나왔다.

"무슨 일이시죠오?"

귀에 익은 목소리다.

"자원봉사를 해볼까 해서 왔는데요."

"아, 그러세요. 이리 앉으세요. 봉사확인서가 필요하신가요오?"

붕 뜬 목소리가 휙휙 날아다닌다. 얼마 전 나랑 통화한 바 있는 음색이 특이한 여자다. 그녀는 아예 저음을 낼 줄 모르는 듯하다.

"봉사확인서는 필요 없어요."

나는 대가를 바라지 않는 봉사로 이웃사랑을 실천하는 여자처럼 조신하게 대답했다. 허리에 살포시 힘이 들어간다. 연륜이 묻어나는 사무적인 옷차림으로 봐서 그녀가 인쇄실 책임자 같다. 말이 인쇄실이지 이곳은 다양한 도서들이 들어찬 일반 사무실이나 매한가지였다. 다만 프린터기처럼 생긴 까맣고 투박한 기계가 제 기량을 과시하고 있을 뿐이다. 인쇄 물량을 맞춰야 하는 모양인지 여자는 대화를 철저히 방해하는 기계를 잠시라도 쉬게 하지 않는다.

"무슨 자원봉사를 하고 싶으세요오?"

"이런 자원봉사는 처음이라 뭘 해야 할지 잘 모르겠어요."

여자가 팸플릿을 집어 들더니 뚝뚝 끊어지는 음성으로 낭독봉사, 편집봉사, 입력봉사, 교정봉사에 대해 글자 하나 틀리지 않고 설명했다. 녹음한 내용을 듣는 느낌이었다. 하긴 진심으로 원해서든, 단지 확인서가 필요해서든 자원봉사를 하겠다고 몰려드는 방문자가 나뿐만이 아닐 테니 팸플릿 속의 문장들을 달달 외우고 있을 것이다. 그녀가 경박스런 목소리와는 달리 엄숙한 표정으로 내 얼굴을 살폈다.

"교정봉사를 해보겠어요."

교정봉사는 입력봉사자가 입력한 파일을 원본 도서와 대조해 잘못된 곳을 수정하는 일이었다. 입력봉사자는 한글프로그램을 이용하여 일반도서의 내용을 점자 규정에 맞도록 작업해야 한다. 아무래도 교정봉사가 만만할 것 같았다. 그녀가 봉사신청서를 내밀었다. 이름, 나이, 학력, 직업, 봉사 시간 따위를 적어야 했다. 나는 밑에서부터 빈칸을 메워가다가 이름란에 '최정수'가 아닌 '유정수'라고 썼다. 그저 형식일 뿐인 문서에다 신분을 밝혀야 할 때 내가 흔히 써먹는 이름이다.

"전국 점자도서관 중에서 우리가 가장 많은 책을 보유하고 있씁니다아? 만일 대전에 사는 시각장애우가 어떤 도서를 빌려 보려고 하는데 그 책이 없으면 우리한테 연락을 해요오? 그러면 우리가 예쁜 가방에 담아서 보내줍니다아? 책을 다 읽고 가까운 우체국에 맡기면 우리 도서관으로 반납되는 거죠오? 그 장애우가 읽고 싶은 책이 우리 도서관에도 없을 수 있겠죠오? 그러면 점자책으로 만들어야 하는데 아까 제가 설명해드린 과정을 거쳐서 책이 나오기까지 사 개월이 걸립니다아? 우리는 언제든지 책을 사서 볼 수 이짜나요오? 점자도서관에 필요한 책이 없으면 시각장애우들은 사 개월을 기다려야 하는 거예요오? 얼마나 가엾씁니까아? 우리 유정수 봉사자님이 시각장애우들의 밝은 눈이 되어주시는 겁니다아?"

기계 소리와 여자의 고음이 뒤섞여 머릿속이 어수선하다. 도심에 이따금 출몰하는 광신도에게 붙들려 허풍 같은 설교를 들은 기분이다. '얼마나 가엾씁니까아?'라고 말할 때 그녀는 두 손을 제 가슴에 얹으면서 처량한 표정을 지었다.

다음 주부터 매주 토요일마다 점자도서관에서 교정봉사를 하기로 했다. 그 좀 희한한 목소리의 직원이 기왕 나왔으니 당장 여기서 실습해보라고 권유했지만 핑계를 댔다. 내 예민한 귀가 지독한 피로를 느끼고 있었기 때문이다. 사실 나는 교정봉사에 별로 관심이 없다. 내게 교정봉사는 녹음실로 입성하기 위한 가느다란 통로에 불과하다.

발걸음을 어느 쪽으로 돌려야 할지 몰랐다. 마치 길을 잃은 것처럼 나는 점자도서관을 등지고 서서 두리번거렸다. 왼쪽 발목이 시큰하다. 공연히 바쁜 척하며 인쇄실을 나오다 발이 꼬여 넘어질 뻔했다. 조심하세요오? 하면서 얄궂게 미소를 짓던 여자의 돌출한 입이 아른거린다. 그녀의 치아는 목소리만큼이나 고르지 않았으며 특히 윗니가 튀어나와서 침팬지나 고릴라를 연상케 했다. 교정 장치를 끼고서 대대적으로 공사를 해야 할 치아였다.

나는 왔던 길을 되돌아갔다. 불과 몇 분 전에 만난 가로수며 골목인데도 낯설다. 점자도서관에서 면담을 하고 나온 사이 은행나무의 키가 커지고 살결도 한결 노래진 것 같다. 상가들까지 숙면에서 깨어나 거리마다 율동감이 넘친다. 순간 맑게 걸러진 원두커피가 생각났다. 나는 이리저리 시선을 내둘렀다. 길고 지루한 겨울 끝에 찾아온 봄처럼 상큼한 가게가 눈에 띄었다.

"어서 오십시오!"

굵직한 저음이 고음에 시달린 내 귀를 다독여주는 듯하다. 땅딸

막한 남자는 위생적인 복장으로 오븐에 빵을 구웠고, 핑크빛이 흐릿하게 감도는 남방에 스포티한 넥타이를 맨 남자는 뽀얀 행주로 쟁반을 닦고 있었다. 애드벌룬을 축소시킨 듯한 의자의 겉은 분윳빛깔로 통일했는데, 안쪽은 색깔이 제각각이다. 나는 원두커피와 번을 주문하고서 밝은 주황색 의자에 몸을 부렸다. 원두커피나 한 잔 마시려고 했는데 행주질을 하던 남자가 "번을 드시러 오신 게 아니었어요?" 하면서 의외라는 눈빛으로 나를 쳐다보는 거였다. 얼마나 맛있기에 그런 반응을 보이나 싶어서 둥그스름한 번까지 곁들인 것이다.

종업원의 심플한 넥타이 때문에 실내마저도 산뜻해 보인다. 디자인이 단순해서 한결 돋보이는 넥타이가 내 추레해진 감각을 넌지시 일깨운다. 연애시절, 술집의 화장실에서 몸을 비비고 나면 인태는 땀이 묻은 넥타이를 나한테 매달라고 했다. 무슨 촉진제처럼 재빨리 흥분을 유도하던 화장실에서의 별난 행위는 프랑스 어떤 장관의 포스트 모던한 섹스 취향을 그대로 흉내 낸 것이었다.

"혹시 1970년대에 터진 프랑스 외무부 장관의 섹스 스캔들 알고 있어?"

봄비가 추적추적 내리던 날, 패스트푸드점에서 새우버거를 게걸스럽게 먹던 인태가 대뜸 물었다.

"몰라. 그까짓 거 알아서 뭐해."

"뭐든 알아서 나쁠 거 없잖아. 엊그제 회식자리에서 주워들은 애긴데, 그 당시 프랑스 외무부 장관이 오를리공항 화장실에서 여자들과 상습적으로 섹스를 했다는 거야."

"공항의 여행객들하고?"

"그래. 공항 로비를 휘둘러보면서 뒤탈 없이 화끈하게 놀아줄 여자를 낚아채는 거지."

"뒤탈이 생길지 안 생길지 어찌 알아."

"호색꾼들 눈에는 훤히 보이는 법이야. 근데 외무부장관의 섹스 식성이 독특해. 그 바람둥이는 언제나 멋진 넥타이를 매고 다녔대. 뭇 여자의 시선을 사로잡는 패셔너블한 넥타이. 공항 로비에서 점 찍은 여자를 요령껏 화장실로 데리고 가면 넥타이를 풀어 서로의 목에 묶고서 섹스를 즐겼다는 거야. 짧고 강렬한 유희가 끝나면 넥타이를 반드시 파트너에게 매달라고 했다더군. 그리곤 깔끔하게 각자의 여행지로 떠난다는 거야."

"변태다, 변태. 그리고 공항 화장실이 여행객들로 붐빌 텐데 그게 말이 돼?"

"야, 때는 1970년대야. 여행객들이 지금처럼 흔해터진 시대가 아니었다구."

"그건 그렇다 하고, 그 라틴계 색광의 이름이 뭐야? 기억해?"

"기억하다 말다. 우리 아버지와 형제 이름처럼 평생 안 잊어버릴 만큼 친숙해져 있어."

"이름이 뭐냐고? 뜸 들이지 말아."

"안 가르쳐줘, 공개할 수 없어."

"싫으면 관둬. 별걸 다 숨기려 드네. 별꼴이야 정말. 근데 어쩌다 들통이 났을까. 대가가 시원찮으니까 어떤 파트너가 배알이 꼴려서 찔렀나. 그중엔 돈을 요구하는 여자도 있었을 거 아냐. 화끈하게 재미 봤으면 그만이지 추하게 입을 놀리고 그래."

"어느 섹시한 매춘부가 뇌쇄적인 눈빛으로 그 색골을 유혹했대. 거기까진 좋았는데 불행하게도 사랑이 싹터버린 거야. 하여간 사랑은 약초가 아니라 독초라니까."

사랑이 몹쓸 훼방꾼인 것처럼 인태가 이맛살을 찌푸리며 새우버거를 입에 처넣었다. 자신은 사랑을 독초로 굳게 믿고 있으므로 섣불리 그런 감정을 품지 않겠다는 뜻으로 들려 순간 내 마음 한 자락이 서늘해졌다.

과감하게도 인태는 외무부장관의 추문을 실습하려 들었다. 내가 한사코 꺼렸으나 그의 호기심은 꺼질 줄 몰랐다. 그 대신 넥타이만은 치워달라고 했지만 들어먹지 않았다. 공항도 아닌 술집 화장실에서 꿈틀대는 꼴이 맞갖잖았으나, 비좁고 불편하며 불안스런 공간이 꽤나 자극적이기는 했다.

마땅히 내가 물려받으리라 여겼던 집이 하루아침에 남의 소유가 되고, 아버지와도 갈라서야 하는 마당인데 내 마음은 의외로 잔잔하다. 마치 이런 일이 벌어지기를 절실히 바랐거나, 가을에 이사하게 되리라고 오래전부터 예측하고 있었던 것처럼 말이다. 당장 내

일 이삿짐을 옮겨야 하는데 어쩌자고 마냥 게으름을 피우고 있는지 모르겠다. 누긋한 음성으로 내 귀를 편안하게 해준 남자가 번과 원두커피를 가져왔다. 나는 무심코 고개를 들었다. 반달같이 생긴 그의 눈과 마주쳤다. 어서 번을 먹어보라고 재촉하는 눈빛이다. 번은 어떤 기교도 부리지 않은 동그란 빵이었는데 맛이 실로 기막혔다. 달지 않고 바삭거리면서 속살이 녹말가루처럼 부드러워 감탄사가 절로 튀어나왔다. 번의 속살 깊숙이 소량의 버터가 들어 있었는데 맛이 짭짤했다. 만약 버터가 달콤했다면 번의 완성도가 떨어졌을 것이다. 원두커피와 번의 궁합은 그야말로 환상적이었다.

"너무 맛있어요."

손님의 시식 소감을 들어보려고 개처럼 두 손을 모으고 서 있는 남자에게 나는 엄지손가락을 추켜올렸다. 단순명료한 내 칭찬이 좀 아쉬운 눈치다.

"번 하나 더 주세요."

바깥이 훤히 내다보이는 창가에 앉으면 과거의 영상이 차례로 흘러간다. 어린 시절의 단편적인 풍경들만 떠가는 게 아니라 어디선가 무시무시한 천둥소리가 들리거나, '운명'이라는 글자가 도로에 바위처럼 놓여 있기도 한다. 나는 웬만하면 창가 쪽을 피한다. 부득이하게 그곳에 자리를 잡으면 떠올려봐야 무용한 케케묵은 의문이 보푸라기처럼 일기 때문이다.

그러나 오늘은 일부러 창가에 앉았다. '이사'라는 새 교과서를 펼치기 전에 헌 교과서를 한번 훑어보자는 생각에서였다. 말끔히 닦인 유리스크린이 과거와 현재를 가르는 투명한 경계선 같다. 진저리를 치듯이 나부끼는 이파리들, 획이 굵은 커다란 모음처럼 한가롭게 걸어가는 행인들, 태양이 기를 펴고 있는 한 제 얼굴을 뽐내지 못할 간판들, 한적한 도로를 날쌔게 휘젓고 지나가는 자동차들. 속도의 흐름과 조화를 이룬 풍경이 나를 끌어당긴다. 낯익은 흑백 장면들이 서서히 윤곽을 드러내는 찰나 휴대전화의 진동이 맥을 끊어버린다. 특히 이런 순간이면 애초부터 휴대전화를 푸대접하며 살아가는 첨단 도시의 원시인들이 그렇게 부러울 수가 없다. 치와와 말고 이 시간에 누가 날 찾을까. 얼른 시집이나 가버려라. 그래야 내가 너한테서 놓여나지. 나는 씨우적거리며 통화버튼을 눌렀다.

"오늘 두 시에 시간 비워놨지?"

전화를 받자마자 치와와가 부드러운 명령조로 물었다. 나는 떨떠름하게 반문했다.

"어머? 오늘 오후 두 시에 청담동으로 웨딩드레스 맞추러 간다고 했잖니."

"그날이 오늘이야? 요즘 내 생활이 하도 산만해서 어떤 땐 이빨을 닦았는지 안 닦았는지도 헷갈려. 그나저나 오늘은 짬을 낼 수가 없는데 어쩌지."

"뭐? 이렇게 파투 낼 거면 미리미리 연락을 해줬어야지. 어쩜 그렇게 매너가 구리니? 니가 친구야? 우리가 알고 지낸 세월이 얼만데 그렇게 무관심할 수가 있느냔 말이야. 저번에 돈가스집에서 성질 건드렸다고 지금 나한테 복수하는 거니?"

"복수라는 단어가 낄 자리는 아니지. 나, 내일 이사해."

"이사? 뻥까지 마."

"내가 바보냐, 금세 탄로 날 뻥을 치게. 독립하기로 했어."

"그러니까 네 심보가 못돼 처먹었다는 거야. 왜 하필 내가 웨딩드레스 맞추러 가는 주말에 이사를 하니? 평소에 혼자 살고 싶어서 안달하던 애였다면 또 몰라. 내 눈엔 네 행동 하나하나가 질투하는 걸로밖에 안 보여. 무슨 질투라니. 내가 신혼살림을 차린다니까 생배를 앓고 있나 보지, 뭐."

치와와가 모지락스럽게 제 말만 늘어놓고는 전화를 끊었다. 저렇듯 앙칼지게 짖어대지 않으면 치와와가 아니다. 아버지가 나 몰래 아파트를 팔아치웠더라고 이실직고했으면 마찰이 없었겠지만 내 침침한 사생활이 치와와한테까지 노출되는 게 싫다. 비록 엄마라는 날개를 잃어버렸지만 나는 지금처럼 물질적으로나 정신적으로 하자가 없는 무남독녀의 이미지를 고수할 작정이다. 친구든 동료든 누군가가 제 속내를 까발렸다고 해서 나까지 탈탈 털어 보일 이유는 없으니까.

그녀는 자칭 실력파 뮤지컬 배우다. 어디에 처박혀 있는지도 가물가물한 대학교의 무용과에 입학하고부터 그녀는 춤과 연기에 재미를 붙였다. 연기학원까지 들락거리며 나름대로 실력을 쌓았다. 그러다 경험 삼아 창작 뮤지컬 오디션을 봤는데 덜컥 뽑혀서 배우가 되었다. 행운을 거머쥔 그녀는 개구리 올챙이 적 생각을 못하고 설쳐댔다. 인지도가 바닥인 대학교에 잠시 적을 걸어두었다는 이력도 창피하다는 듯이 곧장 캠퍼스부터 등졌다. 그녀는 심심찮게 무대에 섰다. 덕분에 그녀가 출연하는 뮤지컬을 나는 매번 초대권으로 관람했다. 접시 역할을 맡아 등에 커다란 접시를 매달고서 율동적으로 몸을 흔든다거나, 마법에 걸린 벽시계, 칼만 돌리는 무녀 등등 그녀는 항상 어떤 무리에 섞여 춤을 추고 노래를 불렀다. 하나같이 대사가 없는 단역들이었다.

"오디션 보고 오는 길이야. 노래와 춤 솜씨가 수준급이라고 어떤 심사위원이 극찬을 하더라. 그러면 뭐하니. 운이 따라오지 않는데. 이 바닥에서 요즘 잘나가는 애들하고 견주어 볼 때 키가 좀 작다는 거 말고 내가 꿀릴 게 뭐가 있니?"

치와와는 배우로서의 자존심을 지킨답시고 돈벌이는 하찮다는듯 허황한 기대와 착각에 빠져 한 살 두 살 나이를 먹어갔다. 내가 보기에 그 자화자찬은 일종의 자극제 같았다. 그녀는 스스로를 치켜세우며 몸에 겹겹이 들러붙는 공허감 내지는 소외감을 조금이나마 떼어버리는 듯했고, 제 딴에는 짐짓 우쭐거려야 그나마 성이 차는 착각이라는 병이 도질 때만 목소리가 탱탱하게 부풀어 올랐다. 내가 장담컨대 '운'이란 매력적인 남자는 치와와에게 곁눈조차 주지 않고 있다. 연기의 우물을 열정적으로 파지 않는 한 '운'은 그녀를 한껏 푸대접할 것이다.

그녀는 자신의 별 볼일 없는 재능을 떠받들면서 오디션 불합격이 오로지 외모 탓인 양 신체 보수공사에 전념했다. 치아 교정과 쌍꺼풀 수술은 기본이고, 눈 밑에 보톡스를 맞는가 하면, 넓적다리 지방 제거에 다이어트약 복용까지 그녀는 이른바 잘나가는 배우의 몸을 만들기 위해 시간을 기꺼이 쏟아부었다. 입소문이 자자한 성형외과에서 콧대를 세운 그녀가 무대에 올랐다가 극중 무사와 부딪치는 바람에 재수술하는 해프닝이 벌어지기도 했다. 물론 단역배우의 수입으로 그런저런 비용을 감당하기는 힘겨운 노릇이다. 아마도 원룸의 전세금 일부도 보수비용으로 쓰였을 것이다.

"네 얼굴은 어째 볼 때마다 달라지냐. 수술 도구로 변화를 줄 생각일랑 후딱 접고 연기력으로 다양한 표정을 연출해봐."

내가 술김에 한마디 던지면 그녀는 말대꾸할 가치도 없다는 듯 입맛을 다시다가, 장 감독님? 지금 촬영 중이세요? 어쩌고저쩌고 하며 여기저기 전화질이나 해댔다. 치와와는 눈이 커다랗고 조각 같은 콧대에 몸이 군살 없이 미끈하고 유방 또한 풍만했다. 하지만 그녀와 대화를 나눌 때면 인조인간의 고충을 듣는 것 같아 암만해도 인간적인 공감을 느낄 수 없었다.

어느 양계장에서 조류 인플루엔자가 발생했다는 보도로 시끄러웠던 사월 초입에 치와와는 소개팅을 했다. 그녀는 방송인의 아들과 데이트를 했다면서 전화로 두 시간씩이나 유치하게 자랑을 해댔다. 동료 배우가 소개한 그의 부친은 이름을 대면 누구나 알 법한 라디오 프로그램 진행자였다. 그는 현재 나뭇가지가 휘청거리도록 만발했던 꽃을 털어내고 홀쭉하게 서 있는 벚나무의 처지였지만 그래도 잡목이 아닌 교목으로서 방송계에 이름 석 자를 남겼다.

아버지의 명성을 언덕 삼아 야드르르한 청춘을 향유했던 아들은 지금 지방의 어느 보습학원에서 아이들을 가르친다고 했다. 참다못한 아버지가 비록 제 자식일망정 위험한 오렌지족이라고 단정하여 시골로 추방한 것이다. 고교시절부터 대책 없이 싸돌아다녔다는데도 서울 소재의 중위권 대학교를 졸업했다니 제법 영리한 모양이었다. 그는 우리보다 아홉 살이나 위였고 한때 도박에 미쳐서 얻어 쓴 어마어마한 사채를 달마다 나눠서 갚고 있다고 했다.

"네가 무슨 말을 하려는지 다 알아. 마흔이 코앞인 오빠의 앞날이 뿌옇지. 그래도 집안, 아니 아버지는 어디에 내놔도 빠지지 않잖아. 연예인 집안 자식이 아니면 내가 거들떠보기나 했겠니. 오빠가 횡재한 거지, 뭐. 그렇게 빈약한 조건으로 나 같은 뮤지컬 배우를 어떻게 만나. 부모님이 살고 있는 집이 이 층 단독주택인데 그 동네가 재개발 지역이라서 주상복합 아파트가 곧 들어선대. 오빠네 단독주택이 백 평이라서 오십 평짜리 아파트 두 채를 분양받나 봐. 아무리 집안의 골칫덩어리라도, 아니 빚더미에 올라앉은 노총각 아들을 구제해준 며느리가 기특해서라도 아파트 한 채는 물려

주지 않겠니?"

"그 남잔 여태껏 도박과 사치에 젖어 살았잖아. 도박과 사치는 집안을 갉아먹는 좀벌레야. 살충제를 뿌려서 없어진 것 같아도 언젠가 또 기어 나올 게 분명해. 더군다나 너는 그 남자를 사랑하지도 않잖아."

"요즘 누가 사랑해서 결혼하니? 사랑에 그럴 만한 가치가 있기나 하고? 치과에서 허구한 날 시키면 입속이나 들여다보고 있으니까 세상 물정을 모르지. 결혼은 재택근무를 하는 직장이나 같아. 난 비록 마음고생을 할망정 넉넉한 퇴직금을 보장해주는 일터를 선택할래. 난 지쳤어. 무대에서 열나게 춤을 추는데도 생활비 때문에 쩔쩔매는 이 구닥다리 인생에 넌덜머리가 나. 제작자들의 눈이 삐어가지고 나 같은 재주꾼을 못 알아보니 요새는 그나마 무대에 서기도 어려워. 살 길이 막막하단 말이야."

"어쨌든 넌 예술가잖아. 예술이 편하고 쉬우면 아무나 하게? 작가 중에는 마흔이 넘어서야 겨우 빛을 본 사람도 더러 있고, 보통 십 년 이상 무명생활을 하다가 꽃을 피운 배우들도 허다해. 대체로 화려한 성공 뒤에는 굶주리고 춥고 파근한 한때가 있었다는 소리고, 그걸 잘 넘겨야 한다는 경고를 새겨들을 줄 알아야지. 난 아직 종교에 관심이 없지만 마음이 가난해지는 은총을 내려달라는 기도문은 곧잘 읊조리곤 해. 그 단순한 문장에 깃든 심오한 뜻을 음미하다 보면 가난이 부자보다 훨씬 더 값어치 있는 단어로 여겨져. 간절히 같이 살고 싶은 남자가 아닐 바에야, 마음에 가난의 은총을 내려주십사 기도하면서 연기를 미친 듯이 짝사랑해봐. 반드시 너한테 눈길을 줄 거야. 내 말이 너무 고리타분하면 못 들은 체하든가."

"누가 배우의 길을 접겠다고 했니? 내게 결혼은 연기에 충실할 수 있는 발판이야. 난 하루라도 빨리 생활비 걱정에서 헤어나고 싶어. 돈에서 해방되면 지금처럼 닥치는 대로 오디션장을 들락거리지 않고 작품을 골라가며 오디션 볼 거야. 상상만 해도 행복해. 내게 경제적인 여유를 가져다줄 남잔데 허점이 좀 있으면 어때. 그래도 성기능이 부실하지 않아서 천만다행이야."

치와와는 장차 시아버지가 될 그 방송인의 배경만 믿고 결혼을 서둘렀다. 내 눈에 그녀가 소중히 여기는 뒷산은 빛깔이 그다지 화려해 보이지 않았다. 그녀가 시아버지로 점찍어 둔 양반은 은퇴하다시피 한 노령의 디제이였고, 오십 평대의 아파트가 굴러 들어오리라는 판단은 치와와의 오산일 수도 있으니까. 부전자전이라고, 아버지도 아들처럼 어딘가에 빚을 잔뜩 져서 분양받은 아파트를 팔아 해결할 꿍꿍이셈을 품고 있는지도 모르는 일 아닌가. 작심하고 결혼의 액셀을 밟아대는 그녀의 질주에 브레이크는 걸으나마나였다.

"원두커피 한 잔 더 주세요."

"저희 가게 적립카드 없으시죠. 만들어 드릴게요. 성함과 전화번호만 불러주세요."

"최정수, 아니 유정수요. 전화번호는 공일일 육팔……."

남자가 희미하게 웃으며 키보드를 두드렸다. 오늘은 '유정수'를 두 번이나 써먹는다. 순식간에 카드가 만들어졌다. 세상에서 가장 얇고 달콤한 빵처럼 느껴지는 카드다. 무슨 손잡이처럼 카드 우측에 내 이름이 깜찍하게 새겨져 있다. 나에게 이름은, 특히 성(姓)은 아파트의 숫자문패와 같은, 혼돈과 무질서를 방지하기 위해 붙여 놓은 기호에 불과하다. 최정수면 어떻고 유정수면 어떤가. 필히 그래야 한다면 별다른 반감 없이 김정수로 교체할 수도 있다.

내 이름 자체를 괄시한다기보다도 비중 있게 다루지 않는 데에는 어느 철학자의 입김도 적잖이 작용했다. 그 철학자는 어떤 경험 후에 우리는 이름을 바꿔야 할 것이라고 말했다. 이미 그는 그 전과 같은 사람이 아니기 때문이다. 이로운 것이든 해로운 것이든 어쨌거나 경험은 미립을 얻게 해주어 우리는 예전의 자신과는 조금이라도 달라진 모습으로 살아간다. 그러므로 마땅히 이름이 새로워져야 한다는 철학적 사유가 그럴듯했다. 순전히 엄마의 일방적인 판단에 따른 간접경험, 그로 인해 내 서식 환경이 달라졌으므로 철학자의 생각대로라면 내 성이 바뀌는 건 당연하다. 나는 최근에 실연이라는 해로운 경험을 했으니 또 하나의 이름을 새로 지어야 하지 않을까. 참신한 이름들을 머릿속에 꿰다 보니 비좁아진 내 마음이 조금 넓어지는 것 같다.

창가 스크린에 눈을 가둔다. 요술 빗자루 같은 금발을 어깨까지 늘어뜨린 외국인이 지나간다. 남자인지 여자인지 알쏭달쏭한 외모다. 나는 눈으로 외국인을 쫓는다. 청초한 햇살이 금발 위로 흐른다. 때마침 바람이 불어 금발이 출렁거렸는데 그 반동으로 내 머릿속에서 뭔가가 번쩍하고 일어났다. 마치 금빛 머리 다발이 내 뒤통수를 툭 치면서 영감을 불어넣은 것처럼. 내 눈이 생기발랄하게 깜빡거렸다. 나는 씁쓰름한 커피로 입안을 헹구면서 신중히 따져봤다. 과연 그럴듯한 아이디어다. 아버지든 집주인이든 나의 제안에 반대표를 던질 이유가 없지 않나. 이런 묘책을 몸이 먼저 알아채서 내 마음이 그렇게 편했던 거구나. 그러고 보면 육체만큼 섬세한 탐지기도 없다. 나는 홀가분한 심정으로 창밖을 내다봤다. 은행나무가 바람을 부둥켜안고 살랑살랑 몸을 흔들어댄다.

7
두 개의 그늘

'정수 아빠가 운명했다. 나 혼자서 정수를 키울 수 있을까. 절름발이 인생.'

엄마의 일기장에서 '운명'이란 글자와 맞닥뜨린 나는 바로 국어사전을 뒤적거렸다. 단어의 뜻을 알고 나자 삶의 다채로운 수수께끼를 모조리 풀어버린 듯한 공허감이 밀려왔다. 초등학교 3학년 때였다. 아마도 새파란 감 같았을 내 정신은 그때 발갛게 여물었을 것이다. 일기장에서 그 문장을 발견한 순간 갑자기 훌쩍 커버린 듯한 실감이 부담스럽고 두려웠다. 성장이란 누군가의 비밀을 알게 되는 것이며 그만큼 간직해야 할 비밀이 많아진다는 뜻이니까. 알면서도 시치미를 떼야 할 사연이 하필이면 엄마의 비밀이라서 나는 안절부절못했다. 한편으론 이상하게도 마음이 어느 때보다 차분해졌다. 그건 충격을 넘어선 묘한 감정이었다.

어쩌다가 엄마의 일기장을 훔쳐보게 되었는지는 깜깜하다. 그날 집 안에 혼자 있었다는 사실 말고는 아무것도 기억나지 않는다. 행간에서 한숨 소리가 들리는 것 같던 어느 날의 일기는 분량이 꽤 많았다. 일기장을 넘기는 내 손이 차가워졌다. 끝까지 읽기는 했으나 운명이란 단어가 남긴 여운이 너무 강렬해서 무슨 내용인지도 몰랐다. 행여 엄마한테 들킬까 싶어 숨을 내쉬기도 겁이 났다. 선생님이 내준 숙제나 착실히 하면서 태평한 나날을 보냈던 나는 별안간 날벼락을 맞았다. 아버지가 감쪽같이 죽어버린 것이다. 나는 그날 마루에 앉아서 구름 한 조각 떠 있지 않은 망망한 하늘을 하염없이 바라봤다.

나는 일기장에서 진실을 캐냈으면서도 내색하지 않았다. 엄마가 언제쯤 실토하려는지 두고 볼 참이었다. 마음속은 의문들로 들끓었으나 얼굴에는 어떤 수상한 그림자도 드리우지 않고 학교를 오갔다. 아버지와의 추억이 보잘것없어서 그런 연극이 가능했는지도 모른다. 내 어린 시절을 회상해볼 때 아버지가 차지한 자리는 지극히 좁다. 당신한테 나는 눈에 넣어도 아프지 않은 딸이었다지만 그 전언을 뒷받침할 만한 장면이 언제라도 선뜻 떠오르지 않았다. 비단 기억력이 나빠서 그런 것만도 아니다. 아버지는 내게 실재감은 없으나 때가 되면 기다려지는 산타클로스 같은 존재였다. 산타클로스와 차이점이 있다면 일 년에 한 번이 아니라 여러 차례, 그것도 빈손으로 나타난다는 것이었다. 으슥한 밤, 당신은 남몰래 인 듯싶게 발걸음을 해서는 하루나 이틀쯤 묵다가 훌쩍 사라졌다. 산타클로스의 '몰래'에는 어떤 설렘과 기대가 배어 있던 반면 아버지의 그것에는 뭔가 음침한 색감이 묻어났다.

 그렇듯 드문드문하게나마 아버지와 조우한 것도 대여섯 살 때부터였던 듯하다. 무슨 사연이 있어 그랬는지는 몰라도 나는 한때 지금은 조부모가 모두 작고하여 그 실체가 깡그리 없어진 외갓집에서 자랐다. 생후부터 계속 조부모의 울타리에서 지냈는지, 아니면 호구 의탁이었는지는 알 수 없다. 나는 취학 연령이 되기 전 엄마한테 넘겨졌고, 그 후로 정해진 때 없이 아버지가 출몰했다는 사실만 뇌리에 각인되어 있을 뿐이다.

 하여튼 그날 일기장 속의 부고를 접하자 아버지를 마지막으로 본 적요한 오후 한때가 보름날의 만월처럼 둥실 떠올랐다. 초등학교 2학년 봄방학 때의 일이다. 어느 누구도 찾아오는 사람 없이 엄마와 단둘이 살았던 집에 어쩐 일로 아버지가 일주일쯤 머물렀다. 또, 무슨 연유인지 그 며칠 동안 엄마가 자취를 감춰서 생기 없이 축 가라앉은 집에 아버지와 나만 남게 되었다. 아버지를 대하기가 서먹서먹했다. 내게 턱없이 부족한 부정(父情)이라는 영양소를 이 참에 듬뿍 섭취시켜 주겠다는 듯 당신은 더없이 살갑게 굴었다. 어설픈 솜씨로나마 갖가지 음식을 만들어 먹이고, 손수 딸의 옷을 빨아 입혔다. 초저녁이면 어디서 빌려 왔는지 자전거에 나를 태우고는 동네를 몇 바퀴나 돌았다. 자전거가 경사진 길을 날렵히 내려갈 때 나도 모르게 아버지의 허리를 두 팔로 꽉 안으면 악보의 오선지에 들쭉날쭉 돋아난 음표가 된 것 같았다. 아버지라는 오선지 위에서 음표인 내가 만드는 리드미컬한 음악소리가 들려오면 나는 당장 혼자서 여행길에 오를 수 있을 것처럼 배짱이 두둑해졌다.

아버지와 그처럼 속속 가까워질 즈음 엄마가 돌아왔다. 돌이켜 보면 그때 엄마는 딸과 함께 거처할 집을 타지에서 구하느라고 외출이 길어졌던 것 같다. 아버지의 애정을 넉넉히 섭취해 생동생동해진 나와는 반대로 혜식은 엄마가 나를 밖으로 내몰았다. 노랑나비라도 살랑살랑 날아들 것 같던 방이 대번 싸늘해졌다. 나는 담벼락에 기대어 앉아 햇빛이 달궈 놓은 돌멩이들을 만지며 차차 번져 오는 불안과 맞섰다. 나만의 오선지가 뚝뚝 끊어져 흩어지는 환영이 얼씬거렸던 것이다. 그 스산한 마음을 따스한 돌멩이들이 위로해줬다. 초조가 불러온 해로운 열기가 가시자, 얄궂은 내 처지의 진상이 흐릿하게나마 드러났다. 지금 내 부모는 이혼하려는 게 아닐까. 그렇다면 나는 잠시 후 방으로 불려가 가정을 허물어뜨리기로 결정한 당사자들의 변명을 전해 들어야 할 것이다. 누구와 살겠느냐고 물어본다면 어떻게 대답해야 하나. 이내 머릿속이 깜깜해졌다.

드디어 엄마가 묵묵히 걸어 나왔다. 얼떨떨하게도 큼지막한 가방을 양손에 들고서였다. 우리 모녀의 옷 보따리가 틀림없었다. 예감이 맞아떨어졌으나 내게는 부모 선택권이 주어지지 않았다. 때마침 먼지를 일으키며 달려오는 택시를 잡더니 엄마가 내게 얼른 타라고 재촉하면서 앞좌석에 몸을 구겨 넣었다. 한 걸음 뒤에서 잠자코 서 있던 아버지가 내 어깨를 두드리더니 이사 가거든 피아노부터 배우라고 했다. 여자가 악기 하나쯤은 다룰 줄 알아야 한다며 당신은 그 와중에 쓸데없이 피아노 얘기만 늘어놨다.

그해 이월 중순께 아버지와 나는 헤어져 다시는 못 만났다. 그들이 설령 이혼이나 별거를 했어도 시간이 흘러 서로에 대한 미움이 가시면 아버지는 엄마가 아니라 당신 딸자식을 만나러 오리라고 나는 철석같이 믿었다. 예전부터 당신의 뜸한 방문에 길들여져 있던 터라 그 빈자리가 어떤 상처로 와 닿지는 않았다. 그런데 아버지가 운명했다니. 내가 초등학교 2학년 봄방학 때 아버지와 기약 없이 헤어졌고, 엄마의 일기장을 들춰본 시기가 3학년 가을이었으니 당신은 모녀를 떠나보내고 성급하게 숨을 거둔 것이다. 설마 그리움이 중병처럼 깊어져 목숨을 잃은 건 아닐 테고, 그럼 아버지는 무슨 고질병을 앓고 있었나. 아버지가 제자리를 지키지 못하고 배돌던 이유까지도 새삼스레 궁금해졌다.

아버지의 죽음에 대해 엄마는 계속 쉬쉬했다. 납득할 수 없는 함구였다. 나도 시치미를 뗐다. 무슨 오기가 발동해서라기보다 이미 땅에 파묻힌 아버지를 들먹거리는 게 금기 같아서였다. 아버지라는 그늘이 사라졌는데도 우리 모녀는 땡볕에 그을리지 않았다. 도리어 그늘보다 더 시원한 바람이 불어와서 땀을 식혀줬다. 그 바람의 정체가 뭔지 나는 알지 못했다. 엄마가 깃을 내린 터전은 백제 문화의 숨결이 흐르는 고장이었다. 이전에 살던 도시와 확연히 다른 건 바로 공기였다. 그건 단순히 맑다거나 탁한 차이가 아니었다. 우리 동네 근방에는 정림사지 오층 석탑이며 궁남지 따위의 문화재가 산재해 있었는데, 뭐라 말로 표현할 수 없는 은은한 향내가 대기 중에 감돌았다. 문화재들은 쓸쓸히 서서 침묵에 잠겨 있는 듯한 모습이었다. 오며 가며 만나는 문화재들에게 눈길을 주다보면 너나 나나 같은 처지라는 동질감이 고여 들어 뻥 뚫린 마음을 조금이나마 메워줬다.

　엄마는 두문불출했다. 이따금 시장에 다녀오는 것이 유일한 외출이었다. 당신은 고민거리에 짓눌린 표정으로 말을 삼갔다. 주름이 잡힌, 혹은 자잘한 꽃무늬가 새겨진 플레어스커트를 입고서 엄마는 뒷짐을 진 채 원을 그리며 습관처럼 마당을 빙빙 돌았다. 마당에 고태의연한 석상을 옮겨 놓은 듯한 모습으로 하늘과 오래도록 눈을 맞추고 있기도 했다. 나한테 소홀하지 않으면서 고적에 싸여 두 계절을 보낸 엄마는 마침내 지루한 사색에서 깨어났다.

　당신의 변화는 옷차림에서부터 시작되었다. 플레어스커트를 벗어 던지고 실용적인 바지로 갈아입은 것이다. 시멘트 담벼락을 사이에 둔 이웃집과도 안면을 텄다. 부침개며 푸성귀, 김치, 찐빵 따위의 먹을거리가 담벼락으로 넘나들었다. 엄마는 다소 거만하고 까다로운 성격까지 플레어스커트와 함께 내던져 버렸다. 갑작스레 마음이 넓어진 엄마와 달리 전학생이었던 나는 잡념과 몽상의 골짜기를 헤매고 다녔다. 아버지와의 약속을 지키기 위해 발을 디딘 피아노교습소는 열흘쯤 다니다가 관뒀다.

 어릴 적 나를 당혹스럽게 만든 건 장래 희망을 묻는 질문이었다. 엄마의 일기장 덕분에 정신적으로 성숙해진 나에게 꿈이랄지 소망은 지나간 계절과도 같았다. 당신은 나를 빼어난 관상수로 키우려고 작정한 듯했다. 내 마음은 어둠이 내린 갯벌 같았으나 외모만은 화사하니 부티가 났다. 아버지의 부고를 끝끝내 알리지 않고 나의 성적에 참견하는 엄마를 볼 때마다 고깝기 이를 데 없었다. 장래 꿈이 없는 나를 앞혀 놓고, 네가 나의 희망이라는 어리석은 바람을 안면에 드리운 채 엄마는 과외교사 노릇을 했다. 어쨌든 나는 우수한 학생으로 거듭났다. 도내의 여러 경시대회에 단골로 출정하여 이런저런 상도 받아 오곤 했다. 따라서 그 당시의 나는 엄마의 어두침침한 마음에 불빛을 터뜨려주는 플래시 같은 존재였다.

 가을 운동회를 앞둔 어느 날, 나는 대문을 들어서다가 어떤 남자와 부딪쳤다. 엄마가 카디건을 입으면서 뒤따라왔다. 나는 매스 게임 연습이 하기 싫어 몰래 도망쳐 나온 길이었다. 출장지에서 예정일보다 앞당겨 돌아온 남편을 대하는 얼굴로 엄마가 내 신발주머니를 받아 들었다.

"정수야, 인사드려. 저번에 엄마가 곧 장사할 거라고 말했었지. 장사 문제로 엄마를 도와주려고 오신 분이야."

우습게도 엄마는 그를 삼촌이라고 부르라고 했다. 엄마가 말한 '삼촌'은 '아저씨'와 같은 단순한 호칭이 아니었다. 내가 등교하자마자 몰래 대기하고 있던 저 남자가 도둑고양이처럼 안방으로 잽싸게 들어가지 않을까 하는 의문이 된바람처럼 불어왔다. 엄마한테서 언뜻언뜻 풍기는 남자 화장품 냄새가 아무래도 수상쩍었다.

나는 삼촌이란 작자를 심심찮게 목격했다. 시내로 향하는 약간 경사진 언덕에서였다. 우리 집은 언덕 너머에 있었다. 나한테 들킬까봐 그랬는지 그는 언제나 고개를 수그리고 땅만 보며 걸었다. 또, 장발도 그의 특징이었다. 머리털이 유난히 찰랑거렸는데 멀리서 보면 그 머리통이 인간보다 빠르고 새들보다는 느리게 날아가는 일종의 조류 같았다. 학교에서 수업을 하다 보면 갈색 머리털에 샴푸를 듬뿍 짜서 꼼꼼히 감겨주는 엄마의 모습이 아른거렸다. 곧바로 지저분한 상상이 이어지고, 칠판의 글자들은 그와 엄마가 나누는 저속한 대화로 둔갑했다. 소리를 지르거나, 교실 밖으로 뛰쳐나가거나, 앞자리에 앉은 아이의 머리통을 갈기고 싶은 충동이 들썩거렸다. 나는 책과 멀어졌다. 석차가 꾸준히 내려갔고 엄마는 더 이상 나의 성적에 관여하지 않았다.

그의 '장발'은 내게 불온한 물건이었다. 괴력이 샘솟는 삼손의 머리처럼 풍성한 장발이 엄마를 유혹하는 듯했다. 어쩌다 그와 마주치면, 아니 그를 떠올리기만 해도 무엇 하나 나무랄 데 없는 라이벌이 나타난 듯 신경이 곤두섰다. 과부 뒤꽁무니나 쫓아다니는 허우대만 멀쩡한 백수 주제에, 하고 그를 폄훼할수록 관심의 골은 깊어졌다. 나는 무심한 척하면서 엄마의 옷차림이랄지 체취, 표정, 감정 따위를 관찰했다. 당신은 산뜻한 남자와 짝이 되었다고 해서 속없이 겉으로 활짝 피지 않았다. 둘이 요령껏 깔끔하게 밀회를 즐긴다고 생각하면 공연히 약이 올라 밤잠까지 설쳤다. 나는 화만 돋우는 염탐을 집어치우고 흥미로운 계략을 꾸몄다. 삼손의 머리털을 잘라버리는 델릴라가 되기로 다짐한 것이다.

  연말이나 새해가 다가오면 나는 각오를 단단히 했다. 묵은해를 보내고 새날을 맞이하는 시기이므로 엄마가 암울한 가정사를 토해낼지도 모른다는 추측 때문이었다. 엄마의 절절한 고백을 듣고 나면 이미 알아버렸다고 대꾸해야 할까, 아니면 방바닥에 엎드려 눈물 연기를 선보여야 할까. 판단이 쉽사리 서지 않았다. 그러나 엄마의 입은 지나치게 무거웠고 시간은 말썽 없이 잘도 흘러갔다. 우리 집 마당으로 시도 때도 없이 날아들어 시끄럽게 굴던 참새들의 왕래만큼이나 그의 발길이 빈번해졌다. 삼촌이란 인간은 언제부턴가 나를 개의치 않고 넉살 좋게 밥까지 얻어먹었다. 아버지의 자리를 넘보려는 그 수작이 꼴사나웠다. 하지만 그저 태연히 지켜볼 수밖에 없었다. 나는 델릴라의 임무를 완수해야 했으니까.

  엄마는 '유락상가'에 끝밋한 점포를 얻어 숙녀복을 팔았다. 시내

한복판에 자리한 그곳은 백화점을 어설프게 흉내 낸 삼 층짜리 건물이었다. 그렇긴 해도 그 시절에는 그처럼 손바닥만 한 고장에서 유일하게 도시적 색채를 풍기던 쇼핑센터였다. '나 혼자서 정수를 키울 수 있을까. 절름발이 인생.' 남편과 사별한 여자의 현실은 일기장에서 우려했던 것과는 정반대로 굴러갔다. 삼촌이 아니라 엄마의 몸종 같던 남자는 바깥주인처럼 개업에 관여하며 오지랖을 넓혔다. 두 사람은 내 눈에도 백년해로할 부부처럼 비쳤다. 엄마는 자신의 양품점을 잠시도 비우지 않았다. 장사꾼으로서의 출발은 성공적이랄 수 있었다. 적어도 파리를 날리지는 않았으니까. 때 이르게 단골이 생겼고, 장사에 자신감이 붙은 엄마의 말투나 행동거지는 몰라볼 정도로 활달하니 생업에 길들여졌다. 끼니때도 잊어버리고 장사 욕심을 부리던 엄마는 돈맛을 알고부터 점점 그악스런 여자로 변해갔다.

연일 장맛비가 내리던 어느 초저녁, 양품점에 있어야 할 엄마가 별안간 내 방으로 들어왔다. 날마다 보는 얼굴인데도 어색했다. 어깨까지 내려오던 파마머리를 짧게 잘라서 그런 것만은 아니었다. 알 수 없는 낯설음이 나를 은근히 옥좼다. 엄마는 신실한 신자처럼 정좌하고서 눈을 내리깔았다. 나는 짝꿍이 빌려 준 어린이 잡지를 읽고 있었다.

"너한테 할 말이 있어. 아빠에 대한 이야기야."

뜨거운 열기가 순식간에 등줄기를 타고 내려왔다. 엄마가 마침내 일기장의 진실을 밝히려는 것이다. 나는 마치 시험범위를 착각하고서 시험장에 들어선 것처럼 어쩔 줄 몰랐다. 엄마의 고백이 연말이나 새해에 터져 나올 줄 알았기 때문이다. 나는 만화 일색인 잡지에 눈을 붙박았다. 그것이 내가 취할 수 있는 최선의 행동이었다.

"정수야, 아빠가 돌아가셨어."

의외로 꼿꼿한 엄마의 목소리를 듣는 순간 신기하게도 그 옛날의 문화재 주위를 맴돌고 있는 듯 마음이 느긋해졌다. 엄마는 마치 남 얘기 하듯이 밋밋한 어투로 속내를 까발렸다. 아버지가 오래전부터 불치의 병에 시달렸다고 했다. 잠시 정적이 흘렀다. 엄마가 다시 말을 이었다. 당신의 음성만큼이나 나 또한 무덤덤했다. 서로 쉬쉬하는 동안 속절없이 흘러간 시간이 감정에 굳은살을 박아놓은 것이다.

"아빠가 언제 돌아가셨어요?"

나는 물증을 확보한 수사관처럼 눈을 똑바로 뜨고서 심문하듯 물었다. 엄마는 망설였다. 딸의 예기치 않은 태도에 당황하는 것 같았다.

"작년에."

"그런데 왜 이제야 알려주세요?"

"그건……그러니까……."

엄마의 말밑천이 그새 떨어졌다. 그런 기막힌 소식을 전해 들으면 내가 울음부터 터뜨릴 거라고 생각했겠지. 그래서 딸의 설움을 진정시킬 수 있는 말만 머릿속에 잔뜩 담아가지고 왔을 것이다.

"일 년이 넘도록 아빠가 한 번도 안 와서 난 어디 먼 나라로 돈 벌러 간 줄 알았어요."

나는 일기장을 훔쳐본 사실을 끝내 실토하지 않았다. 부모가 이혼이나 별거한 줄 알았던 추측도 숨기고 엉뚱한 말로 내숭을 떨었다.

"그 삼촌이랑 재혼하실 거죠."

책상 모서리에 눈을 고정시킨 채 나는 되바라지게 말했다. 시종 침착한 태도에 나 스스로도 놀랄 지경이었다. 두 다리를 나란히 포개고 똑바로 앉아 있던 엄마가 자세를 허물면서 이마를 훔쳤다.

"그 사람이 우리 아빠냐고 아이들이 물어봐요. 뭐라고 대답해요?"

차마 얼굴을 마주 보고는 대답을 못하겠는지 엄마가 나를 끌어안았다. 생소한 애정표현이었다. 거북스러웠다. 엄마가 가늘게 몸을 떨면서 침을 삼켰다.

"그래, 엄마는 그 삼촌과 결혼하기로 했어. 나는 너를 남부럽지 않게 키울 거야."

마치 나를 위해 그의 청혼을 받아들였다는 투로 들렸다. 어쨌거나 아버지라는 그늘이 정식으로 생기는 순간이었다. 먹먹했다. 고생스러웠던 지난 세월을 모두 잊고 셋이 행복하게 살아보자며 엄마가 내 등을 토닥거렸다. 딸에게가 아니라 자기 스스로한테 건네는 위로 같았다. 얼굴만 번드레한 젊은 백수 따위가 드레진 그늘을 차지한다는 사실이 창피스럽고 분했다. 시답잖은 남자와 결혼하겠다고 나부대는 엄마 또한 한없이 원망스러웠다.

  단박에 거리감이 생긴 엄마의 품에서 나는 저승으로 이주한 아버지를 그려봤다. 이목구비가 뭉개진 두루뭉술한 모습이었다. 재혼은 엄마가 하는데 공연히 내가 죄스러웠다. 차라리 아빠 없이 살겠다고 암팡지게 대들지 못한 후회가 뒤늦게 밀려왔다. 엄마의 품이 포근해서가 아니라 별빛조차 보이지 않는 캄캄한 들판에 홀로 남겨진 듯한 기분을 어찌지 못해 나는 그대로 안겨 있었다. 그 순간 눈물이라도 흘렸더라면 나를 짓누르던 상심의 무게가 조금은 가벼워졌을지도 모른다. 하지만 내 눈에서 막무가내로 쏟아진 건 졸음이었다.

8
문간방 처녀

사람의 치아는 일 년에 삼 톤짜리 트럭 한 대분의 음식물을 처분한다. 놀라움과 함께 설마, 하는 불신이 섞여들었으나 그것은 신문이 알려준 정보였다. 어느 날 얼큰한 음식이 당겨서 동태찌개를 먹으러 갔는데, 종업원이 하얀 각설탕처럼 생긴 물건을 앞앞이 올려놨다. 그 각설탕을 물에 적시니까 대번 부풀어 올라 감쪽같이 물수건으로 변하는 거였다. 내가 동료들 앞에서 가벼운 마술을 선보인 것 같았다. 신문기사를 읽고 나자 각설탕 물수건과 치아가 동질의 사물처럼 느껴졌다. 잇몸에 촘촘히 박힌 치아가 음식물을 섭취하는 순간 입안의 포클레인으로 변해 작동하는 것이다. 신체의 중요로운 연장이면서 어떤 공격을 받았을 때 요긴한 무기로도 쓰이는 치아가 새삼 돋보였다.

 그렇다고 입술의 보호를 받는 하얀 연장이 직업을 선택하는 데 결정적인 역할을 한 건 아니다. 엄마의 재혼과 함께 유 씨에서 최 씨로 성을 바꾼 나는 전학에 익숙해졌다. 두 사람은 성탄절에 결혼식을 올렸다. 당연히 나는 참석하지 않았다. 결혼 잔칫날 아침부터 비가 구질구질하게 쏟아져서 내심 고소했다. 십자가에 못 박혀 돌아가셨다는 구세주가 그날만큼은 내 편이 되어준 것 같아 냅다 교회로 달려갔던 기억이 생생하다.

 초등학교 시절 나는 세 번씩이나 학교를 옮겨 다녔다. 계부가 직업군인이거나 파견 근무가 잦은 일에 종사해서 그런 것도 아니었다. 엄마는 현대판 장돌뱅이였다. 돈벌이 전략인지 아니면 역마살이 끼어서 그랬는지 당신은 고만고만한 고장을 맴돌며 살림살이를 꾸려갔다. 일부러 저러나 싶게 꼭 해동기에 이삿짐을 꾸렸던 엄마 때문에 나는 해묵은 친구가 없다. 어차피 또 잠시 머물다 떠날 터전인데 애들한테 정을 주면 뭐하나 싶어 교실에서 보릿자루처럼 앉아 출석일수나 채웠다. 자신의 인감도장이 선명하게 찍힌 아파트 매매 계약서를 손에 쥐자 엄마는 비로소 장돌뱅이로서의 삶에 마침표를 찍었다.

 치열한 눈치작전으로 간신히 사립대학에 진학한 나는 휴학을 일삼았다. 고급 백수가 되고 나서는 어학연수다 뭐다 해대며 실속 없는 핑계를 앞세워 여행을 다녔다. 걸핏하면 꿈틀대는 일탈의 욕망을 잠재우다 보면 이사를 즐기는 듯하던 예전의 엄마가 떠올랐다. 나 또한 어디론가 떠도는 팔자를 타고 태어나지 않았을까. 그렇다면 어느 누구보다 신중히 따져 직업을 골라야 했다. 깨달음은 언제나 뒤늦게 찾아오는 법이다. 나는 따분하기 짝이 없던 학과를 내동댕이치고 입시학원으로 유턴했다. 보건전문대학의 치위생과는 떠돌이별로 살아야 하는 내게 안성맞춤이었다.

  나는 해외 취업을 노렸다. 막연히 캐나다에 끌려서 정보를 긁어모았다. 치위생사 면허를 취득하면 캐나다에서 일 년 안에 면허를 변경할 수 있었다. 물론 취업도 가능했다. '노령화 추세에 따라 치위생사는 캐나다에서 유망 직종으로 떠오르고 있답니다.' 현재 캐나다에서 치위생사로 일한다는 어떤 네티즌의 댓글을 보는 순간 황무지를 헤매다 비로소 갈증을 풀어줄 편의점이라도 발견한 것 같았다. 일 년간 학비 일만육천 달러, 홈스테이 및 용돈 일천 달러, 여기에 항공료·보험료·수속료 따위의 경비를 합하면 캐나다에서 치위생사 면허를 변경·취득하는 데 한화로 이천칠백만 원에서 삼천만 원 정도가 든다고 했다. 캐나다의 치위생사 연봉은 삼만팔천 달러였다. 나는 이듬해 한 보건전문대학 치위생과에 합류했다.

  "언니, 가위가 다들 회의실로 모이래. 지금 당장."

  치위생사들 사이에서 막내로 불리는 윤지가 내 공간으로 불쑥 끼어들었다. 딴짓을 하다가 상사에게 들킨 것처럼 내 엉덩이가 저절로 들렸다. '가위'는 가식과 위선의 앞 글자를 도려내어 만든 민 실장의 별명이다.

"느닷없이 무슨 회의야. 누가 또 무슨 실수라도 저질렀대?"

"다들 얌전히 일만 잘하고 있어. 환자가 없을 때 한바탕 잔소리를 퍼부을 모양이지, 뭐. 자신이 원장 부인이야 뭐야. 사사건건 간섭하려 든다니까. 밥값도 못하면서 잘난 척에 노상 입으로 가위질만 하고 있어."

막내가 손으로 가위질하는 시늉을 내더니 내 팔을 친근하게 감싸 안았다. 막내의 말마따나 민 실장이 무능한 탓인지 지난달부터 환자가 줄어드는 낌새였다. 오늘은 날씨까지 궂어서 환자들의 발길이 더 뜸하다. 민 실장은 치과의 영업과장이나 마찬가지다. 환자는 치과에 들어서면 일단 민 실장과 상담한다. 이때 민 실장은, 고객이 판매자의 친절에 혹해서 옷을 한 벌 살 거 두 벌 구입하듯 환자에게 잔잔한 감동을 안겨주고, 그리하여 그 환자가 다른 환자를 데려오게끔 수완을 발휘해야 한다. 그녀의 말투나 행동거지에서 신뢰와 인간미가 흠뻑 배어 나와야 가능한 일이다. 그러므로 민 실장은 치과의 핵심 인물이랄 수 있다.

회의실에 모인 치위생사들의 낯빛은 날씨만큼이나 충충하다. 가위가 꼴찌로 나타난 우리에게 곱지 않은 시선을 던졌다.

"내가 누차 말했죠. 스케일링하면서 환자한테 말을 많이 하라고요. 무조건 눕혀 놓고서 입 다물고 스케일링만 하면 환자들이 거부감, 아니 공포감을 느낀단 말이에요. 어느 환자든 첫 번째 스케일링을 잊지 못해요. 그만큼 기억이 강렬하단 뜻이죠. 때문에 나쁜 기억을 절대 심어주면 안 됩니다. 아시겠어요? 김윤지 씨, 현대 사회에서 가장 큰 문제가 뭐라고 생각하세요?"

가위가 갑자기 막내를 향해 말화살을 쐈다.

"……양극화…… 청년실업……."

"아니, 아니. 그보다 더 심각한 문제가 있어요. 바로 소통 불능이죠. 이 사회에는 인간적인 유대감이 사라져버린 고독한 개인들이 허다해요. 인터넷, 메신저, 이메일, 휴대전화를 통해서 우리는 전에 없이 말의 홍수 속에 살고 있지만 나는 과연 누구를 알고 있을까요?"

말이 좋아 회의지 언제나 훈계를 하다가 흐지부지 끝나버리는 이런 시간이면 꼭 갈색 뿔테안경을 쓰는 가위가 깐깐한 여선생처럼 좌중을 훑어봤다. 치위생사들은 하나같이 고개를 숙이고 있었다. 가위 씨, 당신이나 잘하세요. 그녀들이 속으로 빈정거리는 말소리가 시끌시끌하게 들려온다. 가위는 보통 혼자서 식사하고, 치위생사들과 웬만해서는 사적인 이야기를 하지 않으며, 귀를 슬쩍 닫아놓고서 자신이 필요할 때만 입을 여는 여자다.

"세종이 전공(戰功)을 세운 최윤덕을 인정했지만 정승으로 기용하지 않고 포상만 했어요. 왜 그런 줄 알아요? 정승이란 오직 그 일을 감당할 수 있는 자에게 맡겨야 한다는 신념 때문이었죠. 세종이 판단하기에 최윤덕은 소통의 능력이 부족한 인물이었거든요."

그녀가 세종까지 들먹이면서 목청을 돋웠다. 누군가가 볼펜을 떨어뜨렸다. 소통의 포인트는 달변이 아니라 경청인 걸 모르시는군요. 나는 혀끝에서 와글거리는 말을 침과 함께 삼켰다.

"치위생사들이 치료할 때 마스크를 착용하지 않도록 원장 선생님께 건의한 것도 다 소통 때문이었어요. 아프시죠, 조금만 참아주세요, 이런 형식적인 말은 관두고 예컨대 생활정보랄지 우스갯소리를 환자들한테 들려줘봐요. 인간적인 유대감이 절로 생기죠. 소통이 원활해지면 병원의 수입이 자연히 늘어나겠죠. 치과 경영은 우리 모두가 함께 하는 겁니다. 우리 치과의 치위생사들이 무뚝뚝하단 소리가 내 귀에 가끔 들려와요. 소통, 소통. 제발 명심하세요."

때마침 예약 환자가 방문했다는 전갈이 날아왔다. 실내가 술렁거렸다.

"세종이 '함께 의논하자' 라는 말을 자주 했다고 해요. 우리도 세종처럼 합시다!"

가위가 결의를 다지듯 손뼉을 치더니 뿔테안경을 벗었다. 치위생사들이 본체만체하며 서둘러 각자의 위치로 돌아갔다.

장담하건대 나는 가위의 기호에 맞는 이야기꾼이다. 혹시라도 환자에게 불쾌감을 줄까봐 구강청정비타민을 씹어 먹는 매너까지 챙긴다. 진료실마다 몰래카메라를 설치해서 근무 태도를 훔쳐본다면 나는 치위생사들의 본보기로 회의 때마다 앞에 나가 시범을 보일 것이다. 기계 소음이 불러일으키는 공포의 유출을 막기 위해 입과 스케일러를 동시에 놀리는 일은 아무나 할 수 없다. 세균 덩어리인 치석을 제거하려면 그만큼 집중력이 필요하고, 치아 청소에 몰입하다 보면 자신도 모르게 벙어리가 되기 때문이다. 또, 환자의 시야를 가리지 않으면서 구역질이 안 나도록 치료하는 것도 유능한 치위생사만이 할 수 있다.

―자유의 여신상 받침대의 현판에 어떤 시구가 새겨져 있는지 모르시죠. 제가 한번 외워볼게요. 나에게 다오, 지치고 가난한 사람들을, 자유롭게 숨 쉬기를 갈망하는 무리들을, 바닷가에 겹겹이 지쳐 쓰러진 가엾은 이들을, 거처도 없이 폭풍에 시달린 이들을 나에게 보내다오. 내가 황금의 문 옆에서 나의 등불을 들리라.

―개에게는 초콜릿을 절대 주지 마세요. 초콜릿을 먹고 죽을 수도 있거든요. 초콜릿에는 이뇨 작용을 증가시키고 중추 신경계와 심장에 영향을 주는 데오브로민이라는 성분이 들어 있대요. 이 물질이 자칫하면 개의 생명을 앗아가는 거죠.

―〈이보다 더 좋을 순 없다〉라는 영화 보셨어요? 그 영화에서 잭 니콜슨이 무슨 병에 걸린 줄 아세요? 맞아요, 강박증이에요. 〈미스터 존스〉에서 리처드 기어는 조울증에 시달렸죠. 〈처음 만나는 자유〉란 영화에서 위노나 라이더와 안젤리나 졸리는 인격경계 혼란 장애를 겪었구요.

―제임스 조이스의 《율리시즈》에는 사천삼백구십일 개의 단어로 이루어진 한 문장이 나온대요. 사십 쪽이나 되는 그 문장은 내용상

'yes'라는 한 단어로 처리해도 될 만한 문장이라고 하네요. 저는 그 소설을 아직 읽어보지 못했어요.

─앰브로즈 비어스라는 사람이 자신의 저서 《악마의 사전》에 '기회'라는 단어를 이렇게 풀이해놓았어요. '실망을 얻기 위한 즐거운 한때.' 되새겨볼수록 절묘한 표현이에요.

나는 이런 잡다한 지식을 머릿속에 차곡차곡 쟁여놓고 환자들에게 걸맞은 내용을 골라 들려준다. 그러면 어떤 환자들은 입을 벌린 채 응, 응, 거리면서 내 점잖은 수다에 귀 기울인다. 그러다 보니 스케일링이 끝났는데도 말동무 역할을 좀 더 해달라는 듯 뭉그적 거리는 주부들, 함께 저녁식사를 하자거나 영화를 보면서 치근 덕거리는 남자도 더러 있다. 나는 그런 사내들의 음충한 호의를 언제라도 싱그레 웃으며 밀어냈는데 딱 한 사람한테만 걸려들었다. 그 남자가 바로 박인태다.

치료에 열중하는 틈틈이 색색의 말들을 흩뿌렸다고 해서 환자와 나 사이에 소통의 징검다리가 생기는 건 아니다. 스케일링 도구 때문에 자유롭지 못한 환자의 입에 대고 혼자 지껄이는 깃털 같은 이야기와 인터넷 세상에서 제멋대로 떠돌아다니는 잡담이 다를 게 뭐가 있을까. 알맹이 없이 발랄하기만 한 나의 수다는 오히려 환자들에게 피로감을 안겨줄지도 모른다. 서로의 시선이 오갈 때라야만 소통에서 담백한 맛이 우러나는 것이다. 눈빛은 소통이라는 요리의 주요 양념이니까.

세종과 최윤덕까지 등장한 회의 시간에 나는 줄곧 집주인을 떠올리고 있었다. 사실 나에게는 환자보다 그녀와의 소통이 문제였다. 결론부터 말하자면 나는 바라던 대로 우리 집 '내 방'에 세를 들었다. 얼마 전 점자도서관에서 낭독 테스트를 마치고 찻집에 들렀다가 묘안을 떠올린 나는 한달음에 집으로 달려갔다.

 아버지는 주방에서 닭발을 씻고 있었다. 구부정한 자세로 한쪽 다리를 꼼지락거리면서 마치 어린아이의 손을 닦아주듯 닭발 사이사이를 꼼꼼히 문질렀다. 아버지의 비밀스럽고도 음침한 뒤태와 소쿠리에 담긴 핏기 없는 닭발의 께름칙한 조화. 나는 반사적으로 손을 뒤로 감췄다. 아버지가 나를 물끄러미 쳐다봤다. 왜 그래? 라는 의문을 듬뿍 머금은 눈빛이다. 무슨 정물화의 소품처럼 주방에 우뚝 서 있는 당신의 모습에서도 끈끈한 거리감이 느껴졌다. 그 돌발적인 감정의 변화가 헤어져야 할 날이 임박했음을 알리는 뚜렷한 신호 같았다.

 당신의 성격이랄지 생활방식은 어느 틈에 완전히 뒤바뀌었다. 변성기를 겪어 굵고 낮게 변한 목소리처럼 말이다. 물론 엄마의 운명이 결정적인 계기였다. 무엇보다 말수가 적어졌고, 밤이나 낮이나 베란다 창가에 서서 어떤 상념에 자신을 온통 내맡긴 모습이 자주 목격되었으며, 번잡한 세상과 조금씩 거리를 두었던 것이다. 그가 건달기를 온몸에 휘감고 살았던 그 옛날의 '장발'이라는 사실을 나조차도 믿기 어려울 지경이었다.

닭발을 손질하느라 여념 없는 아버지에게 내 엉뚱한 속내를 털어놓자 그제야 시선을 이쪽으로 던졌다.

"네 방에 세를 들겠다고? 이 가을에 더위를 먹은 건 아닐 테고……기발한 발상이긴 하다. 말 같잖은 소리 그만하고 싱크대 밑에서 냄비나 꺼내봐."

나는 말꼬리를 어떻게 이어야 할지 몰라 허둥대고 있었다.

"무슨 닭발을 저렇게나 많이 샀어요? 난 족발, 닭발은 딱 질색이야. 지네들 배설물을 저벅저벅 밟고 다닌 발을 어떻게 먹어."

"닭발을 고면 국물이 우유처럼 하얘진대. 아침저녁으로 꾸준히 먹으면 보약이 따로 없다더라. 산모가 출산하면 미역국을 끓여 주잖냐. 중국에서는 이 닭발을 푹 삶아서 먹인대. 그만큼 영양가가 풍부하다는 소리잖아. 그런데 왜 말이 닭발로 새?"

"제가 굳이 이 집에 머물려는 까닭은 엄마의 살림살이를 보호하기 위해서예요. 가구가 아무리 후졌어도 어떻게 버리고 가요. 엄마의 젊음이 고스란히 묻어 있는데요. 나중에 되찾겠다구요? 어림없는 소리 하지도 마세요. 사람도 눈에서 멀어지면 애정이 식는 판에 가구야 말할 것도 없죠. 렘브란트, 아니 집주인도 나 같은 믿음직한 세입자를 어디서 구해요. 처음엔 피차 껄끄럽겠지만 그거야 시간이 오죽 잘 알아서 해결해주겠어요. 엄마가 얼마나 살림살이를 아꼈는지는 저보다 아버지가 더 잘 알잖아요."

딸의 갸륵한 마음을 알아달라는 듯 나는 아버지를 물끄러미 쳐다봤다. 묵묵부답이다. 하긴 세입자가 되어서라도 엄마의 나이 든 세간들을 지키겠다는데 무슨 할 말이 있겠는가. 아버지가 마음대로 하라면서 닭빌을 헹궜다. 곧장 집주인에게 연락했더니 그녀 또한 반대부터 하고 나섰다.

"친척이라면 몰라도 남한테 방을 임대할 거라면 제게 빌려주세요. 중학교 때부터 살아온 집인데 몸만 쏙 빠져나오려니까 일도 손에 안 잡히고 뒤숭숭하네요. 무슨 떨꺼둥이가 된 것 같아요."

마침내 집 문제가 내 생각대로 해결되었다. 전화로 구두계약이 이뤄졌다. 보증금 없이 월 십오만 원. 나는 전세로 살기를 바랐지만 그녀가 월세를 고집했다. 월 십오만 원으로 아파트의 관리비나 내려는 계산 같았다. 퍽 저렴한 액수였으나 나는 잠깐 망설였다. 다달이 십오만 원이면 일 년에 백팔십만 원을 임대료로 날려야 했기 때문이다. 나는 캐나다로 이주할 날을 학수고대하며 통장의 잔고를 늘려갔다. 마음이 흔들렸지만 살림살이에 대한 애정을 과시해놓고 변덕을 부리기가 뭣해서 집주인의 임대조건을 받아들였다.

지난주 일요일, 아버지는 화곡동으로 잠자리를 옮겼다. 오전 열 시 정각에 일 톤 트럭이 왔다. 아버지의 이삿짐은 단출했다. 살림살이보다 화분이 더 많았다. 내가 동백나무만 맡기로 했는데 나중에 보니까 고무나무도 남겨 두고 갔다. 이혼한 부부가 줄줄이 낳은 아이들을 능력껏 맡아 헤어지는 기분이 들었다. 트럭에 짐을 싣는 데 한 시간이 채 걸리지 않았다.

"이게 답니까? 누가 보면 화분 배달하는 트럭인 줄 알겠네요."

이삿짐센터 직원이 자다가 튀어나온 얼굴로 담배에 불을 붙였다. 아버지와 나는 아파트 광장에 서서 모자 쓴 짐꾼의 짧은 휴식이 끝나기를 기다렸다. 아버지는 험난한 여정을 마친 사람처럼 지친 표정이었다. 환송 술상이라도 차려 그간의 회포를 풀지 못한 게 못내 아쉬웠다. 이별은 대체로 처연한 잔상을 남기지만 사람은 누군가와라도 헤어져본 뒤라야 제대로 영근다. 빛깔과 모양이 다른 이별을 경험해보지 않은 사람들이야말로 고독의 참맛을 모르는 설익은 과일이나 진배없다. 앞으로 아버지의 빈자리를 의식할 때마다 내 머릿속은 가을빛에 익어가는 벼처럼 한결 노래질 것이다. 나는 어줍은 통찰로 이별의 아쉬움을 달랬다.

트럭의 조수석에 앉은 아버지가 손을 가벼이 흔들고는 내 시야에서 멀어졌다. 트럭이 머물렀던 자리가 물이 증발한 웅덩이처럼 비쳤다. 가을답지 않게 날씨가 후텁지근했다. 광장의 붉고 노란 나무들도 햇살이 부담스러운 듯 축축 늘어져 있었다.

그날 점심 나절에 집주인이 이사를 왔다. 그녀는 초인종을 누르지 않고 열쇠로 직접 현관문을 열고서 들어왔다. 순간 당황한 내가 그녀를 쏘아봤다. 집주인이 의아스러운 표정을 짓더니 신발장을 열어봤다. 나는 이내 사태를 파악했다. 오늘부터 여기는 내 집이 아닌 것이다. 미닫이문 앞에 완강히 버티고 서 있던 나는 냉큼 길을 터줬다. 옷차림과 표정이 바뀌어도 그녀는 네덜란드의 천재화가가 그린 〈자화상〉 속의 그 못났지만 개성 있는 사내를 빼닮았다. 그녀가 안방으로 들어가더니 허드레옷으로 갈아입고 나왔다. 이삿짐센터의 일꾼이 그녀의 살림살이를 들고 바로 들이닥쳤다.

"이게 다예요?"

나는 얕잡아 보는 투로 말했다. 엉겁결에 튀어나온 말이었다. 자취생의 세간도 이보다는 많을 터였다. 아버지가 가구 인심을 쓸 때 얼굴이 대번 환해진 이유가 있었다. 그녀는 이삿짐 정리를 단숨에 끝내버리고 대청소를 하느라 분주했다. 집주인이 갈렸지만 살림살이가 거의 그대로여서 그녀가 마치 청소 도우미 같았다.

"문간방 처녀, 내 집이다 생각하고 편히 지내요. 나도 수선스런 늙은이가 아니라서 그렇게 방해가 되진 않을 거예요. 이게 무슨 인연인지 모르겠네."

그녀는 나를 '문간방 처녀'라고 불렀다. 기분이 묘했다. '문간방 처녀'는 주인과 세입자의 관계를 명확히 구분 짓는 동시에 예전부터 그렇게 불린 것처럼 친근한 호칭으로 와 닿았다. 그냥 아가씨라고 부르면 될 것을 처녀는 뭐고 문간방이란 단어는 왜 끼워 넣을까, 하는 불만은 없었다. 집주인이랍시고 위세를 부리려는 의도로 비치지 않았기 때문이다. 그녀는 다행히도 말수가 적었으며 드레진 모습이 신뢰감을 안겨줬다. '문간방 처녀'가 어색하지 않으면서 내게 걸맞은 호칭으로 느껴지는 까닭이 뭘까. 그녀를 처음 대면했을 때 어디서 본 적이 있다는 궁금증에 사로잡혔던 것처럼 나는 그 호칭을 물고 늘어졌다.

슈베르트의 가곡집 〈아름다운 물방앗간집 딸〉. 고등학교 대상의 퀴즈 프로그램을 시청하다가 이윽고 의문의 답을 찾아냈다. 참가자들에게 제시한 주관식 문제의 정답은 '슈베르트'였는데 어느 학생이 그 작곡가의 이름을 내뱉는 순간 〈아름다운 물방앗간집 딸〉이 내 머릿속에서 튕겨 나왔다. '아름다운 물방앗간집 딸'과 '문간방 처녀' 사이에 어떤 연관성도 없음은 물론이고 겹치는 글자도 고작 '간'자 뿐인데 이상하게 어감이 흡사했다.

고등학교 음악 시간에 이론 수업을 듣다가 알게 된 가곡집 제목은 그 시절 나를 연민과 상상의 언덕으로 이끌곤 했다. 어느 물방앗간집 의붓딸이 숲 속으로 종종걸음 친다. 부모 몰래 애인을 만나러 가는 길이다. 때는 들꽃이 지천으로 깔린 봄. 처녀는 간혹 길을 가다 말고 쭈그려 앉아 노랑제비꽃이며 물망초를 매만지면서 꽃처럼 활짝 펴본 일이 없는, 앞으로의 삶도 그러할 제 처지에 눈물을 훔친다. 곱살한 처녀는 결국 숲 속에서 애인과 애절한 사랑을 나누고 돌아온 날 밤 죽고 만다. 내가 아무렇게나 엮어본 상투적인 줄거리가 제법 실감 나게 다가와서 음악 선생이 들려준 가곡집에 얽힌 진짜 사연은 귀 밖으로 흘려들었다.

나는 〈아름다운 물방앗간집 딸〉을 여태 감상하지 못했다. 하지만 수천 번도 더 들은 것처럼 그 가곡이 익숙하다. 나를 문간방 처녀라고 부르는 집주인과의 동거가 의외로 불편하지 않았다. 그렇다고 친하게 지내보자는 생각이 우러난 건 아니었지만 적어도 경계의 껍데기는 한 꺼풀 벗겨졌다. 렘브란트와 슈베르트, 공교롭게도 '트'가 이름 끝자락에 붙는 두 거장이 아득할 수도 있었을 거리를 좁혀준 것이다.
"정수 씨, 스케일링 환잡니다. 소통, 잊지 마세요."
노크와 동시에 출입문이 열리더니 가위가 '소통'에 악센트를 주면서 휙 지나갔다. 나는 가운 주머니에서 구강청정비타민을 꺼내 깨물어 먹었다. 집주인과의 관계에 대해 심각하게 생각하지 말자. 피차 피해를 주지 않고 살다 보면 자연스럽게 소통의 길이 뚫릴 터다. 서로가 부르는 독특한 호칭 때문에 거부감이 없어진 것만 해도 다행이다. 호흡할 때마다 입안에서 퍼지는 레몬향기가 눈까지 맑게 해준다.
후줄근해 보이는 남자가 들어왔다. 나는 웃는 얼굴로 그를 자동의자에 눕히고서 스케일링 도구를 챙겼다. 문득 나는 일손을 멈췄다. 날짜를 헤아려본다. 아파트 광장에서 아버지와 헤어진 이후로 연락이 끊겼다. 나야 그렇다 쳐도 성격이 둥글둥글한 아버지의 침묵이 좀 의외다. 이미 예상한 일이지만 이렇듯 빨리 소원해질 줄 몰랐다. 당연하다고 여기면서도 내심 인정하기 싫은 어떤 깨달음이 스케일링에 몰두하려는 손을 자꾸만 가로막는다. 나는 공연히 허둥대다가 핀셋을 놓쳤다.

9
한로의 아침식사

월차 휴가를 받았다. 치과에 입사할 때부터 나는 줄곧 월차를 잊어버리고 살았다. 온종일 서서 일하는 치과 업무가 고되긴 하지만 굳이 시간을 따로 내서까지 쉴 마음은 없었다. 엄마가 돌아가셨을 때 말고는 월차휴가가 필요한 경조사가 집안에 생기지도 않았다. 그러나 인태와 연애하면서부터는 월차를 꼬박꼬박 찾아먹었다. 연애에 브레이크가 걸리니까 시간이 마냥 도도히 흘러가는데도 어느 한 시점에서 유독 멈춰 있는 것처럼 느껴질 때가 더러 있다. 실연은 쓰라린 그리움이 아니라 닿지 않는 시간과의 싸움이다. 오늘은 단지 아버지를 위해 특별히 시간을 냈다.

어제 짬을 내어 아버지한테 오랜만에 전화를 걸었다. 왜 월요일에 연락하지 않았느냐며 아버지가 다짜고짜 툴툴거렸다. 퍼즐잡지가 퍼뜩 생각났다.

"공휴일이 겹쳐서 그날 주소 변경을 못했잖아. 내가 혹시 까먹을지도 모르니까 월요일에 확인차 전화 한번 해달라고 당부했더니……오늘 아침에서야 생각나서 주소를 바꿨다. 젊은 애가 기억력이 어째 그 모양이냐."

"오늘 오후 네 시쯤 들를게요."

"바쁠 텐데 이 먼 곳까지 뭣하러 와. 나중에 중간 지점에서 만나 우동이나 한 그릇 먹든지."

냉한 분위기를 바꾸려고 얼른 말머리를 돌렸더니 아버지가 나의 방문을 마다하며 말끝을 흐렸다. 물론 진심이 아닐 터였다.

새벽 두 시 무렵부터 나는 자다 깨다를 반복했다. 어처구니없게도 내 잠을 훔쳐간 잠도둑은 인태였다. 헤어진 지 두 달 만이다. 처음에는 모닝콜인 줄 알고 잠결에 휴대전화를 집어 음악을 껐다. 벨소리가 재차 울렸다. 베개에 얼굴을 파묻고서 가만히 들어보니 그 경쾌한 리듬은 모닝콜 음악으로 지정해둔 'Honey Honey'가 아니었다. 휴대전화 액정에 실오라기처럼 떠 있는 그의 이름을 보는 순간 농락당하는 기분이 들면서도 나는 스탠드를 켰다. 통화버튼을 누르자 엿가락처럼 늘어진 음성이 나야, 하고 입을 뗐다. 광복절 오후, 노래방에서 결별의 문자메시지를 읽었던 장면이 별안간 되살아났다.

"그동안 잘 지냈어? 내가 잠을 깨웠지."

"이래저래 바빴어. 치과도 정신없이 돌아가고. 지난달엔 토익시험까지 치렀어. 내 점수가 칠백 점을 훌쩍 넘었다니까."

"그래? 옛날엔 토익 점수가 바닥에서 놀았잖아."

"집중력 덕분이야. 어떤 잡념도 섞이지 않은 하얀 면사 같은 내 머릿속에 영어단어를 마치 수놓듯 촘촘히 새겼어. 영어공부가 아니라 머릿속에서 무슨 수예품이 만들어지는 것 같데. 공부하면서 창작의 희열을 느껴보긴 생전 처음이었어. 그런데 이 새벽에 어쩐 일이야?"

혼자서도 잘 살고 있구나, 라는 씁쓸한 감정을 느끼게 해주려고 나는 헛소리를 지껄였다.

"르네상스에서 나오는 길이야. 우리가 자주 갔던 모텔."

어디선가 수돗물이 흐르다 멈추는 소리가 났다. 팥을 삶는 듯한 냄새도 맡아졌다. 내 감각기관이 일시에 눈을 떴다.

"모텔에 다녀온 보고를 하려고 곤히 잠자는 사람을 깨웠단 말이야? 어이가 없네. 그래, 오늘의 파트너는 침대에서 만족스럽게 짹짹거렸어?"

"내가 아무렴 모텔에서 재미 보고 나서 뻔뻔스럽게 너한테 전화했겠냐. 프레젠테이션 준비 때문에 팀원들이랑 일하고서 집에 들어가는 길이야."

"회사 놔두고 무슨 모텔에서까지 일을 하고 난리들이야."

"일하면서 음식 시켜 먹고, 피곤하면 잠깐 눈 붙일 수도 있고, 조용하고, 팀별 야근 장소로 모텔만 한 데가 없어. 요즘엔 대학생들도 모텔에서 스터디 한다잖아."

객실마다 컴퓨터가 있고, 월풀욕조도 갖춘 르네상스는 인태의 직장에서 멀지 않았다. 시시때때로 나는 모텔에서 인태를 기다렸다. 그는 식품유통업체 마케팅부 사원이었다. 그의 부서는 유독 회의와 야근이 잦았다. 게다가 불시에 상사의 지시가 떨어져서 인태는 약속시간을 번번이 어겼다. 성질을 누그러뜨리며 그를 기다리다가 혼자서 귀가한 날도 두어 번인가 있었다. 잔소리를 하기도 지겨웠다. 일거리에 치이다 온 남자한테 투덜대봐야 나만 옹졸한 여자로 비칠 터였다. 나는 그 짜증을 빌미로 우리의 관계가 행여 비틀어질까봐 성깔을 부리다 말았다.

약속장소를 모텔로 정한 건 내 아이디어였다. 나는 찻집이나 청계천 들머리에서 그를 기다리며 안달복달하지 않고 퇴근하면 곧장 모텔로 달려가 하루 동안 쌓인 피로를 풀었다. 인태에게 좀 더 늦겠다는 연락을 받아도 감정이 사나워지지 않았다. 혼자 순두부찌개도 시켜 먹고, 영화감상도 하고 목욕을 하다 보면 애인이 아니라 집에서 남편을 기다리는 것처럼 마음이 환해졌으니까. 수도꼭지를 틀어놓고 월풀욕조에 비스듬히 누워 있으면 마치 알을 까는 것처럼 물방울이 사방에서 튀어나와 내 알몸을 자극했다. 거품이 탐스럽게 피어난 욕조는 함박눈이 쌓인 나룻배 같았다. 욕실은 더없이 고요

했다. 그러나 욕조 안에 오래 잠겨 있으면 허무와 절망의 날벌레들이 무더기로 날아들었다. 옆방에서 남녀가 지지배배 울어대는 소리라도 들려오길 바랐으나 르네상스의 방음 장치는 완벽했다. 그러다 어느 순간 우울증 비슷한 기분에 사로잡히면 약속을 어긴 인태가 원인이다 싶어 빨리 오라고 전화질을 해댔다. 방광이 망가져버려 엄마가 일회용 기저귀를 차고 다니던 무렵이었다.
"어서 용건이나 말해. 피곤해서 그만 자야겠어."
"그냥 걸어봤어. 르네상스에 오니까 문득 네가 생각나서."
'그냥', '문득'이란 부사가 거슬렸다. 말문이 막혀서 침만 삼키고 있는데 인태가 택시를 탔다면서 전화를 끊었다. 새벽녘의 전화는 우리가 이제 연인이 아니라는 사실을 분명히 깨닫게 해줬다. 우리는 좋거나 나쁜 추억이 스며든 어떤 구조물 또는 사물에 의해 '문득' 떠오르는 관계가 된 것이다.
잠이 올 리 없었다. 매니큐어 바구니를 꺼냈다. 레이디핑크, 섹시바이올렛, 비치블루, 레몬옐로, 실크화이트를 차례로 손톱에 칠할수록 눈이 말똥말똥해졌다. 무거운 머리통을 이고서 두 시간 남짓 시간을 허비했다. 하도 발랐다 지웠다 해서 손톱이 푸르죽죽하다. 내가 수면제 대용으로 써먹는 매니큐어 장난처럼 이별과 만남이 번갈아 칠해지고 지워지는 게 인생이란 생각이 든다. 특특한 손톱을 눈여겨보고 있자니 나는 그동안 누구에게든 싫으면 관두라는 식으로 수월수월 이별을 받아들인 것 같다. 하지만 벌어진 틈을 억지로 메우려 하면서까지 인태와의 만남을 이어가긴 싫었다. 어떤 경우엔 질긴 만남보다 깔끔한 이별이 축축한 여운을 남기기도 하니까.

 아침 일곱 시가 넘었다. 매니큐어, 휴지, 소쿠리로 방바닥이 어지럽다. 향기도 눈에 보인다면 지금 내 방엔 매니큐어 냄새가 자욱하게 깔려 있을 것이다. 말년의 렘브란트와 이란성 쌍둥이 같은 집주인은 늦잠을 잘 모양이다. 새벽 다섯 시 무렵이면 어김없이 외출을 했는데 오늘은 기척이 없었다. 나처럼 밤새 해찰을 부리다가 창밖에 동이 트는데 자신은 지는 해처럼 침대 속으로 떨어졌나. 나는 가끔씩 렘브란트의 작업실에 머물고 있는 듯한 착각을 일으키곤 한다. 그럴 때면 마치 내가 21세기가 아니라 17세기 어느 해 시월의 길목에서 우왕좌왕하고 있는 것 같다. 하지만 아무리 닮은꼴이라도 육십 대 여자 특유의 우울과 욕기가 그녀에게서 배어 나왔다면 나는 '렘브란트'란 별칭을 곧바로 걷어냈을 것이다.

 휴대전화가 또 반갑지 않은 멜로디를 선사한다. 뜻밖에도 치와와다. 새벽부터 불청객들이 나를 못 살게 군다.

 "출근하는 길이니?"

 "집이야."

 "지금 시간이 몇 신데 꾸무럭거리고 있어."

 "곧 나갈 거야. 그런데 무슨 일로 꼭두새벽부터 호출이야."

 "여덟 시가 넘었는데 뭐가 꼭두새벽이니?"

"너한테 그렇다는 소리야."

공연이 없는 날, 치와와는 느지막이 일어나 컴퓨터와 텔레비전을 모두 켜둔 채 군것질로 배를 채우며 빈둥거리다가 자정이 훨씬 지나서야 잠자리에 든다. 단역조차 들어오다 말다 해서 예술 고등학교 진학이 목표인 여중생들에게 무용과 노래를 가르치는 모양인데 그 학생들마저 슬슬 떨어져 나가는 눈치였다.

"결혼을 앞둬서 그런지 요즘 불면증 때문에 미치겠어. 몸무게가 나날이 줄어들고 있어. 웨딩드레스를 입어야 폼도 안 날 거야. 어제 예단 문제로 시어머니를 만났거든. 스트레스만 왕창 받고 돌아왔어. 글쎄 예단으로 모피코트를 해 달라는 거야. 자신이 점찍어 뒀다는 모피코트가 얼만 줄 아니? 무려 천만 원이야."

"한때 유명한 방송인의 아내로서 쓰던 가락이 있을 텐데 어련하실려구. 그래서 천만 원짜리 모피코트를 바치려고?"

"내가 미쳤니? 난 지금 살고 있는 원룸 전세금만 가지고 결혼할 거야."

"전세금이라 봤자 야금야금 갉아먹어서 이천만 원도 채 안 남았다며."

"내가 지지리도 못난 아들을 구제해줬는데 그 정도면 됐지 뭘 그러니? 나이 차이는 좀 많이 나? 빈 몸으로 간다고 해도 환영해야 할 판이라구. 아무튼 무지하게 당황스럽더라. 내 마음을 어떻게 표현해야 할지 몰라 머뭇거리고 있는데 시어머니가 해결책을 내놓는 거야. 자신한테 삼백만 원만 달래. 그 돈에 자신이 칠백을 보태서 모피를 사겠다나? 선생님께는 내가 사 줬다고 말할 거래. 선생님이 소문대로 워낙 보수적이고 깐깐한 양반이라 허세 부리는 꼴을 못 보시나봐."

치와와는 그 방송인을 선생님이라고 부르며 꼬박꼬박 존댓말을 쓰면서도 시어머니와 연관된 말을 할 때는 함부로 입을 놀렸다.

"결혼할 때 시부모가 며느리한테 선물해 주잖니. 그 선물 대신 자신이 가지고 있는 까르띠에 시계를 주겠대. 딱 한 번 차서 새 물건이나 마찬가지라나? 선생님께서 나한테 뭐든 사 주라고 돈을 주셨나봐. 그 돈을 모피 구입할 때 보태겠다는 속셈이야. 물론 이 얘기도 선생님껜 비밀이지. 그러니까 결과적으로 나는 자기한테 모피코트를 사 주고 자기는 나한테 명품 시계를 선물하는 꼴이 되는 거야. 모양새는 그럴듯한데 시어머니의 잔꾀가 생각할수록 불쾌해."

"나라면 상견례도 안 하고 자기들 마음대로 결혼날짜 잡는 게 더 불쾌하겠다."

"그런 것쯤은 이해할 수 있어. 상견례다 뭐다 격식을 차리다 보면 우리 부모가 반대하거나 내 마음이 변할 수도 있잖니. 그리고 요즘은 상견례를 생략하고 바로 결혼날짜를 잡기도 한다더라. 밥맛 떨어지는 일이 또 있어. 아파트를 전세로 얻어 주겠대. 난 당연히 사 줄 줄 알았거든. 선생님이 외아들을 여전히 말썽꾼으로 여겨서 뭘 해 주기가 겁나나 봐."

날이 새기만을 기다린 듯 치와와는 엄연히 직장이 있는 친구를 붙잡고 시간이 가든 말든 떠들어댔다. 그녀는 본가에 들어와 살지 않겠느냐는 시부모의 조심스런 권유를 단호히 뿌리쳤다고 했다. 아침잠도 많고 라면이나 끓일 줄 아는 자신이 깐깐한 시부모의 시중을 어떻게 드느냐는 거였다. 무엇보다 집 안에서 속옷 바람으로 돌아다니며, 하루 한 끼든 두 끼든 배고플 때만 먹는 편안한 무질서를 즐기지 못하는 게 싫다고 했다.

"한 이 년쯤 오빠가 거주하고 있는 홍성에서 살아야 할 것 같아. 그동안 우리 오빠가 선생님한테 확실히 점수를 따게 만들어야지. 그렇게 미운털이 박혀서는 나중에 콩고물도 안 떨어지겠어."

"홍성으로 가면 무대와 영영 작별해야겠네."

"작별은 무슨, 잠시 공백 기간을 갖는 거지. 끓어 넘치는 감성과 끼를 어떻게 썩혀. 난 배우로 살 수밖에 없는 팔자를 타고 태어난 몸이야. 두고 봐. 이 년 뒤에 화려하게 컴백할 테니까."

치와와가 활기차게 짖어대는 소리를 들으며 나는 출근을 서두르는 체했다. 시골에서 실컷 겨울잠을 자다가 이 년 후에 뮤지컬 배우로 보란 듯 나서겠다는 그녀의 야무진 꿈을 동정하면서.

오늘은 한로(寒露)다. 치과 회의실의 달력에는 우리나라 풍습과 절기가 소상히 적혀 있다. 어제 아침 회의실을 나오는데 그 달력이 눈에 들어왔다. 시월의 달력은 한로를 소개하고 있었다. 추분(秋分)과 상강(霜降) 사이의 절기로 오곡백과를 수확하는 시기이며, 이슬

이 찬 공기를 만나서 서리로 변하기 직전이다. 기러기가 초대받은 듯 모여들고, 참새가 줄고 조개가 나돌며, 국화가 노랗게 핀다. 옛사람들은 한로에 수유 열매를 머리에 꽂는다고 했다. 붉은색이 잡귀를 쫓는 힘을 지녔다고 믿었기 때문이다. 우리나라에서는 한로에 국화전을 지지고 국화주를 담그는 풍습이 있다. 시월은 잔칫집 같은 달이었다.

"문간방 처녀, 방에 있어요?"

치와와의 푸념을 듣고 나니까 이제야 잠이 쏟아져서 한숨 자고 일어나려는데 집주인이 방문을 두드렸다. 세 번째 방해꾼이다.

"말소리가 나길래 노크해봤어요. 출근 안 해요?"

"월차휴가를 얻었어요. 아버지한테 다녀오려구요."

"마침 잘됐네. 나랑 아침 먹읍시다. 어여 와요."

내 의향도 들어보지 않고 그녀가 주방으로 휘적휘적 걸어갔다. 그녀는 뜻밖에도 혈육처럼 나의 결근을 반길 태세였다. 인태와 치와와가 빼앗아간 잠을 보충하고 나면 길 건너 엄마손 떡집에서 송편꿀떡을 사다 먹으려고 했다. 엄마와 내가 즐겨 먹던 떡이다. 그래도 가족이 만만한 건 무엇이든 부담 없이 거절할 수 있어서다. 나는 노곤한 몸을 이끌고 그녀를 뒤따라갔다.

몸집이 작은 세간들만 적당히 옮겨 놓았으므로 집 안의 인상은 크게 달라지지 않았다. 다만 휑뎅그렁한 베란다를 바라볼 때는 화분들이 양친의 삶은 물론이고 내 여분의 시간까지 낚아채어 달아

난 것 같아 헙헙했다. 주방에는 그녀의 살림살이가 제법 많다. 아버지는 대형 냉장고와 4인용 식탁을 두고 갔다. 주방에 들어서면 이 아파트가 남의 집이라는 사실이 비로소 실감났다. 집주인의 배려로 나는 주방의 반쪽을 차지했다. 주방에는 행주와 주전자, 식기건조대, 압력밥솥이 두 개씩 있었다. 나는 독신자용 식기건조대, 주전자, 압력밥솥을 인터넷 쇼핑몰에서 샀다. 삼십 년 만에 처음으로 구입한 나만의 살림살이다. 아침은 우유로, 점심은 치과에서 해결하다 보니 저녁식사만 집에서 하는데 요즘 연달아 저녁 약속이 잡혀서 새 주방용품을 아직 사용해보지도 않았다.

싱크대야 원래 붙박여 있었고, 원목식탁과 냉장고의 위치도 그대로인 상태에서 살림살이가 좀 더 늘어났을 뿐인데 주방의 인상이 이렇게 딴판으로 느껴지나? 식탁에 손님처럼 앉아 음식이 나오기를 기다리며 주방을 둘레둘레 쳐다보던 나는 그 이유를 알아냈다. 십자가와 성경 구절이 적힌 길쭉한 장식물이 군데군데 걸려 있었던 것이다. 다용도실로 이어지는 벽면에 자리를 차지한 십자가가 제일 먼저 눈에 띄었다. 테두리가 반듯하지 않고 모서리를 곡선으로 처리한 비취색 십자가였다. 교회 이름이 새겨진 달력도 걸려 있었다. 내 눈이 성경 구절을 새긴 장식물을 더듬었다. '자녀들아, 우리가 말과 혀로만 사랑하지 말고 오직 행함과 진실함으로 하자.' 성경을 봉독하는 엄숙한 음성이 집 안에 그윽하게 울려 퍼지는 것 같다. 그와 동시에 내가 지금 앉아 있는 이곳이 현실에서 까마득히 벗어난 불모의 공간인 듯한 느낌도 엉겨붙었다.

그녀가 하얀 사기그릇에 뜻밖의 음식을 담아 내놨다.

"새벽에 어디선가 팥을 끓이는 냄새가 난다 했어요. 제 후각이 아직은 쓸 만하네요. 그런데 이게 무슨 음식이에요? 칼국수도 아니고 팥죽도 아니고."

"생긴 대로 부르면 되죠. 팥칼국수. 내가 평소에 즐겨 해 먹는 음식이에요. 자, 이건 설탕이고 이건 소금이에요. 식성에 맞게 넣어 먹어요."

하지만 어떤 양념도 치지 않아야 팥칼국수 특유의 고소한 맛을 느낄 수 있다고 한다.

"오늘이 한로라서 팥칼국수를 만드신 거예요?"

"한로요?"

그녀가 걸쭉한 팥칼국수를 젓가락으로 건져 올리다 말고 달력을 쳐다봤다.

"오늘이 벌써 한로네. 옛날에 농부들은 한로에 접어들면 잠시도 머뭇거릴 겨를이 없었어요. 새벽밥 해 먹고 들에 나가 밤늦도록 농사일을 해야 했으니까."

내 혀를 홀리지 못하는 팥칼국수였으나 그래도 입김을 불어가며 맛있게 먹는 체하면서 나는 꾀꾀로 그녀를 훔쳐봤다. 눈여겨보니 주름이 이마에서부터 목까지 빗금처럼 새겨져 있고, 눈물이 괸 듯 눈망울이 촉촉하다. 나는 순간 묘한 감정에 휩싸였다. 어린 시절

옥상에서 먼산바라기를 하다가, 검정원피스 차림으로 청처짐하게 둔덕을 걸어 올라오던 엄마를 목격했을 때의 착잡한 마음이 그대로 살아났기 때문이다. 검은색 옷은 아무 때나 누구든지 걸칠 수 있는 흔한 색상이건만 이상하게 그날따라 '검정 옷은 사람이 죽었을 때나 입는 것인데' 하는 생각이 지배적이었다. 시간이 한참 흐른 뒤에야 엄마의 불길한 옷차림이 아버지의 죽음을 알리는 표시였다는 사실을 깨달았지만 그때는 일말의 의심도 품지 않았다. 나는 집주인의 처연한 인상이 불러일으킨 연상 작용에 잠시 사로잡혀 있었다.

우리의 식탁에는 말이 아니라 음식물 씹는 소리만 떠다녔다. 말과 혀로만 사랑하지 말라는 거룩한 말씀을 따르기라도 하듯 그녀는 조용히 젓가락질을 했다. 그녀의 입이 어떤 매뉴얼에 따라 자동으로 움직이는 것 같다. 나도 덩달아 조심조심 먹었는데 그럴수록 팥칼국수를 씹는 소리가 더 크게 났다. 나는 불그죽죽한 면을 이리저리 헤적이면서 두 번 다시는 이런 초대에 응하지 않겠다고 다짐했다.

"호칭을 뭐라고 해야 할지 모르겠어요. 아줌마, 할머니, 어째 둘 다 마땅찮죠. 그렇다고 뭇사람이 흔히 그러는 것처럼 이모라고 부를 수도 없구요. 외국 사람들이 우리나라에 와서 가장 이상하게 생각하는 것이 바로 그 호칭이래요. 우리는 아무한테나 이모 또는 삼촌이라고 부르잖아요. 일본은 성별·나이에 관계없이 야마다상, 쓰즈키상, 이렇게 '상'을 뒤에 붙여서 성으로 부르니까 얼마나 편리

해요. 호칭 때문에 고민할 필요도 없구요."

"아줌마든 할머니든 편한 대로 불러요. 호칭 따위가 뭐 그리 중요한가. 내가 일주일에 한 번씩 가는 곳이 있는데 거기서는 젊은 양반들이 나를 꼬박꼬박 황 여사라고 부르데요."

"황 여사라, 아줌마나 할머니보다야 구체적이고 품위 있는 호칭이네요. 특히 듣는 쪽에선 어떤 존재감도 느낄 것 같구요. 그럼 저도 황 여사님이라고 부를게요."

그녀가 잠깐 입을 떼더니 다시 묵묵히 팥칼국수를 먹는다.

"국화전을 어떻게 부쳐야 하는지 좀 알려주세요. 국화주 담그는 방법도요."

겨우 안면을 익힌 여자와 말없이 식사하는 게 고역스러워서 내가 또 먼저 입을 열었다. 국화전·국화주 만드는 방법이야 다이어리에 진작 메모해뒀다.

"국화전은 둥글넓적하게 빚은 밀가루 반죽에 국화 꽃잎을 띄워 부치고, 국화주는 국화꽃을 뜯어 넣고 소주를 부으면 되겠죠."

다음 말을 잇기가 꺼려지는 무뚝뚝한 말투다. 자기 입은 오로지 음식물을 짓씹는 도구로만 사용하겠다는 태도 같다. 팥칼국수는 아무리 먹어도 줄지 않는다.

"자녀 분들은 서울에 사세요?"

그녀의 입에서 무슨 말이든 끄집어내야 한다는 이상한 의무감에 쫓겨 나는 형식적인 질문을 던졌다.

"딸애가 하나 있는데 미국에 살아요."

미국 어디에 살까, 사위의 직업은 무엇일까, 미국엔 왜 갔을까, 따위가 궁금해지는데 물어봤자 애매한 미소나 지으면서 얼버무릴 것이다.

"새벽마다 예배 보러 다니시는 것 같던데, 교회에 발걸음 한 지 오래되셨어요?"

"문간방 처녀도 하나님 믿고 은혜 받으세요. 하나님은 한쪽 문을 닫으면 반드시 다른 문을 열어주십니다."

강단진 음성이다. 갑자기 친절해진 눈빛이 부담스러워서 나는 냉큼 고개를 수그렸다. 틈새를 보이면 전지전능하신 분을 열렬히 떠받들며 나를 전도하려 들 테니까. 신앙이란 누군가의 강요로 싹트는 씨앗이 아니다. 나는 그저 듣기 좋으라고 맛있어요, 맛있어요, 하면서 팥칼국수를 꾸역꾸역 먹었다. 마음속으로는 노란 국화, 찹쌀가루, 소주, 설탕, 마일드세븐 한 보루 등등 아버지의 집에 사 가지고 갈 물건들을 주섬주섬 떠올렸다. 별맛도 없으면서 배만 부른 한로의 아침식사. 조반으로 팥칼국수를 먹은 것부터가 별스러웠다. 무슨 까닭으로 아버지와 떨어져 사는지, 결혼을 전제로 사귀는 남자가 있는지 따위를 그녀가 시시콜콜 물어보지 않아서 그나마 다행이었다.

10
고향이 어디지?

　　　　　　　　나의 계부는 왕년에 시시껄렁한 건달이었다. 당신은 동갑내기 과부를 만나면서 방탕한 생활을 청산했다. 엄마가 서른일곱에 재혼했으니 모르긴 해도 계부는 삼십대 초반까지 건달로 살았을 것이다. 부농의 막내아들과 젊은 과부가 어디서 어떻게 눈이 맞았는지 나는 아예 모른다. 우리는 다정한 모녀가 아니었을뿐더러 두 사람의 로맨스에 대해 알고 싶지도 않았다. 일간 신문을 일 년 이상 정기 구독하기로 약속하고 사은품으로 받은 자전거. 계부는 내게 그런 존재였다. 나는 그 자전거를 허투루 다뤘다. 아무리 형태와 기능이 흡사해도 전문매장의 자전거와는 차원이 다를 거라고 생각했기 때문이다.

별 악감정 없이 자신을 대하는 것 같은데 가까이 다가서면 소름 끼치도록 냉정한 계집애, 계부에게 나는 그런 상대였을 것이다. 나는 행동으로 그를 무시했다. 이를테면 고장 난 선풍기를 고치고 있던 계부가 정수야, 연장통에서 일자드라이버 좀 가져다줄래, 하고 심부름을 시키면 암말 않고 적당히 뜸을 들이다가 툭 던져 놓는 식이었다. 최정수라는 지역의 날씨는 언제나 '찌푸린 하늘, 강한 바람'이었다. 엄마도 강풍의 영향권에 있었다. 그들은 발과 신발 같은 사이였으니까.

엄마는 시아버지에게 남달리 귀여움을 받았다. 명절이 다가오면 당신은 큰집 식구들에게 안겨 줄 선물을 바리바리 싸 들고 마뜩잖다는 기색도 없이 시댁 나들이를 즐겼다. 행색이야 초라했지만 마을에서 알부자로 통했던 노친은 말주변이 없어서라기보다 큰며느리 내외를 의식한 듯 아랫목에 앉아 "왔냐." 하고 끝이었다. 하지만 홍어무침이나 게장을 엄마의 밥그릇 옆에 슬쩍 갖다 놓는다든지 막내며느리에게 보내는 그윽한 시선은 언제나 들통 나기 마련이었다.

자식까지 딸린 과부, 사별한 남편에게서 재산을 물려받은 것도 아니다. 사회적으로 능력도 없고 외모 또한 평범하다. 계부가 건달이어서 그랬을까. 점수로 따진다면 신부로서의 조건이 평균점 이하인데도 엄마는 염치 좋게 며느리 행세를 했다. 계부의 목에는 기다란 흉터가 있었다. 동네 건달들과 패싸움을 하다가 칼을 맞았는데 다행히 목숨을 건졌다고 했다. 갯지렁이가 납작하게 붙어 있는 듯한 목의 흉터는 그의 지질한 과거지사를 보여주는 상징적인 무늬였다. 저질에다 야비한 건달이 불시에 내리그었을 칼자국을 볼 때마다 나는 모욕감을 느꼈다. 볼썽사나운 흉터가 그의 엉덩이나 겨드랑이에 파묻혀 있었다면 적어도 어른 대접은 해줬을지도 모른다.

계부의 아버지는 엄마를 미더운 목동으로 생각한 게 틀림없다. 시아버지에게 과분한 사랑을 받았으니 엄마는 골칫거리 지아비를 정상적인 생활인으로 변모시켜야 한다. 아무쪼록 채찍을 휘둘러서라도 내 아들을 싱그러운 풀밭으로 몰아다오. 일생을 농사꾼으로 살아온 촌로의 흐물흐물한 눈이 그렇게 말하고 있었다. 내가 계부를 아버지라고 부를 리 만무했다. 엄마도 강요하지 않았다. 나는 기름진 음식을 먹었고, 어여쁜 옷이 많아졌으며, 미술·바이올린·주산 따위를 과외로 배우러 다녔다. 생부한테 무슨 큰 잘못을 저지른 것 같아 피아노학원으로는 눈길도 주지 않았다. 나의 호강이 계부 덕분이라는 걸 내가 모를 리 없었다. 내가 원하는 것이라면 무엇이든 가질 수 있는 풍요로운 생활이 지속되길 갈망하면서도, 그가 언제쯤 떨어져 나갈까 하는 기대 또한 저버리지 않았다.

엄마는 새 남편을 요령껏 길들였다. 장사꾼 아내의 뒤치다꺼리나 하는 결혼생활에 염증을 느껴 이내 건달 세계로 발길을 돌릴 거라는 내 장담이 빗나가고 만 것이다. 그지없이 안타까웠다. 명색 가장이면서도 그 역할이 보잘것없었던 그는 아내에게 무조건 순종했다. 시아버지는 막내며느리인 엄마에게 양품점을 차려 줬다. 변변치 못한 막내아들과 부디 화목하게 살아달라는 노인네의 소망이 담긴 뇌물이었을 것이다. 양품점은 엄마가 도맡았다. 취급품목이 숙녀복이라 그럴 수밖에 없을 터였다. 엄마는 의욕적으로 장사 수완을 발휘했다. 자금이 달리면 시아버지가 큰집 식구들 몰래 뭉칫돈을 쥐어 주는 눈치였다.

계부는 한껏 멋을 내고서 엄마의 양품점을 비롯한 상점들이 즐비한 거리를 어슬렁거렸다. 이렇다 할 직업 없이 장사꾼 아내에게 용돈이나 얻어 쓰는 남자들과 소일거리로 화투를 치거나 실내낚시터에 드나들며 술을 마셨다. 남편의 무능과 나태를 눈감아주라는 조항이 결혼서약서에 명시되어 있기라도 하듯 그가 먹고 놀거나 말거나 엄마는 날로 번창하는 양품점만 감싸고돌았다. 엄마는 단골손님이 불어나는 재미에 빠져서, 나는 사춘기의 휑한 가슴을 공상으로 메우면서, 계부는 건달의 기질을 속속 드러내며 우리는 서로가 서로에게 버성긴 관계를 착실히 유지했다.

봄볕이 따갑던 어느 날 오후, 나는 계부에게 접근했다. 델릴라의 흑심을 품고서였다. 그는 옥상에서 빨래를 널고 있었다. 햇살을 흠뻑 받고 있는 그의 장발은 검정 비단 같았다. 그가 휘둥그레진 눈으로 나를 쳐다봤다. 자신을 보고도 새침하게 돌아서지 않는 의붓딸이 의아했을 터였다.

"왜 그러고 서 있어. 주산학원에 안 가?"

"할 말이 있어서요."

"나한테?"

그는 들뜬 표정으로 내게 걸어왔다. 우리는 길쭉한 나무의자에 앉았다. 빨랫줄에서 풍기는 진한 섬유유연제 냄새 때문에 내 머릿속이 약간 혼미해졌다. 매끈한 봄바람이 내 주위를 맴돌면서 그를 어서 꼬드기라고 충동질했다.

"어느 계절을 좋아하세요?"

그가 어리둥절한 표정을 지으며 즉각 여름이라고 대답했다.

"모기도 많고 조금만 움직여도 땀이 줄줄 흐르는 여름이 왜 좋아요?"

"머리가 후딱 마르잖아. 머리를 감은 뒤에 햇빛 아래서 살살 흔들면 기분이 상쾌해지거든."

그가 허리를 곧추세우더니 손으로 두발을 탈탈 털며 머리 말리는 시늉을 했다. 아무리 밉보아도 그가 추남은 아니었다. 특히 부드럽게 각진 코가 장발과 절묘하게 어울려 묘한 매력을 발산했다. 긴 머리카락이 코를 돋보이게 하고, 우뚝한 콧대 때문에 장발 또한 멋스러운 헤어스타일로 비쳤다. 장발과 코는 서로의 장점을 살려주는 완벽한 짝이었다.

"너는?"

"오늘 같은 봄이 좋아요. 담벼락이나 장독대에 기대고 앉아 가만히 햇볕을 쬐고 있으면 가슴속에서 뭔가가 살살 녹아내리는 것 같아요. 이렇게 따사로운 날엔 말다툼한 친구한테 내가 먼저 사과하자는 용기가 생기고, 당번도 아닌데 교실 청소도 하고 싶어져요."

그의 얼굴 언저리에 감돌던 의심의 달무리가 말끔히 사라졌다. 의붓딸이 좋아하는 봄철이므로 자신에게 손을 내밀지도 모른다는 기대가 그의 낯에 스며드는 것이 느껴졌다. 그러나 내가 아끼는 계절은 겨울이었다. 함박눈이 소복하게 쌓인 풍경을 바라보면 나는 한겨울에도 추운 줄을 몰랐다. 봄은 그저 계부를 유인하기 위한 미끼에 불과했다. 봄날의 사냥은 기대 이상으로 순조롭고 흥미로웠다.

"짧은 머리가 훨씬 잘 어울릴 것 같은데 왜 머리를 기르세요?"
"이 머리를 깎으라고? 안 돼."

계부의 대꾸는 단호했다. 그가 뻗대니까 머리털을 기어이 잘라내고야 말겠다는 오기가 솟구쳤다.

"전 머리가 긴 남자를 만화책에서나 봤어요. 일도 안 하고 게을러터진 만화책의 주인공들은 모두 머리가 길고 더럽거든요. 저번에 짝꿍네 집에 놀러갔는데, 벌건 대낮에 걔네 아빠가 집에 있었어요. 머리가 긴 거 보니까 그 아저씨도 직업이 없나 봐요."

그가 잠자코 앉아 머리를 매만졌다. 미풍이 장발을 살짝 흐트러뜨리고 지나갔다. 은은하게 퍼지는 샴푸 냄새가 나쁘지 않았다. 나는 그의 고집을 꺾어버릴 수 있는 결정적인 한마디를 고르느라 머리를 쥐어짜고 있었다.

"저는 친한 친구가 딱 세 명 있거든요. 걔네 아빠들은 회사에 다니는데 다들 머리가 짧아요."

계부와 의도적으로 대화를 나누고 나서 며칠인가 지나 양품점에서 순대를 먹고 있던 엄마가 갑자기 소리쳤다. 그가 상고머리를 하고서 나타난 것이다. 눈치 없이 웃음이 터져 나왔다. 누가 머리를 저렇게 깎으라고 했나. 머리가 짧은 성실한 가장으로 보이고 싶었나 본데 그는 멍청한 시골뜨기 같았다.

"머리가 그게 뭐야. 벽촌에서 쟁기질하다가 올라온 촌놈 같잖아. 진짜 유치하게 어려 보이네. 그런 꼴로 밖에 나가면 누가 우리를 부부로 알겠어. 하여간 밥 먹고 할 일이 없으니까 별짓을 다 해. 머리 자랄 때까지 방에서 꼼짝도 하지 말아."

엄마가 순대 맛이 똑 떨어졌다는 듯 나무젓가락을 쓰레기통에 던지면서 악악거렸다. 계부는 머쓱히 서서 나 참, 나 참, 하며 웃기나 할 뿐이었다. 삼손이 잠든 사이 그의 머리털을 잘라버린 델릴라처럼 나는 가뿐한 마음으로 유유히 자리를 떴다.

그 무렵 계부는 부쩍 돈벌이를 하겠다고 설쳐댔다. 한 번은 선배, 또 한 번은 후배와 단란주점이며 노래방에 손댔다가 기어이 간판을 내렸다. 본전은커녕 매번 빚을 떠안고 나자빠지니 엄마의 악다구니가 끊이질 않았다. 우연인지 아니면 머리카락에도 정령이 붙어 있는지 그가 이발을 한 뒤로 집안에 불운이 겹쳤다. 그해 가을 엄마는 비보를 접했다. 자신의 유일한 버팀목이었던 시아버지가 세상을 하직한 것이다. 장례식 내내 고인의 빈소를 지켰던 엄마는 걸핏하면 양품점에 자물쇠를 채우고서 산소로 달려갔다.

 뜻밖에도 엄마의 방황은 길었다. 노인이 숙환으로 고생하다 돌아가셔서 자식들은 자못 홀가분한 표정이었지만 엄마는 졸지에 양친을 잃은 것처럼 서글퍼했다. 얼른 기운을 차려야 한다며 영양제까지 챙겨 먹고 나갔다가도 양품점 출입문에 '외출 중'이란 메모를 붙여 놓고 없어지기 일쑤였다. 알 만한 행방이었다. 시아버지에 대한 엄마의 마음은 인공조미료가 일절 섞이지 않은 말간 동치미 같았다. 시아버지가 단지 엄마의 돈줄이 아니라 그 무엇으로도 대신할 수 없는 존재였다는 사실을 나는 그때서야 어렴풋이 깨닫게 되었다.

 겉으로 드러내지 않고 속정을 쌓아 온 시아버지와 며느리를 한데 묶어놓고 보면 어김없이 떠오르는 일화가 있다. 중학교 3학년 때, 토요일이라 오전 수업을 마치고 귀가했더니 엄마가 돈다발을 움켜쥐고서 소파에 멍하니 앉아 있었다. 그 시절 계부는 유흥업과 손발이 맞지 않아 여기저기 빚만 흘리고 다니며 술에 찌들어 살았다. 머리털이라면 벌벌 떨던 양반이 의붓딸의 꾐에 넘어가 단발(斷髮)하고부터는 날짜를 정해놓고 이발했는데 그 월중 행사가 왠지 나를 향한 시위처럼 비쳐 찜찜했다.

 "아침에 할머니가 다녀가셨어."

엄마의 청승을 본체만체하며 욕실로 들어가려는 찰나 시름겨운 목소리가 나를 끌어당겼다. 제발 뿌리치지 말라는 듯한 애절한 울림이 전해져왔다. 우리 모녀 사이에는 아주 오래전부터 투명한 네트가 쳐져 있었다. 나 혼자만 느끼는 감정은 아닐 터였다.

"할아버지가 당신의 베개 속에서 이 돈을 꺼내 주더래."

엄마가 노란 고무줄로 묶은 돈다발을 흔들었다. 지폐 사이사이에서 왕겨가 떨어졌다. 일곱 살 때 부모를 여의고 맨손으로 일가를 이뤘다는 노인네의 안면처럼 세파에 시달려 너덜너덜해진 돈은 세 묶음이었다.

"할아버지한테 또 죽는 소릴 했어요?"

"무슨 염치로 그래. 저번에 둘째 고모가 왔을 때 하도 복장이 터져서 푸념을 늘어놨는데 그 말이 흘러갔나봐."

"그게 손 벌린 거지 뭐예요. 고모가 아닌 다른 사람이었다면 엄마가 꾀죄죄한 집안 사정을 털어놨을라구요."

괜스레 부아가 치밀었다. 방바닥에 떨어진 왕겨가 성질을 돋웠다. 그때는 이미 노인네가 쥐고 있던 경제권이 큰아들한테 넘어가서 당신은 허수아비나 다름없었다. 노인네가 언제든 요긴하게 쓰려고 당신의 베개 속에다 비상금을 꼬불쳐 둔 모양인데 그 돈까지 알겨내다니, 부끄럽고 죄송스러웠다. 어쩌면 비상금 삼백만 원은 할머니의 몫일지도 몰랐다. 당신이 임종을 앞두고 천덕꾸러기로 살아갈 아내의 손에 쥐어 줄 마지막 용돈. 무능력한 막내아들을 둔

게 시아버지의 무던하나 악착같은 생애에 무슨 약점인 양 아쉬울 때마다 돈을 긁어내고 있는 엄마가 간사해 보였다. 옷장 깊숙이 양말 한 짝을 숨겨 두고서, 그 안에 동전을 푼푼이 모아 발목까지 채워지면 그 돈으로 옷부터 사 입던 계부는 차라리 순진했다.

"이 불효를 어쩐데요, 아버지."

엄마가 왕겨를 쓸어 모으며 흐느꼈다. 돈다발이 들어 있는 베개를 수시로 베고 자서 노인네의 머리 냄새가 맡아질 지폐를 한번 만져보고 싶었지만 관뒀다. 그 돈다발이 누구도 손댈 수 없는 엄마만의 애물 같아서였다. 나는 묵묵히 앉아 언뜻 노인네로 비치는 만 원짜리의 세종대왕과 엄마의 눈물이 친밀하게 엉기는 것을 바라보았다.

헛기침 소리에 눈을 떴다. 머리털이 성성한 노인이 나를 노려보고 있었다. 네가 자리를 양보하기 싫어서 지금 자는 척하고 있는 거지, 꼭 그런 표정이다. 전철 안은 한산했지만 빈자리는 없었다. 나는 반사적으로 일어섰다. 노인이 고맙다는 인사도 없이 샐쭉 주저앉았다. 양보가 불쾌를 낳는 순간이다.

다음 정거장은 오목교다. 나는 출입문에 머리를 기댔다. 전철이 거꾸로 달린다. 검은 창문에 얼비친 내 희부연 얼굴이 종이가면처럼 판판하다. 입을 벌렸다 오므렸다 해본다. 윤곽이 살아나지 않는다. 덤덤히 앉아 있는 승객들이 출입문 유리창에 비친다. 인화상태가 형편없는 한 장의 사진 같다. 잡동사니가 들어 있는, 폭이 넓은 종이가방을 전철 출입문 구석에 내려놓자 국화꽃 향기가 은은히 풍긴다. 승객들뿐만 아니라 소리마저 박제된 듯한 전철 안에서 유일하게 살아 있는 냄새다.

화곡역 4번 출구로 나가 훼미리마트를 끼고 이백 미터쯤 걷다 보면 '선경빌라'가 보인다고 했다. 출구를 빠져나오자 문구점이 넓게 터를 잡고 있었다. 문구점 앞에 좌판까지 벌여 놓고 잡다한 물건을 싼값에 팔았다. 나는 아버지의 양말과 손수건, 바닥에 왕관이 새겨진 재떨이를 샀다. 당신에게 또 필요한 물건이 없을까 해서 좌판을 세세히 훑어본다. 나는 지금 아버지의 취향을 고려하여 선물을 고르고 있다. 내가 계부를 아버지라고 부르다니, 참으로 얄궂은 인연이다. 내 목덜미를 휘감고 지나가는 바람이 깔깔하다. 한로에는 단풍이 짙어지고 여름새와 겨울새가 자리 이동을 한다더니 하여간 절기만큼 미더운 것도 없다.

아버지의 원룸과 이어진 길가엔 천박한 술집이 양쪽에 줄지어 있다. 날이 어두워지면 사창가를 방불케 할 분위기다. 하기야 이것저것 다 떼고서 남은 돈이 얼마나 된다고 단정한 주택가에 보금자리를 얻었겠는가. 우리 집에 세입자로 남게 되어 아버지한테 받은 이천만 원을 송금했는데 이내 되돌아왔다.

"그 집에서 세 식구가 오래 살았잖아. 공동 재산이니까 마땅히 나눠 가져야지. 네 결혼자금을 미리 받는다고 생각해. 나한테 맡겨 놓겠다고? 그렇게 위험한 짓을 왜 하냐. 예전부터 내 씀씀이가 오죽이나 헤픈 걸 몰라서 그래?"

훗날 다시 돌려줄망정 일단 제대로 지은 원룸부터 얻으라고 선심을 쓰자 아버지가 겁주는 소리를 했다.

난잡한 유흥가와 이웃한 동네의 꼬락서니가 별수 있겠어. 나는 단번에 찾은 선경빌라에 대고 구시렁거리며 이쪽저쪽을 훑어봤다. 원룸 외벽 꼭대기에 붙박아 놓은 벽글씨 '선경빌라'에 자음도 두 개나 빠져 있었다. 저만치서 아버지가 어깨를 움츠리며 걸어왔다.

"왜 그렇게 두리번거려. 잃어버린 물건이라도 있냐."

"원룸이 너무 후지네요. 저 벽에 금 간 것 좀 봐."

"이만 한 원룸도 황송해. 이리 와."

"어디 가려구요."

"냉장고가 텅텅 비었어. 시장에 들렀다 가자."

"제가 준비해 왔으니까 어서 집에 들어가요. 무려 서른여섯 정거장이나 달려왔어요. 너무 지쳐요. 꼭 지방에서 올라온 것 같아."

당신의 집이 몇 호인지도 모르면서 나는 선경빌라로 앞장서서 들어갔다.

의외로 실내는 멀쩡했다. 구색은 갖췄으되 날림으로 지은 티가 군데군데 드러났지만 왠지 편안한 느낌이었다. 나는 핸드백과 짐을 주방에 내려놓고서 독신자의 안식처로 맞춤한 원룸을 휘둘러봤다. 내게 훈훈한 기운을 끼얹은 대상은 다름 아닌 화분이었다. 오랜 세월을 동고동락한 화분들이 베란다에 옹기종기 앉아 있다. 뜻밖의 장소에서 죽마고우를 만난 것처럼 반갑다. 그런데 식물들이

까칠해졌다. 엄마의 손길에 굶주린 탓이리라. 저승으로 거처를 옮긴 엄마는 이런 순간에만 내 의식 속으로 저벅저벅 걸어온다. 어떤 상황이나 사물에 의해서가 아니라 '엄마' 그 자체가 내 가슴에 잔잔한 파문을 일으킨 적은 단 한 번도 없다. 망자가 되어 구천을 떠돌면서까지 엄마는 침묵을 고집한다.

아버지는 싱글침대와 용량이 작은 냉장고를 장만했다. 다른 살림살이는 엄마가 사용했던 것들이다. 공간이 바뀌니까 낡아빠져 익숙한 물건들도 새롭게 보인다.

"집들이도 할 겸 국화전 부쳐서 맥주 한잔하려고 왔어요. 아버지도 오늘이 한로인 거 몰랐죠. 한로에는 국화전을 만들어 먹고 국화주를 담근다네요."

"통닭이나 한 마리 시켜서 마시지 귀찮게 뭘 국화전까지 부쳐. 국화주를 담그려면 소주가 있어야 하잖아."

"물론 소주도 준비해 왔어요."

"그럼 어디 한번 솜씨를 부려보든지."

식탁 위에는 '퍼즐 100단계' 시월 호가 펼쳐져 있었다. 아버지는 14단계를 풀다 말았다. 당신은 여전히 친구들 대신 퍼즐잡지를 말벗 삼아 지내는 모양이다. 하긴 내가 아버지의 모난 대인관계를 탓할 입장이 아니다. 아버지가 퍼즐잡지와 의사소통을 하는 것처럼 나 또한 인터넷 포털사이트와 끈끈한 관계를 유지하고 있으니까.

나는 다이어리에 적어둔 '만드는 방법'대로 손을 놀렸다. 찹쌀가루 두 컵에 뜨거운 물 세 큰술을 넣고 익반죽하여 고루 치댔다. 보드랍고 말랑말랑한 덩어리가 만들어졌다. 뽀얀 반죽을 일정한 크기로 잘라 둥글게 모양을 만든다. 여기에 국화 꽃잎을 얹어서 부치면 끝이다. 국화전은 이론보다 실습이 더 간단하다. 인생도 국화전처럼 이론대로 쉽게 굴러간다면 나를 비롯한 엄마와 아버지는 지금과는 전혀 다른 모습으로 살아가고 있을까.

"아버지도 거들어요. 종이가방 안에 국화가 있으니 꺼내서 꽃만 따가지고 깨끗이 씻으세요. 물기를 쏙 빼셔야 해요."

아버지가 노란 국화를 식탁에 펼쳐 놨다. 주방이 일순 환해지는 것 같다. 나는 동글납작하게 만든 반죽을 프라이팬에 지졌다. 약한 불에서 자주 뒤적거려야 반죽이 골고루 익는다.

"꽃술은 버리고 꽃만 따서 노릇노릇 구운 반죽 위에 이렇게 올려놓는 거예요. 맛은 어떨지 몰라도 모양은 그럴듯하네요. 꽃 장식은 아버지가 하세요. 저는 반죽을 지질게요."

아버지와 자리를 바꿨다. 즐겁지도 그렇다고 싫지도 않은 표정이다. 내가 상상했던 아버지의 모습과 딴판이라 김이 샌다. 이사한 지가 언젠데 지금에서야 낯짝을 내비친다고 심술을 부리는 건가. 만약 그런 거라면 욕심이 지나칠 뿐 아니라 당신은 실수를 하고 있다. 애당초 진심에서 우러나와 계부를 아버지라고 부른 게 아니므로 내가 그 껍데기에 불과한 호칭을 언제든지 내팽개칠 수 있다는 사실을 모르고 어기대는 거니까.

"네 핸드백에서 무슨 소리가 들린다. 전화가 왔나봐."

나는 키친타월에 손을 닦고 핸드백 속에서 휴대전화를 꺼냈다. 인태가 문자메시지를 띄웠다. 별일이다. 무슨 바람이 불어서 요즘 이렇게 입질을 해댈까. '나 때문에 오늘 새벽에 잠을 설쳤지. 조만간 스케일링하러 갈게.' 어이가 없다. 우리 치과로 스케일링을 하러 오겠다는 소리인데 이걸 어떤 의미로 받아들여야 하나. 다시 연인관계로 되돌아가자는 뜻이야 아닐 테고, 그렇다면 그냥 만만한 친구로 지내자는 말인가. 기분이 너덜너덜 헝클어지고 야단스러워지려고 한다. 지난 새벽 쿨한 척 꾸며댄 게 그로 하여금 나를 경솔히 대하도록 만든 건지도 몰랐다. 몇 해를 연인으로 지냈으면서 내 성격조차 파악하지 못했다니, 헛웃음만 나올 뿐이다.

"국화전 다 타겠다. 내가 뒤집으래?"

"제가 할게요. 일단 국화전과 맥주로 요기를 한 뒤에 국화주를 담가요. 사십 일 정도 숙성시켜서 겨울에 복용하면 감기에 걸리지 않는대요. 정보에 따르면 국화주가 간과 눈을 보호해주고, 만성두통과 해독·해열에도 특효라네요."

아버지의 미지근한 태도나 인태의 무례한 행동이 꽤나 거슬렸지만 나는 사근사근하게 군다. 국화전을 접시에 담아 꿀을 뿌렸다. 간소한 술상이 차려졌다.

우리는 서로의 종이컵에 맥주를 따라 첫 잔을 비웠다. 입술에 닿는 종이의 질감이 술맛을 돌게 하여 나는 집에서 맥주를 마실 때면 으레 종이컵을 애용한다. 형식적인 대화가 오갔다. 그나마 길게 이어지지 않는다.

"아버지는 뭘 해서 먹고 살아요?"

"막노동도 하고 대리 운전수 노릇도 하고, 아직까지는 날품팔이 신세야. 생산직 일자리는 나이가 걸리고, 요즘 아파트 경비원 자리를 알아보고 있는데 그것도 쉽지가 않네."

누르무레한 식혜의 밥알처럼 가라앉은 분위기를 띄워본답시고 장난스런 말투로 물었는데 진지한 답변이 날아오니까 입이 아예 닫혀버린다. 막노동, 대리운전, 경비원……. 성적 과시의 장식인양 장발을 찰랑거리면서 태평세월을 보내다가 말년에 일용직을 전전하는 남자의 인생이 덧없다. 아버지가 국화전을 집었다. 밀가루 꽃송이가 찌그러든다.

"집주인하고는 지낼 만하냐. 성격은 수다분한 것 같던데, 그래도 불편하면 언제든지 철수해버려. 살림살이에 미련 두지 말고. 사람이 죽고 없는데 그깟 게 무슨 소용이야."

"아줌마가 워낙 얌전해서 사람이 집에 있는지 없는지도 잘 모르겠어요. 오늘 아침에는 팥칼국수를 끓여 줘서 처음으로 함께 식사했어요. 입맛에 맞지 않는 팥칼국수를 억지로 먹었더니 아직까지 속이 더부룩해요. 아침에 제가 호칭에 대해 언급했더니 자기를 황 여사로 불러주길 바라대요. 그 여자가 황 씬가 봐요?"

술술 이어지는 듯하던 대화의 마디가 또 끊겼다. 어느새 저녁 일곱 시가 넘었다. 아버지가 맥주를 마시다 말고 뜬금없이 퍼즐잡지를 가져왔다. 나는 국화주를 담그기로 했다. 다이어리에 적힌 요리 방법을 훑어본 뒤 코르크 마개가 달린 유리병에 국화 꽃송이를 따서 넣었다. 정교하게 가공한 보석 같은 꽃이 탐스럽게 쌓였다. 거기에 꿀을 붓고서 기다란 나무젓가락으로 꽃송이를 뒤적거렸다. 꿀로 버무린 꽃송이가 샛노랗다. 꽃송이들이 이제 막 눈을 떠 꼬무락거리는 생명체 같다. 소주를 붓자 톡 쏘는 냄새가 미각을 자극한다. 나는 맥주를 한 모금 마셨다. 술이 달다.

"콩쥐팥쥐 고향이 어디지?"

"낱말퍼즐에 그런 문제도 나와요?"

"문제가 아니라 '쉬어가는 코너'에 적혀 있네."

"콩쥐팥쥐 고향은 김제시일 거예요. 저번에 '내 고향은 지금'이란 프로에서 알려줬어요."

"김제시라는 말도 있고, 전북 완주군이란 말도 있대. 변강쇠의 고향은 경북 함양군 또는 전북 남원시. 홍길동, 별주부도 고향이 두 개야. 이들의 고향을 놓고 지방 자치단체들 사이에 갑론을박이 벌어졌거나 벌어지고 있대. 정수야, 네 고향은 어딘지 알고 있냐?"

나는 대답 대신 시선을 아버지의 이마에 꽂았다. 오늘 이래저래 기분이 잡친다. 예민한 반응인지는 몰라도 아버지의 물음이 왠지 비아냥거리는 투로 들린다. 내 눈초리가 느껴질 텐데 당신은 고개를 들지 않는다. 나는 최 씨로 성을 바꿨으니 마땅히 당신의 본

적을 따른다. 질문의 의도를 간파하지 못한 내 머릿속이 산만해졌다.

"네가 태어나서 자란 곳이 어딘지 알고 있느냐 말이야."

아버지가 퍼즐잡지에 눈을 가둔 채 거듭 물었다. 구월 셋째 주 일요일에 잡채 요리를 해 먹이고 나서 집이 팔린 소식을 전하던 음성과 흡사하다. 당신은 별식을 먹으면 마음속 비밀의 문이 저절로 열리나. 노란 꽃송이들이 떨어져 나간 국화 줄기가 싱크대 위에 어지러이 흩어져 있었다.

"제 고향도 홍길동이나 변강쇠처럼 여기거나 저기겠죠. 날이 어두워졌어요. 그만 가볼래요."

"앉아봐, 할 얘기가 있어. 삼십 분이면 돼."

아버지가 그제야 퍼즐잡지에서 눈을 거두더니 냉장고를 열었다. 냉장고에는 반찬통 두어 개 외에 맥주뿐이다. 무슨 중요한 말을 하려는 이때를 대비해서 넉넉히 사다 둔 것 같았다. 누군가가 초인종을 눌러 막간을 만들어 주면 그 틈을 이용해서 후딱 도망쳐버릴 텐데. 나는 탈출의 욕구에 휩싸이면서, 그러나 선뜻 엉덩이를 떼지 못한 채 까닭 없이 가슴을 졸였다. 아버지가 내 종이컵에 맥주를 부었다. 무심결에 고개를 든 나는 가슴이 뜨끔했다. 언제부턴가 의식하지 않고 살아온 당신 목의 흉터가 그 부분만 빨갛게 도드라져 나를 겨냥하고 있었다.

11
물냉면

"대갓집 자식이었대."

"누가요."

"너를 낳아준 아버지."

코웃음이 비어져 나왔다. 아버지가 눈을 치떴다. 나를 낳아준 아버지. 이제는 형체마저 삭아 없어진 존재다. 생부의 흐릿한 모습이 보이다 말다 하는 어린 시절이 눈앞에 토막토막 떠다닌다. 그 조각들을 짜맞춰본다. 애매모호한 그림 한 점이 시야를 가린다.

"물론 엄마가 흘린 말이겠죠. 거짓말이에요. 엄마가 원래 허풍이 심해요. 초등학교 다닐 때 내가 반에서 일등 하면 동네 아줌마들한테 전교 일등이라고 속이고, 잡지에서 설악산을 보고는 밖에 나가

실제로 다녀온 것처럼 떠들곤 했어요. 대문이 항시 열려 있고, 개들이 짖어대고, 좀도둑들이 심심찮게 드나들던 단층집이 눈에 선하네요. 적어도 여섯 가구가 모여 살았던 것 같아요. 아무렴 대갓집 자식이 셋방살이를 했을라구요. 우리 아버지는 어디서 뭘 하는지 집에 잘 있지도 않았어요. 난 고모, 삼촌, 조부모가 어떻게 생겼는지도 몰라요. 물론 그 대갓집이란 곳도 안 가봤구요. 엄마가 자신의 첫 남편을 미화시킨 거예요."

나는 꼿꼿한 목소리로 아버지의 믿음을 깨뜨렸다. 점자도서관에서 낭독 실기시험을 볼 때 이렇듯 또랑또랑한 음성으로 지문을 읽는다면 나는 아마 우수한 성적으로 합격할 것이다. 아버지의 표정 또한 내 목소리처럼 흔들림이 없다. 슬며시 웃기까지 한다. 비장의 카드를 손에 쥐고 있는 듯한 태도다. 내 가슴이 미미하게 떨리기 시작했다.

"그렇게 살 수밖에 없었겠지. 네 엄마는 내연의 처였으니까."

배 속에서 귀뚜라미 소리가 들려온다. 가을 들어 처음 듣는 것 같다. 나는 배를 살살 문질렀다. 인정할 수 없지만 당신이 가볍게 내던진 말은 상당히 설득력이 있었다. 나는 반문도 반박도 하지 못했다. 어떤 소망이랄지 꿈 따위가 얼씬도 못하게 내 머릿속을 온통 독차지했던 의문과 의혹의 실타래가 일순간 너무도 간단하게 풀려버렸다.

"내연의 처라면, 엄마가 유부남과 살림을 차렸다는 소리예요?"

"너랑 배가 다른 자식이 둘이나 있었대."

"부모의 강요로 중매쟁이가 물어온 처녀와 결혼했는데 애를 낳아도 도통 정이 안 붙고, 그러다 운명적이다 싶게 어떤 여자, 그러니까 엄마를 만나서 도피 행각을 벌였다는 건가?"

"대충 그래. 그랬다고 그러고, 그랬을 것 같고."

"이건 방송작가들이 예나 지금이나 지겹게 써먹는 연속극 줄거린데요?"

아버지가 젓가락으로 국화전을 쿡쿡 쑤셨다. 앙증맞은 지짐이의 꽃이 누렇게 변했다. 나는 맥주를 마신다기보다 들이부었다. 두 컵을 마셨는데도 입안이 개운해지지 않는다. 당장 치과로 뛰어가 스케일링을 받고 싶은 심정이다. 아버지가 내 종이컵을 채웠다. 종이컵 밖으로 곱게 넘치는 거품을 보니까 내 복장도 은근히 타들어간다. 생부가 두 집 살림을 했든 말든 내 알 바 아닌데 하필이면 내가 큰마누라의 딸이 아니라 작은마누라의 피붙이였다니. 커피숍이든 술집이든 들어갔다 하면 구석자리부터 찾고, 학년이 올라가 반이 바뀔 때마다 나도 모르게 뒤에서 배돌던 까닭이 그처럼 어설픈 존재라서 그랬던가.

대갓집 자식이라거나 내연의 처라는 식상한 진실을 전해 들은 순간엔 아무렇지도 않더니 시간이 흐를수록 속이 뒤틀린다. 불륜이나 즐기다 말지 구차하게 자식까지 낳은 부모 때문이 아니다. 앞에 앉은 사람의 비밀 누설이 못마땅하다. 당사자들이 죽고 없는 마당인데다, 내가 짓조르지 않는 이상 그냥 모르고 살게 내버려 두지 가겠다는 사람을 구태여 붙잡아 놓고서 군색한 사연을 실토하는 속내가 뭘까. 꼭 털어놓고 싶었다면 거짓일망정 엄마의 과거를 윤색해서 들려주는 게 자신을 아버지로 대접해준 의붓딸에 대한 도리가 아닐까. 그동안 수백 번도 더 불렀을 아버지란 호칭이 갈취당한 보석처럼 아깝다.

"조치원에 너희 아버지 본가가 그대로 보존되어 있다더라. 열녀문도 있는 가문이래. 조치원 어디라더라⋯⋯아무튼 동네 이름은 잘 모르겠고, 한국시멘트 조치원 공장에서 그 집이 멀지 않나봐. 그 동네에 가서 네 아버지 이름을 대면 바로 알려줄 거래. 조치원 일대에서 워낙 세력이 큰 집안이었다니까. 아버지 이름은 알고 있겠지?"

"참 소상히도 알고 계시네요."

"엄마가 숨을 거두기 보름 전쯤 들려줬어. 간신히 먹인 호박죽마저 죄다 토하더니 평생 감추고 살던 이야기를 꺼내놓더라. 천장을 바라보면서 혼잣말하듯이."

"무덤까지 가져갔으면 좋았을 얘기를 왜 보름을 못 참고 발설하고 그래."

"무의식적인 고백이었을 거야. 몸처럼 마음도 가벼워지고 싶었을 테니까."

내 불평에 오히려 부채질을 하는 대사다. 이유가 어쨌든 고백의 상대는 나였어야 한다. 네 아빠가 유부남이라는 사실을 알았지만 나는 그이의 잘생긴 귀를 닮은 아기를 낳고 싶었어. 행여 너희 아빠가 나를 외면했어도 두렵지 않았을 거야. 내가 기꺼이 거둔 열매를 야무지게 키울 자신이 있었으니까. 이렇게 나의 탄생 비화를 일찌감치 솔직하게 말해줬더라면 적어도 내가 죽음을 눈앞에 바싹 끌어다 놓은 엄마를 두고 번지점프 따위는 하지 않았을 것이다.

 듣는 너도 거북하겠지만 나도 그 말을 꺼내기가 난처했다는 듯 아버지가 한숨을 길게 내쉬더니 맥주를 들이켰다. 안주가 떨어졌다. 저녁 아홉 시가 가까워지고 있었다. 슬슬 전철역으로 출발해야 할 시간이다. 발가락 하나 움직이기 싫다. 여기서 집까지 택시 요금을 가늠해본다. 요금이 많이 나오든 말든 오늘은 택시에 몸을 맡기기로 한다. 인태가 통보한 이별을 노래방에서 받아들였던 것처럼 오늘도 밀폐된 공간에서 너절한 머릿속을 치워야 할까 보다.

 "내가 네 엄마를 죽인 거야."

 한 줌쯤 남은 기운마저 모조리 바닥나버렸다. 충격을 받아서가 아니다. 길고 지루한 강의가 다 끝난 줄 알았는데 이어서 보충수업을 하겠으니 그대로 앉아 있으라는 소리를 들은 기분이다. 아버지가 종이컵에 잎사귀를 떨어뜨렸다. 당신은 국화 줄기를 들고 있었다. 맥주 거품에 찰싹 들러붙은 잎사귀를 보자 엉뚱하게도 인태의 발이 떠올랐다. 그는 르네상스 모텔에서 거품 목욕을 할 때면 몸을 푹 담근 채 한쪽 발만 내밀고 있었다. 그 몰풍스런 장면이 눈에 띄면 다른 신체는 급류에 휩쓸려버리고 머리통과 발만 떠 있는 것 같아 눈살이 찌푸려졌다. 아버지가 식탁에 팔을 걸쳤다. 냉동실에서 방금 꺼낸 듯한 아버지의 희읍스름한 오른손이 이물스럽다.

아버지는 먼지를 뒤집어쓴 채 음식점 출입구에서 흐느적거리는 가스인형 같다. 아버지가 콧소리를 내며 허리를 구부렸다. 피시시 시식, 당신의 몸에서 가스가 새어 나오는 소리가 들린다. 나는 미지근해진 맥주를 찔끔찔끔 마셨다. 그러니까 이제부터 본론이다. 결국 아버지는 자신의 죄를 고백하려고 조치원 운운하며 시간을 끈 것이다. 자신이 엄마를 죽였다고 한다. 어디서 어떻게 명줄을 끊었다는 것일까. 그래도 불륜보다는 덜 상투적이다.

"엄마가 감당해야 했던 뼈저린 고통은 톨스토이도 표현할 수가 없을 거야."

고등학교나 제대로 마쳤는지 모르겠는 아버지가 톨스토이를 들먹이니까 우습다. 《전쟁과 평화》를 쓴 러시아의 대문호. 분명 당신은 퍼즐잡지에서 이런 문제를 풀었을 것이다. 최종 변론을 하려고 조심스레 입을 뗀 아버지의 안면에 붉은 기운이 번진다. 간단명료하게 진술하시라고 엄중히 경고하고 싶다. 그보다 육하원칙에 의해 간추린 살인의 내막을 굳이 듣고 싶지 않다. 몰라도 그만이다. 어차피 엄마는 시한부 인생이었으니까.

"하혈, 구토, 통증. 나중에는 암세포가 골반 벽까지 파고들어서 침대에 앉아 있지도 못했어."

"알아요."

"콩팥에 물이 차서 수술한 건 몰랐을 거야."

냉장고가 씩씩거리듯 거친 숨소리를 뿜어내고 있었다. 아버지의 종이컵에 국화 잎사귀가 겹겹이 떨어져 있다. 맥주 거품이 동그랗게 테를 두른 종이컵은 물빛이 노란 연못의 축소판 같다. 내가 엄마에 대해 몰랐던 사실을 알려줄 때 아버지의 음성엔 힘이 실렸다. 몰인정한 나를 드러내놓고 비난하는 것보다 더 가슴 찔리는 어투였다.

"너도 알다시피 엄마는 일회용 기저귀를 차고 살아. 우리는 소변을 보고 싶으면 화장실로 가잖아. 엄마 같은 환자들은 오줌이 마렵다고 느끼는 순간 이미 아랫도리가 흥건히 젖어 있지. 엄마랑 산책하러 나갔다가 낭패를 본 적이 더러 있었어. 악랄한 병보다도 기저귀를 차야 하는 자신의 처지를 얼마나 비관했는지 몰라. 염소치즈를 정기적으로 샀던 것처럼 나는 일회용 기저귀를 인터넷 쇼핑몰에서 매달 한꺼번에 주문했다. 네가 눈치 채면 안 된다고 얼마나 쉬쉬하던지. 고맙게도 네가 거리를 두고 살아줘서 그 비밀이 오래 갔던 거지."

가시가 박힌 말이었다. 잎사귀를 모조리 떼어내 앙상해진 줄기로 아버지가 자신의 손등을 툭툭 건드렸다. 꽃송이, 잎사귀, 줄기가 별개의 사물처럼 보인다. 국화주로 거듭날 유리병 속의 꽃송이, 종이컵을 가득 채운 잎사귀, 부스럼이 일어난 것처럼 우둘투둘한 줄기가 '한 송이 국화'로 불렸다는 게 의아스러울 정도다. 부모와 자식의 관계가 저런 모습일지도 모른다. 불화, 죽음, 오해, 미움 따위로 부모자식 간의 연결고리가 삭아버리면 우리는 말없이 돌아서서 각자의 개별적인 존재로 살아가는 것이다.

"예약환자가 있어서 내일 아침 일찍 출근해야 돼요. 더 늦기 전에 가봐야겠어요."

"엄마가 병상에서 간절히 바라던 소원이 뭐였는지 아냐?"

아버지가 나를 또 주저앉혔다. 단도직입적으로 말하지 않고 빙빙 돌리는 아버지의 화법에 짜증이 났다.

"목숨을 조금만 더 이어달라고 빌었겠죠."

"누군가가 자신을 죽여주는 거였어. 처음엔 병마와 맞서기가 너무 힘드니까 마음에도 없는 소리를 하는 거라고 생각했다. 제발 베개로라도 자기 숨통을 힘껏 틀어막아달라고 나를 들들 볶았어. 네 엄마 생일 때였어. 넌 그날 치과협회에서 마련한 세미나 참석하느라고 속초에 갔었지. 난 제과점에서 특별히 케이크를 맞추고 값비싼 와인도 샀다. 허리에 잔주름이 잡힌 고상한 원피스를 생일 선물로 준비했지. 생애 마지막 생일일 게 분명했으니까. 엄마가 케이크의 촛불을 끄고 나더니 꼭 갖고 싶은 선물이 있다고 하더라. 그 소원을 들어주지 않고는 못 배기게 만드는 절실한 표정이었어. 엄마가 탐낸 선물이 뭐였는지 짐작하겠지."

나는 죽음이란 단어를 입에 물고 있었다. 아버지의 얼굴이 발갛게 달아오르는 데 반해 내 머릿속은 하얘졌다. 어디든 드러눕고 싶은 마음뿐이다. 알코올이 번져 흐물흐물해진 몸보다 자꾸만 까부라지는 눈꺼풀을 감당하기가 더 힘겹다.

엄마의 생일날 나는 세미나 일정이 잡혀서 외박한 게 아니었다. 저승행이 임박한 환자를 앞혀 놓고서 생일축하 파티를 하려니까 난감했다. 생명의 물기가 거의 없어졌다는 사실을 피차 번연히 알고 있는데 엄마는 오래오래 살 거라든지 건강해야 한다는 빈말을 어떻게 하나. 그건 환자를 우롱하는 행위나 다를 바 없다. 그렇다고 이때껏 이승에서 고생 많았으니 아무쪼록 저승에 가면 좋아하는 식물이나 키우면서 편히 살라고 다독거릴 수도 없는 노릇이었다. 말이 궁해서 엄마의 생일을 피한 나는 동료에게서 얻은 무료 쿠폰으로 피부 관리실에서 마사지를 받았다.

"일회용 기저귀보다 더 네 엄마를 괴롭혔던 건 바로 속눈썹이었어. 항암치료를 받으면서 머리털은 물론이고 눈썹까지 죄다 빠지더라. 거기까지는 잘 참았는데 속눈썹이 불씨를 만들었어. 항암제가 속눈썹까지 없애버린 거야. 난 속눈썹이 우리의 인체에서 그렇게 중요한 역할을 하는지 미처 몰랐다. 없어도 그만인 줄 알았거든. 어쩌다 산책이라도 나가면 먼지며 온갖 이물질을 속눈썹이 막아주지 못하니까 네 엄마가 눈을 잘 못 떴어. 잠에서 깨거나, 잠시 눈을 감았다가도 네 엄마는 손으로 눈꺼풀을 벌려서 눈을 뜨곤 했지. 그때부터 바깥출입을 일체 삼가면서 눈도 손으로 뜨는 병신이라고 자신을 학대하더라. 우리의 눈에 잘 띄지도 않는 속눈썹이 엄마의 기를 완전히 눌러버린 거야."

불현듯 오늘 아침에 맛본 팥칼국수가 생각난다. 지금 심정이라면 팅팅 불은 팥칼국수라도 게걸스럽게 먹을 수 있을 것 같다. 엄마가 기저귀를 차고 누워 있던 더블침대, 장롱, 삼 단 서랍장이 딸린 화장대를 집주인이 고스란히 물려받아 사용하고 있다. 신앙심이 두터운 그녀가 안방에서 밤낮 기도하므로 엄마의 영혼이 맑아지리라는 얼토당토않은 믿음이 탁한 마음을 조금이나마 정화시켜준다.

"내가 무엇으로 엄마의 절실한 소원을 풀어줬느냐면……바로 물냉면이야. 고기를 삶은 육수가 몸 안으로 들어가면 암세포가 환장하게 좋아한다는 말을 누군가한테서 들었어. 곰탕, 설렁탕, 도가니탕, 그런 음식이야 널렸지. 물냉면이 제격이겠더라구. 네 엄마는 물냉면이라면 자다가도 벌떡 일어났잖아. 나는 진한 육수로 만들었다는 물냉면을 수시로 사 날랐어."

아버지가 고개를 뒤로 젖히면서 한숨을 토해냈다. 쉬척지근한 냄새가 났다. 당신의 목을 움켜쥐고 있던 손에서 놓여난 듯 아버지가 기침을 해댔다. 내 목구멍도 깔깔하다. 속이 울렁거리고 식은땀이 났다. 어서 찬 바람을 쐬고 싶다. 이제는 무슨 말을 해도 주저앉지 않겠다. 나는 식탁 구석에 밀쳐 둔 다이어리를 핸드백 속에 집어넣었다.

"엄마가 나한테 가진 호감은 이 맥주 한 잔만큼도 안 돼. 오로지 먹고사는 문제를 해결하려고 나를 붙잡은 거야. 내가 그런 눈치도 없을까봐. 처음부터 알고 시작한 거니까 원망도 후회도 안 해. 만일 결혼생활을 하면서 깨달았다면 난 진작 발길을 돌려 여기저기서 모난 삶을 꾸려가고 있겠지. 우린 정말 궁합이 안 맞는 짝이었다. 혼자서도 거뜬히 살 수 있는 배짱과 경제력이 뒷받침되었을 때 네 엄만 나를 떨쳐버리고 싶었을 거야. 우리 아버지가 눈에 밟혀서 마지못해 산 것도 알아. 난 처음부터 곁에 두면 긴요하게 써먹을 수 있는 상품 같은 존재였고, 내 유통기한이 끝났다고 생각했을 때 그만 물러서려고 했는데 엄마가 덜컥 자궁암에 걸렸지 뭐냐. 박자가 어지간히도 안 맞던 결혼생활을 좀 더 일찍 정리할걸, 솔직히 후회스럽고 막막하더라."

　내가 현관문을 열 때까지도 아버지의 독백은 멈추지 않았다. 행여 나를 붙잡는다면 밤새도록 그 넋두리를 들어줄 용의가 있었다. 그것이 엄마의 저의를 알고서도 값어치 있는 상품으로 살아준 사람에게 의붓딸로서 해줄 수 있는 최소한의 보답이라고 생각했다. 나는 어두운 계단을 내려가며 아버지의 토로를 머릿속에 새겼다. 빈속에 맥주를 마셨더니 속이 쓰리다. 지금이 밤이라서 얼마나 다행인지 모르겠다. 대낮이었다면 나는 또 어둑한 노래방으로 기어들어갔을 것이다. 사람 구실을 못하는 남자를 자신이 거둬준 줄 착각하고서 생을 마감한 엄마는 정말 헛살았다고 나는 하늘에 대고 중얼거렸다.

언젠가 고속도로 휴게소에서 이천 원짜리 원두커피를 샀다. 나는 오천 원을 주고 거스름돈을 받았다. 커피를 마시며 걸어오다 보니 내 손에 팔천 원이 쥐어져 있었다. 판매원이 만 원짜리 지폐를 받은 걸로 착각한 것이다. 되돌아가서 차액을 건네줄 시간이야 충분했지만 나는 태연히 고속버스에 올라탔다. 판매원의 엄연한 실수이므로 그 돈은 착복해도 된다고 여기면서도, 훗날 남에게 끼친 손해의 곱절로 대가를 치르리라는 생각에 내내 찜찜했다. 지금 심정이 그렇다. 휴게소에서 거저먹은 공돈이, 길잡이를 잃은 모녀를 위해 희생한 한 남자의 세월 같기만 하다.

  밤공기가 차다. 나는 선경빌라 입구에서 고개를 떨어뜨리고 있었다. 갈 수도 머물 수도 없는 난감한 처지다. 사람들의 피부색처럼 동네마다 어둠의 색깔도 조금씩 다르다. 화곡동은 어둠의 피부색이 유독 짙다. 어떤 표시나 경계도 없이 마치 한 덩어리인 듯 뭉쳐 있는 집들이 어둠의 눈처럼 띄엄띄엄 불을 밝히고 있다. 나는 뒤돌아서서 한 층 한 층 수를 세어가며 아버지의 둥지를 찾았다. 불이 꺼졌다. 내 마음도 캄캄해진다. 선경빌라에서 몇 발짝 걸어 나온 나는 어느 길로 들어왔는지 헷갈려 갈팡질팡했다. 싸구려 불빛들이 헤프게 명멸하는 유흥가를 찾으면 될 것이다. 어둠이 끈끈한 고약처럼 내 몸을 빈틈없이 휘감았다.

12
섹스는 보험이야

　　　　　　　컴퓨터 모니터에 대화창을 띄워 놓은 지 한 시간이 다 되어간다. 퇴근 무렵 치와와가 오늘 밤 '네이트온'에서 만나자는 문자메시지를 날렸다. 네이트온은 다양한 볼거리와 놀거리가 구석구석 박혀 있는 웹페이지인데, 나는 무료문자메시지를 보내거나 가끔 채팅할 때만 이용한다. 나의 네이트온 말벗은 인태와 치와와, 둘 뿐이었다. 네이트온에 접속한 뒤 다른 사이트를 돌아다니며 한눈을 팔다 보면 안부를 묻는 지인들의 닉네임이 컴퓨터 하단에서 깜박거린다. 그럴 때면 나는 컴퓨터를 켜 놓고 잠시 자리를 비운 척 그 노크를 무시해버리기 일쑤였다. 네이트온에서 만난 그들과의 대화는 언제라도 따분하기 때문이다.

밤 열 시쯤 네이트온에서 접선하자던 치와와는 감감무소식이다. 정작 자신은 걸핏하면 시간 약속을 어기면서, 저한테 연기 지도를 받는 여중생들이 오 분이라도 늦게 오면 시간을 금쪽같이 여기는 선생처럼 노발대발한다. 자가당착을 스스로 즐기거나 자신의 그런 모순된 행태를 모르는 저능아다. 인터넷 서점에서 희귀한 식물로 꾸며진 사진첩을 구경하는데 문득 아버지가 두고 간 동백과 고무나무가 생각났다. 내 입이 절로 벌어졌다. 집주인이 갈리고 나서 한 번도 물을 주지 않은 것이다. 햇빛이야 알아서 흡수할 테고, 신선한 공기와 바람을 마시라고 간간이 창문을 열어줬어야 했는데 베란다 쪽은 쳐다보지도 않았다.

제 몸이나 겨우 건사하는 위인이 무슨 동백을 키우겠다고 설쳐대며 아버지는 또 그런 딸을 어떻게 믿고 고무나무까지 맡겨 놓고 갔는지, 부녀가 싸잡아 한심스럽다. 허물을 깨달았으면 퍼뜩 일어나야 하건만 내 몸은 미동도 않는다. 야밤에 식물한테 물을 먹이는 게 잘하는 짓인지도 모르겠고, 압박붕대로 집 전체를 친친 감아 놓은 것처럼 느껴지는 고요를 깨뜨리기가 왠지 꺼려진다. 밖에서 황 여사로 불린다는 집주인은 줄곧 안방에 가라앉아 있다. 자기 자신과의 대면을 병적으로 즐긴다기보다 마치 누군가를 피해 숨어 있는 듯하다.

나이: 육삽 대 중반, 자녀: 1녀, 고향: 말투로 봐서 서울, 학력: 중졸, 혈액형: A, 재산 보유액: 27평짜리 아파트 한 채·현금 약간, 취

미: 성경 읽고 찬송가 부르기, 월수입: 월세 15만 원, 보험연금 등 등, 생활의 문제점: 없음.

내 눈에 비친 황 여사의 신상정보를 머릿속에 나열해본다. 딸은 남부럽지 않게 키워 시집보냈고 우리 엄마처럼 젊은 나이에 과부가 되었는지도 모른다. 방을 빌려 주면서 보증금도 받지 않고 저렴한 월세에 만족한다는 건 먹고살 만하다는 뜻이다. 나의 짐작이 얼추 맞는다면 황 여사가 가꿔 온 세월이 결코 처지는 인생은 아니다. 황혼기에 육신이 멀쩡한데다 자력으로 살아갈 수 있는 틀까지 다져놨으니 말이다. 현재는 홀로 지내는 처지라 외로움의 물살이 때때로 마음을 적시겠지만, 그녀는 교회로 재바르게 날아다니며 은혜의 먹이를 양껏 쪼아 먹고 있다.

그런대로 참하게 빚어진 황 여사의 인생에 우리 부모의 깔끔치 못한 과거지사가 겹쳐진다. 달갑지 않은 연결고리다. 술자리에서 귀담아들은 아버지의 이실직고를 나는 한 글자도 빠짐없이 털어내려고 애쓰던 중이었다. 아니, 믿지 않기로 했다. 출중한 가문의 자손으로서 자존심이 있지, 아무렴 생부가 그렇게 시시한 여자한테 반해서 가족을 뿌리치고 빈한하게 살다가 병에 걸려 죽었을까. 엄마가 감수성이며 재능이 빛나는, 그러나 비색한 운수로 좀체 날개를 퍼덕거리지 못하는 무명의 화가나 작가였다면 또 모르겠다. 주머니가 두둑한 유부남들의 객기는 예술적인 향기를 퍼뜨리고 다니는 여자 앞에서 더더욱 활개를 치기 마련일 테니까.

유부남이었다던 생부와 엄마는 정녕 속정을 나눈 사이였다. 생부의 집안이 기품 있고 부유했다는 것도 사실이다. 하지만 진실은 여기까지다. 생부는 빈민굴을 살짝 면한 정도의 거처를 장만하여 자식까지 낳고 노련하게 두 집 살림을 하다가 꼬리를 밟힌다. 결혼의 그릇을 뒤바꿀 용기는 없어서 본집으로 완전히 복귀한 생부는 일리 있는 핑계를 앞세워 엄마에게 어떤 연락도 취하지 않는다. 마땅히 그럴 수밖에 없었을 남자의 돌변에 한동안 넋을 놓고 살던 엄마는 위자료 한 푼 받지 못한 채 살 길을 찾아 떠난다. 내가 생부 입장이었더라도 뒤엉킨 현실을 그쯤에서 바로잡았을 것이다. 생애 두 번 다시 찾아오지 않으리라 믿었던 사랑도 시간이 좀 더뎌질 뿐이지 언젠가는 퇴색하기 마련이니까. 엄마와 생부가 절연한 시기는 내가 느닷없이 전학을 갔던 그해 이월이다. 아귀가 맞지 않는 부분이 더러 있지만 그래도 이런 스토리라야 말이 된다.

'운명'이란 단어가 쓰여 있던 일기장은 혹시 엄마가 내 눈에 띄라고 일부러 아무렇게나 던져 둔 게 아닐까. 말하자면 멀쩡히 숨 쉬고 있는 생부를 죽은 것처럼 위장하려는 술수로서 말이다. 이때다 하고 냉큼 돌아선 비겁한 연인을 깡그리 지워버릴 심산이었다면 능히 그럴 수도 있다. 일기장에 몹쓸 거짓말을 끼적거려놓고 마냥 함구할 수만은 없으니까 내 앞에서 연기를 한 것이다. 그때는 이미 재혼하기로 약속한 남자가 있었으니 나에게 거짓말이든 참말이든 털어놔야 했겠지. 나의 공상이 사실에 근접한다면 머리가 희끗희끗할 생부는 지금 어디선가 시시로 애상에 잠기면서 인생의 말년을 어느 때보다 정성껏 가꾸고 있을지도 모른다. 내 부모가 벌인 연애사건의 재구성이 다소 짜임새는 없으나, 웬일인지 엄마의 소싯적 사연이 곧이곧대로 받아들여지지가 않는다.

언뜻 컴퓨터로 눈길을 돌리니 모니터 맨 아래서 오렌지색 띠가 깜박거리고 있었다. 지금에서야 치와와가 접속했나 보다.

―정수야, 정수야. 왜 대답을 안 해.
―너야말로 열 시에 만나자더니 도대체 지금 몇 시야. 컴퓨터 끄려던 참이었어.
―미안, 미안. 가슴운동 좀 하느라고. 내일 홍성에 가거든.
―또 가?
―할 일도 없는데 집에 있으면 뭐하니?

치와와는 마마보이 기질이 다분한 결혼 상대자와 예비 시댁식구들, 특히 시어머니에 대한 이야기를 지루하게 쏟아냈다. 나는 응, 아니, 좋겠네, 따위의 단답형 대답으로 시큰둥하게 호응해줬다. 대화가 아니라 치와와의 독백이나 다름없다. 어제 시댁에 다녀왔는데 '선생님'이 용돈으로 오십만 원을 줬다고 했다. 치와와는 선생님 때문에 살맛이 난다면서 웃는 얼굴의 이모티콘을 연속해서 찍어 보냈다. 모니터에서 그녀의 웃음소리가 호기롭게 들려오는 것 같다.

―그런데 가슴운동이 뭐야?
―유방이 커지게 하는 운동.
―별 운동을 다 하네.
―내 몸의 포인트가 풍만한 가슴이잖니. 너도 부러워하잖아. 네가 치위생사답게 늘 강조하는 말이 있지. 치료보다는 예방이 중요하다. 가슴도 그래. 싱싱하다고 방치하면 안 돼. 탱탱할 때 꾸준히 매만져줘야 한다구. 내가 가슴운동 하는 방법 알려줄 테니까 너도 당장 해봐. 효과 만점이야.
―관둬.
―겨드랑이 쪽으로 삐져 나간 가슴을 안으로 몰아넣고, 가슴 아래에서 위쪽으로 끌어 올려. 그리고 가슴 한가운데서…….
―너나 실컷 해. 생긴 대로 살면 되지 뭐 그딴 운동까지 하냐.
―우리 오빠를 위해서 그런다, 왜.
―푼수.
―그러니까 니가 연애를 못하는 거야. 너 남자하고 한 번도 안 자봤지. 고지식해서 그런 건지, 아니면 달려드는 남자가 없는 건지. 넌 도대체 무슨 재미로 사니? 설마 초등학교 저학년 애도 즐기는 마스터베이션까지 참는 건 아니겠지?
―그건 또 무슨 헛소리야.

―너, 민희 알지.

―공무원 공부 때려치우고 학원 강사로 뛴다는 니 친구?

―그래. 민희가 맡은 반에 아주 귀엽게 생긴 여자애가 있는데 언젠가부터 수업시간에 이상한 짓을 하더래. 초등학교 2학년짜리가.

―무슨 짓?

―한번은 아이들한테 문제집을 풀라고 이르고서 잠깐 한눈을 팔았는데 글쎄 그 여자애가 두 팔로 책상을 짚고 달라붙어서 안간힘을 쓰더라는 거야. 뭔가에 정신이 팔려 눈에 초점이 없고, 얼굴은 점점 시뻘게지고. 수업시간에 장난하지 말라고 꾸짖으니까 다른 애들이, 쟤 만날 저래요, 하면서 키득거리더래. 퍼뜩 떠오르는 생각이 있어서 유심히 지켜봤더니 정말 수업시간에 틈만 나면 그러더란다. 성기 부분이 책상 가장자리에 정확히 닿아 있다지 뭐니. 그 행위에 몰입하면 누가 뭐라고 해야 끄떡도 안 한대. 한참 그러고 나면 애가 힘이 쪽 빠져서 멍하니 앉아 있다는 거야.

―그냥 보고만 있으면 어떻게 해. 걔네 엄마한테 말해줘야지.

―뭐라고 말하냐. 당신 딸이 수업시간에 자위행위를 해요, 그래? 나 같아도 모른 척할 거야. 서로 민망하잖아. 민희가 그 애를 따로 불러서 넌지시 물어보니까 책상에서 그렇게 하면 기분이 좋다면서 싱글싱글 웃더래. 좋을 테지, 걔도 일종의 오르가슴을 느꼈을 테니까. 너도 한번 즐겨봐. 이왕이면 혼자보다는 둘이서 재미를 봐야겠지만.

―아무리 그게 좋아도 아껴가면서 해. 일품요리도 한꺼번에 많이 먹으면 질리지 않겠어.

―섹스가 뭐 별거라고 아끼고 말고 하냐.

―너의 이론은 그럴망정 행동은 반대로 하란 말이야. 이론과 실천이 맞물려 돌아가면 남자가 널 쉽게 여겨서 함부로 대할지도 몰라.

―쉽게 볼 테면 보라지. 누구는 지들을 어렵게 생각한다니? 심각할 거 없어. 섹스는 보험과 같은 거니까.

―보험?

―없을 때는 그다지 필요성을 못 느끼는데 한번 단맛을 보면 다른 상품으로도 눈이 돌아가잖아. 능력만 된다면 여러 보험에 가입할 수도 있지. 섹스도 그렇단 말이야. 또, 보험이든 섹스든 중간에 해약하면 손해 아니니.

―네 말대로라면 섹스를 해약해서 손해 볼 게 뭐 있어.

―선물 사 주고, 맛난 음식 사 먹이고, 여기저기 데리고 다니고, 섹스 터널에 진입하기 위해서는 투자가 필수잖니. 남자한테만 해당되는 말은 결코 아냐. 요즘은 여자들이 더 헤퍼. 그러니까 내 말은 성을 과잉보호하지 말고 보험 하나 들었다 생각하라 이거지.

치와와는 나를 숙맥 취급하면서, 어쩌다 그쪽으로 말이 샜는지 모르겠는 섹스에 대한 단상을 줄줄이 늘어놓고는 퇴장했다. 만약 내가 추임새를 넣었다면 그동안 실습해본 다양한 체위까지도 죄다 까발렸을 것이다. 치와와는 나를 당연히 숫처녀로 알고 있다. 남자와 교제하는 티를 안 냈을 뿐인데, 섹스는 고사하고 진한 키스도 안 해본 천연기념물로 취급하며 같잖게 나를 가르치려 든다. 어느 날 술자리에서 그녀가 너무나 짜릿했다던, 하지만 이미 내가 섭렵한 잠자리 테크닉을 으스대듯 들려줬을 때 나는 하마터면 이런 체위는 해봤느냐고 물어볼 뻔했다.

'오밤중에 섹스 타령이라니, 잠자기는 글렀네. 이럴 때 승용차가 있으면 홍성으로 냅다 달려갈 텐데. 학교 운동장이나 한 바퀴 돌다 와야겠다. 잘 자.'

나는 팔짱을 끼고 앉아서 치와와가 남긴 마지막 문장에 시선을 고정시켰다. 그녀가 제 흐벅진 젖가슴을 만지작거리며 뒹굴뒹굴하는 모습이 모니터에 아른거린다. 책상 앞에 서서 끙끙대고 있는 어떤 토실토실한 계집애의 그림자도 떠다닌다. 계집애의 돌출행위가 무슨 유행성 감기처럼 발병했다가 슬그머니 사라진 내 유년시절의 한 토막을 눈앞에 끌어다놓는다.

재혼하고 일 년쯤 지나 엄마는 안채가 딸린 양품점을 새로 얻었다. 겉보기에 근사했던 양품점과는 달리 안채는 짜임새가 야무지지 않았다. 양품점의 뒷문을 열면 멋없이 길쭉한 재래식 부엌과 바로 이어졌다. 그곳은 마치 굴속 같았다. 거기서 왼쪽으로 고개를 돌리면 널찍한 수돗가가 보였고, 그 언저리에 쪽마루가 붙은 방이 있었다. 안채의 방은 딱 한 개였는데 그 크기가 일반 가정의 안방에 비할 바가 아니었다. 게다가 천장까지 높아서 방은 실제 평수보다 훨씬 커 보였다. 어쩌다 이웃 아줌마들이 놀러오면 "방이 무슨 운동장만 하네." 하면서 눈을 휘둥그레 뜨곤 했으니까.

  엄마의 새 남편이 솜씨를 부려서 짙은 빛깔의 커튼을 천장 한가운데에 드리웠다. 커튼을 펼치면 넓은 방 두 개가 만들어졌다. 엄마는 답답하다면서 낮에는 커튼을 구석으로 밀어붙였다. 금방이라도 무너져 내릴 것 같은 벽, 내 눈에 비친 커튼의 첫인상이었다. 밤에 커튼을 치고 누우면 알 수 없는 불안감이 느개처럼 내 살갗에 스며들곤 했다. 방의 출입문이 달려 있는 바로 그 앞 공간이 엄마와 계부의 잠자리였다. 자다가 화장실에 가려면 그들의 공간을 지나쳐야 했는데, 하필이면 두 양반이 머리를 출입문 쪽으로 두고 자서 발을 내딛기가 여간 조심스럽지 않았다.

  그날 밤, 내 수면을 방해한 건 팽팽히 차오른 방광이 아니라 기괴한 소음이었다. 마치 어디가 아프다고 엄살을 부리는 것처럼 엄마가 이상야릇한 소리를 냈다. 저쪽 방의 꿍꿍이수작을 귀로 더듬고 있는데, 어느 순간 수상한 소음이 뚝 그치는가 싶더니 담뱃불이 커튼에 희미하게 얼비쳤다. 계부가 지친다는 듯 한숨을 섞어 담배 연기를 길게 내뿜었다. 그는 담배를 달게 피웠다. 담배 냄새가 엷게 퍼지자 어떤 독성이 강한 바이러스에 감염된 것처럼 내 하체가 후끈거렸다.

  다음 날 나는 어서 밤이 오기를 기다렸다. 그때 나는 열두 살이었다. 이윽고 날이 저물어 밤이 깊어졌다. 엄마의 손에 의해 커튼이 미닫이문처럼 닫혔다. 나는 호기심을 그러안고 곯아떨어진 체했다. 하지만 그날도 이튿날도 커튼 너머의 방에서는 단잠에 빠진 숨소리만 들려올 뿐이었다. 겨울바람이 창문을 사납게 흔들던 밤, 나는 퍼뜩 눈을 떴다. 아파? 응? 여기? 하면서 엄마에게 파고드는 계부의 속삭임이 나를 깨운 것이다. 두 사람이 이불 속에서 조심스럽게 몸을 들썩거렸다. 나를 의식하는 것 같았다. 그러다가도 그들은 나라는 존재를 까먹고 잡스런 소음을 칠칠맞지 못하게 흘렸다. 무슨 물컹물컹한 살덩어리가 찰싹찰싹 부딪치거나, 엎치락뒤치락하고, 누군가의 입이 몸 어딘가를 꾸준히 핥아대는 소리가 눈치 없이 새어 나왔던 것이다. 나 또한 정신이 몽롱해졌다. 그러다 나도 모르게 아래로 손이 갔다. 민둥민둥한 내 음부가 뜨듯했다. 그 안에 무언가가 꽉 들어차 이내 쏟아질 것만 같았다. 저쪽의 야한 잡음이 생생해지면 나도 가랑이 사이에 손가락을 집어넣고서 그것을 붙잡아 두듯이 힘을 줬다. 가슴이 두근거렸지만 두 사람의 야단스런 몸짓에 따라 출렁거리는 기분이 나쁘지 않았다.

 암고양이까지 자지러지게 울어대던 그날 밤 이후 셋이서 함께 즐기는 밤이 심심찮게 이어졌다. 나는 그들을 안심시킬 목적으로 대범하게 코 고는 시늉까지 했다. 저쪽 방이 조용한 채로 날이 새면 애청하는 텔레비전 프로그램이 중요한 스포츠 중계방송 때문에 하루 거른 것처럼 김이 샜다. 엄마와 계부가 들려주는 에로틱한 화음이 한동안 끊겼다고 해서 내 충동까지 누그러진 건 아니었다. 커튼을 살짝 밀쳐 훔쳐보고 싶게 만들던 얄궂은 잡소리가 머릿속에 되살아날 때면 나는 책상 가장자리나 베개 귀퉁이에 내 은밀한 부분을 비비대곤 했다. 혼자서 상상과 몰입에 젖어들다 보면 마치 기지개를 켜고 난 것처럼 어느 순간 몸이 개운했다가 바로 흐물흐물해졌다. 그러다 그대로 잠이 들었다. 그게 수치스러운 행동인 줄은 알아서 의식적으로 피하려 했지만 어느 사이에 나는 책상 혹은 베개를 부여잡고 버둥거리고 있었다. 다행스럽게도 그 이듬해 겨울, 엄마가 또 이삿짐을 싸면서 남모르게 저질렀던 내 불장난도 끝이 났다.

 나의 성경험은 꽤나 이른 편이었다. 이런 육체의 개화(開花)가 어린 시절에 맛본 성에 대한 간접적인 체험과 절대 무관하지 않을 것이다. 나는 대학에 입학하자마자 양말 나부랭이도 브랜드를 따지며 옷사치를 부리던 학과 동기와 교제했다. 우리는 중간·기말고사를 겨우 치르면서 놀러 다니기 바빴다. 그의 아버지는 지방에서 제법 건실한 중소기업을 꾸려가는 사장이었다. 데이트 비용이야 그가 기꺼이 부담했고 내게 값비싼 선물도 곧잘 사 줬다. 아버지의 사업체를 고스란히 물려받을, 말하자면 장래가 보장된 행운아라서 어떤 꿈에 대한 탐욕이 없는 게 자못 아쉽기는 했다. 직업 없이 빌빌대는 계부와 눈에 불을 켜고 돈벌이에만 매달리는 엄마의 울타리에서 정서적으로 궁핍하게 살았던 나는, 어릴 적부터 명승지며 휴양지를 두루 돌아다니며 터득했을 것 같은 그의 세련된 매너에 끌렸다.

　내게는 해묵은 순결의식이 없었다. 내 육체의 잠금장치는 분위기와 감정에 따라 얼마든지 풀릴 수 있다는 대범한 의식이 일찌감치 뿌리를 내리고 있었던 것이다. 아쉽게도 내 몸은 싸구려 여인숙에서 처음으로 열렸다. 물론 열쇠는 지방 중소기업 사장의 장남이 쥐고 있었다. 우리는 여름 휴가철인 줄도 모르고 싸돌아다니다가 숙소를 구하지 못했다. 호텔이나 모텔의 객실은 여행객들이 죄다 차지하고 있었다. 내가 남자의 은밀한 신체 부위를 실물로 접해본 고장은, 전국에 이름이 알려진 해수욕장 하나로 근근이 먹고사는 소읍이었다. 애초부터 그곳을 여행지로 삼은 건 아니다. 다른 물에서 놀다가 상경하는 길에 들러 재미를 만끽하다 보니 막차를 놓쳐서 발이 묶인 거였다. 우리는 별수 없이 여인숙에 묵기로 했다. 주인장이 안내해준 방에 들어선 순간 마치 통금시간이 있었던 시대로 되돌아간 것 같았다. 지지리도 초라한 방이었다. 그런데 비좁고 허름한 공간에 들어서자, 어떤 설렘과 흥분과 열기로 몸이 아슬아슬하게 팽창한 고무풍선 같았던 유년 시절의 기억이 되살아났다.

　성교의 첫걸음은 지지부진했다. 통증이 걸림돌이었다. 거칠게 다듬어진 물체가 내 몸의 조밀한 입구를 뚫고 들어오는 것 같아 나는 연방 고통스런 신음이나 내질렀다. 그럴수록 불쾌한 물체가 더 단단해지면서 거침없이 밀고 들어왔다. 어느 순간 내 몸 어딘가가

'쩍' 하고 갈라지는 듯한 소리가 났다. 내가 마치 자연 부화로 깨진 알이 된 것 같은 느낌이 들었다. 그러나 어둠 속에서 희뜩하게 비치는 형광등을 바라보며 통과의례의 뒤끝을 음미하던 나는 실로 어처구니없는 상황에 휘말렸다. 순결을 지킨 여자라는 증거가 이부자리 어디에도 없었던 것이다. 내게 그건 봄날 벚나무에 벚꽃이 피지 않는 이상 현상과도 같았다.

어느 누구도 밟지 않은 눈밭 같은 내 처녀성에 매료되었을 남자가 애매모호한 표정을 지으며 욕실로 들어갔다. 어떤 의심이 자욱하게 깔린 낯빛이었다. 나는 입을 봉했다. 처녀막이 제구실을 못하는 경우도 있나 보더라고, 떠들어봤자 그가 치사한 변명으로 여길 것 같아서였다. 그날 이후 너무 제멋대로다 싶게 나를 상대로 성욕을 채우던 그는 싱거운 인사말을 남기고 호주인지 뉴질랜드로 유학을 떠났다. 그의 외유를 나는 이별로 받아들였다. 나는 그와 마지막 전화통화를 하면서 여인숙의 이부자리에 빨간 꽃잎이 떨어졌다면 그의 태도가 어땠을까 하는 의문을 곱씹었다.

대학 졸업 후 지인의 소개로 인사를 나눈 남자와 일 년가량 만났다. 하지만 어울린 횟수는 잦지 않았다. 그와의 짝짓기는 주로 취중에 이뤄졌기 때문에 나는 그의 섹스 취향을 제대로 알지 못한 채 갈라섰다. 그도 나도 성교를 술자리에 따라붙는 유쾌한 놀이의 일종으로 여겨서 그런지 남남이 되는 건 의외로 쉬웠다.

인태는 내 몸을 속속들이 어루만져준 최초의 남자였다. 우리는 환자와 치위생사로 만났다. 그날 치과 업무를 마감하고 퇴근하려는데 신사복 차림의 남자가 헐레벌떡 뛰어 들어왔다. 집이든 직장에서 자신의 역할을 똘똘하게 해낼 것 같은 인상이었다.

"스케일링하러 왔는데요."

"진료시간이 끝났습니다. 내일 아침 아홉 시에 치과 문을 여니까 시간 맞춰 오시면 먼저 해드릴게요."

"저는 아침 여덟 시에 출근해야 합니다. 오늘이 아니면 짬을 내기 어려워서 그래요. 양치질을 하루에 몇 번씩 해도 입안이 텁텁해서 일에 집중할 수가 없어요. 어디 모자란 사람처럼 혀로 입안을 핥으면서 자꾸 침을 삼키게 되고 밤에 잠도 잘 안 옵니다."

그렇게 스케일링이 간절한 환자는 처음이었다. 계속 거절해봐야 물러설 것 같지도 않았다. 나는 그의 사정을 봐주기로 했다. 저녁 아홉 시가 넘은 시간이었다. 그가 고맙다는 말을 거듭 내뱉으며 내 뒤를 쫓아왔다. 나중에 근사한 곳에서 저녁식사를 대접하겠다는 말도 실없이 나불댔다. 치과에는 우리 둘뿐이었다. 담배를 하루에 한 갑씩 피운다는데도 그의 치아는 깨끗했다. 충치도 없었다. 외모보다 더 믿음성스럽게 생긴 치아였다.

한 달인가 지나서 치과로 나를 찾는 전화가 걸려왔다. 그가 밝은 목소리로 최정수 씹니까? 했을 때 나는 이 남자가 누군가 싶어 잠자코 있었다.

"지난달 수요일 저녁에 정수 씨를 졸라서 스케일링을 했던 사람입니다."

바로 기억이 났다. 그는 핑크색 가운에 부착한 명찰을 보고 내 이름을 기억해뒀다고 했다. 퇴근까지 미루고 스케일링을 해준 정수 씨 덕분에 컨디션을 회복했다면서 오늘 저녁에 만납시다, 라고 박력 있게 소리쳤다. 특히 남자 환자와의 사적인 만남은 한사코 금했는데 박인태라는 남자가 던진 떡밥은 이상하게 입맛이 당겼다. 무엇에 홀린 듯 뜻밖의 저녁 초대에 내가 흔쾌히 응함으로써 우리는 궁합이 꽤나 잘 맞는 연인이 되었다.

그의 애무며 섹스는 상투적이지 않았다. 호프집에서 술을 마시다 나를 화장실로 유인해서는 귀에서부터 젖가슴까지를 입으로 더듬고, 고속버스를 타고 여행할 때는 맨 뒷좌석에 앉아 재주도 좋게 단지 손으로만 성적인 쾌감을 맛보게 해줬다. 야밤에 승용차를 몰고 고속도로를 달리다가 뜬금없이, 네가 내 물건을 가지고 놀아주면 졸음이 싹 가실 것 같은데, 하면서 내게 윙크를 보내기도 했다. 여자화장실이나 고속버스보다야 눈치가 훨씬 덜 뵈는 깜깜한 영화관에서는 도리어 점잔을 뺐다.

인태가 남동생과 동거를 했던 터라 우리는 보름에 한 번꼴로 모텔에서 사랑을 나눴다. 숫처녀가 아니라는 사실을 당연시하는 그의 태도가 마음을 자유롭게 해주면서도 한편으로는 내 몸을 단지 배설의 장소로 여기는 게 아닐까 하는 의구심을 품게 했다.

"오늘은 어디를 집중적으로 먹어볼까. 여기? 아니면 여기?"

알몸인 나를 침대 위에 반듯이 눕혀 놓고 그는 노련한 미식가처럼 요모조모 뜯어보며 말장난을 했다. 인태는 잔재주를 부리면서 성적으로 몸이 둔한 나를 능숙하게 가지고 놀았다. 내 음부를 핥으면서는 자신이 무척 좋아하는 어패류를 먹듯이 쩝쩝거렸다. 땀을 뚝뚝 흘리면서 제 몸의 진액을 쏟아내고 나면 내 검은 잔디에 얼굴을 파묻고서, 나는 숱이 많은 여자가 좋아, 라고 노곤한 목소리로 중얼거렸다. 침대에서의 기술이 이렇게 뛰어난 걸 보면 다른 여자들도 숱하게 끼고 잤겠지, 하는 질투가 틈틈이 고였지만 그건 집착해봐야 부질없는 과거일 뿐이었다.

나는 치과에 출근하는 순간 밤이 기다려졌다. 인터넷의 에로틱한 동영상을 남몰래 훔쳐보면서 인태를 만족시켜줄 몸짓을 머릿속에 그려보기도 했다. 나는 내숭 따윈 걷어치워 버리고 점점 대범해졌다.

"처음에 네 구멍이 얼마나 건조했는지 알아? 불씨라도 떨어뜨리면 확 불이 붙을 것처럼 메말랐었다구. 지금이야 너무 축축해서 탈이지. 내가 길을 제대로 들여놓은 것 같아."

그래서 좋다는 건지 나쁘다는 건지 알 수 없는 말을 종종 흘리면서 인태는 나의 활약에 보조를 맞췄다. 그 무렵에는 침대의 주도권이 거의 내게로 넘어온 상태였다. 나는 섹스를 통해서 자존감 내지는 자족감을 만끽했다. 그건 인태가 느끼는 단순한 쾌락과는 질적으로 다른 감정이었다. 엄마의 생명줄이 속수무책으로 얇아지는 집에서 생활하다 보면 나 자신마저 썩고 있는 듯한 상실감에 시달렸다. 내 육체는 알맹이를 털어낸 깍지나 진배없었다. 사고의 폭과 행동반경은 나날이 좁아졌다. 머릿속은 마치 안개주의보가 내린 밤의 고속도로 같았다. 희소식은 관두고 당장 처리해야 할 근심거리라도 생기면 그 굴곡으로 몸에 좀 탄력이 붙을 텐데 일상은 야속하게도 판판하게 굴러갔다.

그런 와중에 인태가 날아든 것이다. 섹스라는 마약을 장복하지 않았다면 어떻게 버텼을까 하는 생각이 들 정도로 그것은 내게 요긴한 진정제였다. 여느 여자들이 보통 그러는 것처럼 오르가슴을 느끼는 척 꾸며댈 때라도 그것 또한 몰입을 해야 가능한 연기였기에 진정제의 약효는 떨어지지 않았다. 나는 날것 그대로의 나 자신과 대면하기 위해 과감히 밤의 오락을 즐겼다. 벌거벗은 몸이 노골적으로 피어나는 반면 내 목소리는 꺼져 들어갔다. 침대 위에서 발견한 생명력이 가득한 '나'와 무언의 대화를 나눠야 했기 때문이다. 조금 비약해서 설명한다면 내 탐닉에의 강도가 무슨 집념처럼 점점 드세져서 내 의식이 그야말로 몰아의 지경에 매몰되고 말아 말을 잃어버렸을 것이다.

"요즘 왜 이렇게 몸을 들이대. 배란기야? 입을 꾹 다물고 나한테 엉겨 붙는 네가 땅바닥에서 열나게 돌고 도는 풍뎅이 같다. 여자가 너무 섹스를 밝히면 매력이 떨어져. 처음처럼 다소곳해봐. 아무리 갈 데까지 간 사이라도 여자가 좀 슬쩍슬쩍 내보이는 맛이 있어야지. 너의 섹스는 직선적이고 일방적이야. 섬세함이 없다고."

어느 때부턴가 인태는 나를 헤픈 여자로 몰아세우며, 인터넷 쇼핑몰에 올라온 사용후기처럼 걸핏하면 이러쿵저러쿵 타박을 해댔다.

나와 치와와의 대화 내용이 촘촘히 찍힌 모니터를 훑어보다가 컴퓨터를 끈다. 휴대전화 충전, 밤새 피부에 영양을 공급해 줄 기초화장, 뒤꿈치에 풋크림 바르기, 잠옷 갈아입기 등등의 사소한 일들을 생략하고서 나는 침대에 누웠다. 불을 끄자 고요의 무게가 한결 가벼워진 느낌이 든다. 나는 깍지 낀 손을 가슴에 얹고서 눈을 감았다. 치와와의 말마따나 인태에게도 섹스는 보험에 불과했던 것일까. 요긴하다고 느껴서라기보다 보험설계사의 현란한 말솜씨에 넘어가 계약했으나 언제든지 해약할 수 있는 건강보험, 혹은 여행보험.

인태는 오래전에 가입한 '최정수 보험'을 임의로 해지시켜버렸다. 단적으로 말하면 내게 식상한 것이다. 월급 말고는 무엇 하나 물려받을 재산도 없이 홀아버지, 그것도 계부를 모시고 사는 여자가 부담스러웠을까. '최정수 보험'을 만기까지 유지할 경우 계부마저 떠맡아야 한다는 탐탁찮은 책임감이 결별의 욕구를 부추겼을지도 모르겠다. 그렇다면 우리의 이별은 그가 내세운 성격차이도, 내가 짐작하는 성적인 문제도 아닌 우리 집안의 보잘것없는 환경 때문이었나. 생각해보니 한결 설득력 있는 이유다.

빠듯한 연봉에 연연하지 않고 자기 개발을 등한시하면서 인태는 그야말로 적당히 살아갔다. 교통의 요지라 일컫는 도시 근교에서 숙박업으로 돈벌이를 한다는 그의 부친은 부동산에도 투자하여 재산을 상당히 불린 모양이었다. 몇 해 전, 그의 부친이 자식들을 불러 모아 놓고서 앞앞이 일억 원씩 떼어 줬다고 했다. 미리 결혼자금을 나눠 줄 테니 각자 알아서 관리해보라는 지시가 내려졌다는 것이다. 어느 자식이라도 샘을 낼 만한 처세가 아닐 수 없었다. 인태는 자기 몫으로 떨어진 거액의 일부를 아담한 원룸을 사들이는 데 썼다고 귀띔해줬다. 현재 부모가 거주하고 있는 지방의 사립 대학교 주변에 즐비한 원룸 가운데 태깔이 나는 건물을 골라 삼 층의 한 공간을 제 이름으로 등기해놓고 세를 놓은 것이다. 서로의 속내를 웬만큼 보여주고 지내는 사이였는데도 그는 더 이상 돈의 구체적인 행방에 대해서는 말을 삼갔다. 치와와의 예비신랑처럼 씀씀이가 헤프거나 도박에 홀린 것도 아니니 원룸을 구입하고 남은 잔액이 어디선가 착실히 새끼를 치고 있을 터였다.

예전에 인태가 누군가와 통화하면서, 내 수중엔 돈이 없고 대신 알아볼 데는 있어. 그런데 아마 적어도 월 이 부 이자는 줘야 할 거야. 오백이 필요하다고 했지. 기한은 한 달, 이라고 지껄여대는 소리를 들은 적이 있다. 물어보지는 않았지만 친구한테 돈을 빌려 주면서 이자를 이 부씩이나 계산하여 받기가 뭐하니까 어디서 융통하는 것처럼 꾸미는 것 같았다. 인태가 부업으로 삼천만 원 한도 내에서 돈놀이를 하고 있을 거라는 예감도 엉겨붙었다. 돈놀이에서 발생하는 이자와 매달 입금되는 월세가 통장을 살찌울 테니 굳이 연봉을 올리려고 일에 아득바득 매달릴 까닭이 없다고 생각했을 것이다. 돌이켜 보면 인태는 비빌 언덕이 있으니 직장에서 떠밀리지 않을 정도로만 일하면서, 나 편한 대로 살자는 생활신조를 앞세우고 삶을 꾸려간, 그러나 제 앞가림에는 빈틈없는 속물이었던 것 같다.

어느 연인이나 연애기간이 길어지면 진부한 대화에 말거리마저 점점 떨어지기 마련이고, 그러다 보면 자연히 남에 대해 이러니저러니 한다. 나보다 인태가 남의 사정에 관심이 많았는데 무슨 수작인지 부유한 부모를 둔 딸들의 일상사를 내게 곧잘 들려줬다.

"내 친구 외삼촌이 정부 산하 단체의 고위 간부거든. 그 양반이 대학생 때부터 엘리트 코스를 밟았대. 미국 어느 대학이더라? 아무튼 명문대학에서 박사학위도 땄다는 거야. 그 집에 자식이라곤 딸 하나뿐인데 걔도 수잰가봐. 그 외삼촌이 이번 딸내미 생일날 비엠더블유를 선물로 사 줬다더라. 부모의 재력을 알 만하지? 그 재산을 외동딸이 몽땅 물려받을 거 아냐. 앞으로 그 집안의 사위가 될 작자는 복이 쌍으로 굴러 들어오게 생겼네."

인태는 부러운 기색이 역력한 눈을 희번덕거리며 그 온실 속 화초들에 대한 선망과 질투를 속속 드러냈다. 내가 번드르르한 집안의 외동딸이 아니라서 실망스럽겠어, 하고 농담을 던지면 그는 대답 대신 실로 유감스럽다는 듯한 표정을 지어 보이곤 했다.

치와와의 비유를 또 빌리자면 나에게 인태와의 짝짓기는 납입기

한이 긴 연금저축보험이었다. 중간에 어떤 사정이 생기거나 손해 보는 기분이 들어도 가치 있는 보험으로 믿으며 곁에 두려고 했다. 가입자의 처지가 미덥지 않아서 보험회사가 계약을 철회하겠다는데 반발할 까닭이 뭐가 있나. 아니꼬우면 나도 속이 알찬 보험을 골라잡으면 될 일이다. 그러나 나는 당분간 섹스라는 보험에 가입할 마음이 없다. 되도록이면 침대 말고 일상생활 속에서 허물을 벗은 '나'와 조우하고 싶어서다.

 스탠드를 껐다. 어둠이 짓누르는 것처럼 헉, 숨이 막힌다. 나는 둔한 몸을 움직여 엎드린 자세로 누웠다. 등허리가 허전하다. 얼굴을 베개에 파묻은 채 인태와 내가 함께 엮은 날들을 더듬어본다. 하다못해 피라미새끼 한 마리 없이 잡풀만 걸려든 투망을 손에 쥐고 있는 기분이다. 나도 그저 박인태라는 남자를 성능이 좋은 게임기로 여겼을 뿐이라고 자위해보지만 허무한 마음은 그대로다. 치와와가 아니라 내가 섹스 타령 끝에 밤잠을 설치게 생겼다.

13
지문 밟기

점자도서관의 인쇄실로 들어서자 여자들이 둘러서서 케이크를 먹고 있었다. 딸기로 치장한 생크림 케이크였다. 케이크에 박혀 있는 딸기만 쏙쏙 골라 먹던 '희한한 목소리'가 나를 몰라보고 멍한 표정을 지었다. 다른 여자들도 누구지? 하는 눈빛을 서로 나눴다.

"이번 주부터 교정봉사를 하기로 했는데요."

"아, 네에. 성함이 어떻게 되시죠오?"

희한한 목소리가 생크림이 허옇게 묻은 포크를 쪽 빨아 먹으며 물었다.

"유정수예요. 저번 주 토요일에 면담했는데요."

나는 봉사신청서에 '유정수'라고 기입한 사실을 깜박 잊고 하마터면 '최정수'라고 대답할 뻔했다.

"아, 기억나요, 기억나. 그때 나가다가 여기에 발이 걸려서 넘어질 뻔하셨죠오?"

그녀가 복잡하게 꼬인 전선을 가리키며 눈웃음쳤다. 여자의 고음은 잔잔한 호수에 마구 떨어지는 돌멩이 같다.

"이리 오셔서 케이크 좀 드세요오? 달지 않고 맛있습니다아?"

감색 앞치마를 두른, 살결이 뽀얀 여자가 옆으로 비켜서며 자리를 만들어 줬다. 그녀가 건네준 포크로 나는 생크림을 조금 떼어 먹었다. 생크림이 혀에 물처럼 스며든다. 새하얗고 뭉실뭉실한 구름의 맛이 이렇지 않을까 싶다. 느닷없이 들어온 방문객 때문인지 원래 이런 분위기인지 입맛 다시는 소리밖에 안 난다. 중년 여자가 입맛을 다시며 창가로 걸어갔다.

"좀 더 드시지요오?"

"아침밥을 먹고 와서 배부르네."

다소곳이 서서 깜찍한 스푼으로 생크림만 떠먹고 있던 여자가 '희한한 목소리'한테 오늘 업무 스케줄에 대해서 물었다. 희한한 목소리의 입에서 일거리가 줄줄 쏟아져 나왔다. 귀가 따갑다. 대화 내용을 들어보니 그녀는 봉사확인서가 필요한 대학생, '희한한 목소리'는 인쇄실 실장이었다.

"다음부턴 여기로 곧장 가시면 됩니다아?"

인쇄실 실장이 뒤돌아보며 내게 말했다. 무슨 서류를 들고서 지하로 내려가는 그녀의 발걸음이 재바르다. 저 여자는 사소한 일이라도 자기 손을 거쳐야 직성이 풀리는, 그래야만 탈이 생기지 않는다고 우기는 타입일 것이다. 그녀가 '점역편집실'의 출입문을 기운차게 잡아당겼다. 상사와 말단은 문을 여는 스타일부터 다르다.

꾸밈없이 소박한 실내였다. 청록색 파티션으로 울을 친 공간에서 뭔가에 열중하고 있는 사람들의 머리통이 언뜻언뜻 보였다. 어느 누구도 이쪽으로 고개를 돌리지 않는다.

"임영미 간사니임? 봉사자님이 새로 오셨어요. 봉사확인서는 필요 없으시답니다. 일주일에 한 번씩 오시겠대요. 시간은 아침 아홉시부터 정오까지고요. 유정수 씨, 많이 도와주세요오?"

그녀가 눈을 찡긋거리면서 가식적인 웃음을 끼얹고 되돌아 나갔다. 얼굴이 파리한 간사가 나를 파티션이 드리워진 공간 밖의 자리로 안내했다. 이쪽은 자원봉사자, 저쪽은 직원들의 자리인가 보다. 밖에 내놔봐야 어느 누구도 손대지 않을 책상과 컴퓨터가 일직선으로 놓여 있다. 간사가 컴퓨터 전원을 켜더니 반갑다든가 수고하시라는 따위의 흔해터진 인사말조차 아끼고 자리를 떴다. 내 옆자리에는 야구 모자를 덮어쓴 여자가 앉아 있었다. 여드름이 얼굴에 빼곡히 깔린 뚱뚱이였다. 그녀는 경제 관련 서적과 모니터에 번갈아 눈길을 주며 기다란 종이에 뭔가를 적고 있었다. 뚱뚱이 또한 새로운 자원봉사자를 본숭만숭했다. 누가 들어오거나 말거나 자기 일만 하면서 정해진 시간을 채우면 된다는 태도다.

머리숱이 적어서 이목구비가 도드라져 보이는 여직원이 내게로 걸어왔다. 그녀가 예의상 목례를 하더니 교정하는 방법을 알려주겠다고 말했다. 오전 아홉 시가 약간 지난 시간인데도 그녀는 일에 지친 표정을 하고 있었다. 그녀가 책장을 살펴보더니 두께가 얇은 책을 꺼냈다.

"봉사자님이 교정해주실 수필집이에요. 다른 봉사자가 이 도서의 내용을 컴퓨터에 입력해놨어요. 점자도서는 일반도서와 입력 방법이 달라요. 원본과 대조하면서 오타, 빠진 단어·문장들을 철저히 잡아주시면 됩니다. 디스켓에 저장한 파일은 반드시 바탕화면으로 불러내서 작업하세요. 순간의 실수로 문서가 날아갈 수도 있으니까요. 작업을 마치면 다시 디스켓에 저장하세요. 먼저 큰 제목은 여섯 칸, 작은 제목은 네 칸, 본문은 두 칸 들여쓰기 합니다. 들여쓰기를 한 뒤엔 제목 앞뒤에 골뱅이를 두 개씩 찍어주세요."

여자가 '교정 방법'이 적힌 A4용지에 샤프펜슬로 밑줄을 그어가며 설명했다. 중간점·하이픈 따위의 특수문자는 삭제 후 한 칸 띄우고, 큰 제목과 작은 제목, 본문 사이에는 공백이 없어야 한다. 한자는 필히 음으로 풀어 쓰되, 괄호는 따옴표로 바꾼다. 교정 방법이 꽤 까다로웠다. 여자가 예를 들어가며 어리둥절해하는 나를 이해시켰다. 나는 헷갈려 죽겠는데도 일단 고개를 끄덕거렸다.

지난해 정년퇴직한 고등학교 수학교사가 엮은 수필집은 레이아

웃이며 내용이 두루 조잡스러웠다. 오문과 비문은 말할 것도 없고 의미가 불분명한 문장들도 허다했다. 내게는 틀린 문장을 바로잡을 권한이 없었다. A4용지에 명시된 규정을 지키면서 수필집과 똑같이 교정을 봐야 한다. 빛을 잃은 사람들이 이런 모호한 문장을 손으로 더듬어 읽으면 번번이 소통 불능의 벽에 부닥칠 것 같았다. 어쩌면 그들은 제멋에 겨워 나대는 문장들과 접촉하면서 일상에서 보다 더한 소외감을 느낄지도 모른다.

A4용지와 수필집과 모니터에 나는 골고루 눈길을 건넸다. 직원이 지시한 대로 길쭉한 종이에 오늘 날짜를 적고서 틀린 글자를 어떻게 바로잡았는지도 일일이 기입했다. '35p 바란과—바람과', 이런 식이었다. A4용지에 적힌 규칙을 참고하며 꼼꼼히 교정을 보면서도 내가 제대로 작업을 하고 있는 건지 의심스러웠다. 아리송한 대목과 맞닥뜨리면 나는 뚱뚱이에게 도움을 청했다. 그녀는 눈을 멀뚱거리며 바위처럼 앉아서 매번 머리를 절레절레 흔들었다.

"제……가 알려드……릴게요"

나는 흠칫 놀랐다. 몸이 약간 휘어지고 두 손이 뒤틀린 여자가 꼭 울상을 짓는 것처럼 보이는 미소를 흘리며 내 등 뒤에 서 있었다. 그녀는 단발머리에 금테안경을 꼈다. 점자도서관에서 채용한 지체장애인인 모양이었다. 말을 하지 않는데도 그녀의 입과 볼이 꼬물꼬물 움직였다. 의미 없는 어색한 움직임을 그녀 자신도 의식하지 못하는 것 같았다. 나는 그녀에게 얼른 자리를 내줬다. 그러고는 그녀가 마치 가는귀먹은 사람인 것처럼 크고 정확한 목소리로 알쏭달쏭한 부분을 물어봤다. 그녀가 상체를 반 바퀴 돌리더니 또 울상 비슷한 미소를 지으며 꼬부라든 손가락으로, 그러나 나보다 더 능숙하게 키보드를 쳤다. 궁금증이 간단히 풀렸다.

"잘하……셨는지 제……가 바……드릴……게요."

그 한 문장을 내뱉는데 몸 전체가 움질거렸다. 그녀가 모니터에 띄워 놓은 내 작업물을 찬찬히 뜯어봤다.

"아주 자……알하……셨씁니……다."

그녀한테 칭찬을 들으니까 웃음이 비어져 나왔다. 그때 점역편집실에 전화벨이 울렸다. 어떤 남자가, 나영 씨 인쇄실에서 내일 출고할 도서 목록을 보내 달라는데? 하며 이쪽에 대고 소리쳤다. 누군가가 서툴게 조립한 듯이 보이는 몸을 일으켜 세우면서 그녀가 네에, 하고 상냥하게 대답했다. 내게 교정하는 방법을 가르쳐준 여자가 그녀한테 다가오더니 서류의 어떤 부분을 가리키며 말을 건다. 나영이란 장애인이 여기서 꽤나 쓸모 있는 일꾼인가 보다. 굽은 나무가 선산을 지킨다는 속담이 전광게시판의 글씨처럼 내 머릿속에서 깜빡거렸다.

열 명 남짓한 사람들이 어울려 있었지만 사무실은 조용했다. 괴괴한 사무실의 공기를 환기시켜주듯 이따금 전화 벨소리가 들려왔다. 그들은 개인적인 용무가 있을 때도 살금살금 나갔다 들어오곤 했다. 사무실 밖에는 커피나 녹차를 자유롭게 타서 마시라고 간이

테이블이 마련되어 있었다. 한 시간에 보통 여섯 쪽씩 진도가 나간다는데 나는 겨우 두 쪽을 손봤다. 눈이 시고 팔이 뻐근하다. 일이 어느 정도 손에 익숙해지니까 커피 냄새가 그리워졌다. 나는 지금까지 교정한 내용을 플로피 디스켓에 저장해 놓고 밖으로 나갔다.

사방에서 기계소리가 활기차게 들려온다. 기적소리와 흡사한 소음을 듣고 있자니 기차를 타고 어디론가 떠나고 싶어진다. 가격이 저렴한 패키지 여행상품을 철도청에서 자주 선보이던데, 이번 주말에는 기차여행이나 할까. 이렇게 의욕이 뻗치다가도 막상 철도청 홈페이지에 들어가 눈이 꽂히는 철도여행 상품을 발견하면 나는 또 핑곗거리를 만들어 계획을 흐트러뜨리고 만다. 알다가도 모를 변덕이다. 작업복 차림의 남자가 층계를 재빠르게 내려와 점역 편집실로 들어갔다. 간이 테이블 위에는 일회용 커피와 녹차가 넉넉히 준비되어 있다. 일당이 없는 대신 차 인심은 후하다. 나는 정수기에 기대서서 커피를 마셨다. 달착지근하면서도 구수한 맛이 피로를 녹여준다.

어젯밤, 치와와가 임신 소식을 알렸다. 그녀의 애완견이 새끼를 뱄다는 소리를 들은 것처럼 나는 무덤덤했다. 치와와의 혼전 임신을 진작 예상하고 있었기 때문이다. 그녀는 임신보다도 마침내 한 남자를 소유하게 되었다는 성취감에 들떠 있었다. 근래 들어 부쩍 초조해하던 그녀의 마음을 헤아려보면 간밤의 호들갑을 이해 못할 것도 없다. 치와와는 결혼 날짜를 잡았으면서도 까닭 없이 생가슴을 앓았다. 중간에 액운이 껴서 결혼식이 파투 날 것 같다는 거였다. 날마다 전화를 걸어 음울한 목소리로 징징거리니까 진짜로 무슨 일이 터질 것만 같았다. 나는 하다못해 대낮에 천둥이라도 치길 바랐다. 저렇게 벼락이 일어나려고 네 마음이 불안정했던 거야. 이런 얼토당토않은 말이라도 지껄여 치와와의 막연한 불안을 가라앉혀주고 싶었으니까. 이즈막에는 치와와의 강박관념이 나한테까지 옮겨와 잊을 만하면 한 번씩 가슴을 훑고 지나갔다.

그녀는 급기야 점까지 보러 다녔다. 신촌의 한 언덕배기에 용한 점집이 있다고 했다. 치와와는 나더러 함께 가자고 날이면 날마다 졸라댔다.

"일반 점쟁이하고 다르대. 생년월일이나 태어난 시간도 안 물어보고, 손님의 얼굴만 쳐다보고는 처방전을 준다더라."

"생년월일이나 태어난 시도 모르고 점을 본다는 게 말이 되냐? 그런데 무슨 처방전을 준다는 거야."

"된장을 세 번 찍어 먹고 쌀뜨물을 마시라든지, 집에 들어갈 때 문밖에서 머리카락을 몇 가닥 뜯어 버리라든지, 아무튼 점쟁이가 시키는 대로 하면 일이 술술 풀린대. 같이 가자, 응?"

급기야 허무맹랑한 점괘에 놀아나는 치와와가 한심스러웠다. 요지경 속 같을 점집을 한번 들여다보고 싶은 마음이 없지 않았으나 시간이 엇갈렸다. 그 점쟁이는 오전 열 시부터 열두 시, 오후 두 시부터 여섯 시까지만 영업을 한다는 거였다. 게다가 주말에는 반드시 문을 걸어 잠근다고 했다.

　며칠 뒤 치와와가 그 점쟁이에게서 처방전을 받아 왔다.

　"불상을 모신 제단 앞에서 투실투실한 여자가 승복을 입고 앉아 있는 거야. 날 보자마자 무엇 때문에 왔느냐고 묻더라? 내 복잡한 심정을 털어놨지. 그랬더니 눈을 감고서 한 십 분쯤 입속말을 하더라구. 이따금씩 몸을 꿈틀거리면서."

　"너한테는 고추장을 찍어 먹으라고 하디?"

　"저녁 일곱 시가 넘으면 목욕을 하고서 참기름 냄새를 맡으래. 오는 길에 마트에 들러서 가장 비싼 걸로 한 병 사 왔어."

　아침 일찍 갔는데도 대기실에 손님이 한가득 있더라고 했다. 대부분 단골손님이었다니 뜬소문 같은 처방이 제법 먹히는 모양인데 그게 무슨 조홧속인지 기가 찰 뿐이었다.

　치와와는 틈만 나면 나한테 푼돈을 빌려 홍성으로 내려갔다. 뮤지컬의 단역도 거의 끊기다시피 해서 그녀는 보통 사나흘씩 뭉그적거리다 돌아왔다. 나는 그처럼 빈번한 육체적 연결이 원치 않는 임신을 초래하리라 단정했지만 바로 그 일탈이야말로 또 다른 꿍꿍이셈인 줄은 미처 몰랐다. 어느 날 치와와는 배란일에 맞춰 집중적으로 섹스를 해도 불청객이 정확한 날짜에 방문한다면서 투덜거렸다. 우리는 생리할 때 '마술에 걸렸다'고 하지 않고 '불청객이 찾아왔다'고 표현했다. 우정관계라기보다도 인간관계를 엇박자로 유지하는 우리가 생각과 표현에 있어 유일하게 일치를 본 대목이다. 그녀는 이십 대 중반에 저지른 낙태수술이 불임을 유발시키나 해서 속을 태우기도 했다.

"그렇게 답답하면 산부인과에 가서 검사를 받아봐."

"싫어. 정말로 불임증이란 진단이 나오면 어떡하니. 이래저래 스트레스 받아서 피부에 뽀루지투성이야. 어제도 오빠랑 대판 싸웠어. 그나저나 불청객을 무슨 수로 몰아내지?"

치와와 커플은 하루가 멀다 하고 찌그럭거렸다. 이기적이고 자만심이 넘치는 그녀의 성향을 누구보다 잘 알아서 나는 무조건 미지의 예비신랑 편이었다. 물론 겉으로야 치와와를 두둔했다. 스스로 판단할 때 방송인 아들과의 결혼은 밑지는 투자가 아니었으므로 치와와는 앙칼지게 굴다가도 이내 꼬리를 내렸다.

어젯밤 그녀는 시댁식구들에게 임신소식을 전했으니 앞으로 대우가 달라질 거라면서 호기만발했다.

"오늘 선생님께서 직접 전활 주셨어. 굵직하니 세련된 음성으로 축하한다, 고맙다, 그러시는데 정말 황홀하더라. 선생님 연세가 많으시잖니. 말은 안 하셔도 친손자를 얼마나 기다리시겠어. 두 딸을 오래전에 출가시켜서 손자손녀들이야 많지만 어디 친손자만 하겠니? 시어머니도 이제 나를 함부로 대하지 못할걸. 점쟁이의 참기름 처방의 효험이 기막히게 나타났어. 너도 시간 내서 꼭 가봐."

그토록 고대하던 수태를 하여 임금의 사랑을 독차지한 후궁처럼 치와와는 기가 펄펄 살아 나부댔다. 아직 복숭아씨보다 작을 태아를 아들이라고 확신하면서. 그녀의 선부른 기대가 또 어떤 잡음을 몰고 올지 내심 염려스러웠지만, 임신을 계기로 징얼거리는 전화를 받지 않게 생겼으니 나로서도 우선 홀가분했다.

정오가 되자 점역편집실 직원들이 하나 둘 자리를 떴다. 임영미 간사가 다가오더니 뚱뚱이에게 점심식사를 어떻게 하겠느냐고 물었다. 뚱뚱이가 밖에 나가서 먹고 오겠다며 지갑을 챙겼다.

"저는 열두 시까지 하기로 했어요."

"그럼 여기에 성함과 연락처를 적어주세요. 다음에 오실 날짜와 시간, 그리고 도서 제목이랑 작업 분량도 써주시구요. 바탕화면에 있는 문서를 디스켓에 옮겨 저장하시면 됩니다. 수고하셨어요."

내게 교정 지도를 했던 여자가 저만치서 도시락을 들고 서 있었다. 점심값을 아끼려고 임영미 간사와 사무실에서 도시락을 까먹는 눈치였다. 간사가 건네준 종이는 자원봉사자들의 필체로 빼곡했다. 대부분 대학생들이었다. 업무일지에 나의 흔적을 남기고서 교정문서를 디스켓에 저장하려 하자, 간사가 새침한 얼굴로 자신이 하겠다며 마우스를 가로챘다. 얼른 밥을 먹어야겠는데 눈치도 없이 꿈지럭거리니까 답답했던 모양이다. 나는 인사를 하는 둥 마는 둥 하고 괜스레 눈치를 보며 점역편집실을 빠져나왔다. 시간과 교통비를 낭비하며 끼어든 자원봉사건만 그녀들이 나를 요령이나 피우다가 두둑한 일당을 챙겨 들고 나가는 얌체 취급을 하는 것 같아 기분이 께적지근했다.

오늘 치과에 출근하지 않았다. 작은아버지가 돌아가셨다고 거짓말했다. 새벽에 눈을 뜨니 몸이 침대에 찰싹 들러붙어 마음대로 움직여지지 않았다. 한기도 들었다. 내 몸 어딘가에 틈이 생겨 찬기가 스며드는 듯했다. 이따금 겪는 증상이다. 몸이 갈라지는 것 같은 신호가 오면 나는 꼼짝없이 무력감에 빠졌다. 아버지와 보낸 한로의 술자리를 나는 머릿속에서 지우려 애썼다. 그러한 의식적인 망각 행위가 몸에 틈새기를 만들었나 보다. 잠자리에서 겨우 일어나 바람이나 쐬려고 집을 나섰다가 무작정 점자도서관으로 발길을 돌린 것이다. 매주 토요일에 자원봉사를 하기로 약속했지만 요일을 어긴다고 그쪽에 해가 되랴 싶었다.

전철역에서 걸어오는 길에 냉동만두와 오렌지를 샀다. 붉게 치장한 가로수를 보자 다디달게 익어가는 가을 냄새가 맡아졌다. 평일 낮에 동네를 배회하니까 직장에 얽매여 있는 사람들의 시간을 내가 헐값에 사들인 기분이 든다. 내가 걷고 있는 길 좌측은 공사 중이고 우측으로는 상가들과 아파트가 도열해 있다. 굴삭기가 몸을 뒤틀면서 으르렁거린다. 나는 공사개요 안내판 앞에 멈춰 섰다. 회색 가리개를 높이 두르고서 모양내기에 바쁜 이곳은 유료주차장과 근린공원이 있던 자리였다.

작년 초가을, 구청에서 공원화 공사 계획을 발표하자마자 남루한 공원과 주차장이 신속히 모습을 감췄고 굴삭기가 땅을 갈아엎었다. 아파트와 이어진 좁다란 길로 들어서면 흙을 군데군데 산더미처럼 쌓아 놓은 공사현장이 보였다. 엄청난 부피의 흙더미가, 정처 없이 떠돌다 죽은 사람들을 한데 파묻은 무덤으로 비쳐서 밤에 그곳을 지나칠 때면 좀 으스스했다. 나는 상상의 무덤들이 거북살스러워 깔밋한 공원이 탄생할 날만을 손꼽아 기다렸다.

 아파트의 현관문을 열자 익숙한 어둠이 나를 잡아끈다. 황 여사는 집에 있다. 그녀의 낡은 단화 옆에 구두를 벗어 놓는다. 나는 곧장 욕실로 들어가 손을 씻으면서, 만둣국을 끓일 테니 함께 점심식사를 하자고 말을 붙여볼까, 잠깐 고민에 빠진다. 하지만 이내 마음을 돌려세운다. 둘 사이의 거리를 좁히다 보면 피곤한 일이 많아질 것 같아서다. 전자레인지에 냉동만두를 데워 먹으려고 주방으로 가다가 나는 발걸음을 멈췄다. 거실이 뭔가 달라졌다.

 나는 잽싸게 눈을 굴렸다. 낯선 기운을 흩뿌린 정체는 커튼이었다. 하양과 연두로 산뜻하게 조화를 이룬 커튼이 집 안의 견고한 정적을 조금씩 흡수하고 있었다. 싱그러웠다. 저 자리에는 이때까지 망사커튼이 걸려 있었다. 금싸라기참외, 개구리참외, 깐치참외, 오복참외가 마구 쏟아져 나오던 계절에 엄마의 초상을 치렀고, 당신이 그해 늦봄에 바꿔 달은 망사커튼을 여태 놔둔 것이다. 엄마가 그리워서 망사커튼을 고집한 건 아니었다. 일찍 숨을 거둔 부모를 생각하면 단명도 유전인가 싶어 건강을 챙기다 보니 시간이 흘러버린 것이다.

 그간 나는 종합검진을 받았고, 녹즙이며 우유를 배달시켜 먹었으며, 검도와 수영도 배우러 다녔다. 건강기능식품이라 불리는, 꼭 오미자처럼 생긴 영양제도 아침저녁으로 스무 알씩 먹었다. 과유불급이란 사자성어를 무시하듯이 나는 몸에 뭐가 좋다는 소문이 방송이나 신문에 퍼지면 구매 행위를 서슴지 않았다. 지금은 건강기능식품 따윈 일절 먹지 않고 우유마저 배달을 중지시켜버렸다. 허탈하게도 인생 초반에 고아신세로 전락한 것처럼 건강도 팔자라는 생각이 들었기 때문이다.

버드나무를 연상케 하는 커튼이 식욕까지 돋우게 했음에도 불구하고 나는 내심 불쾌했다. 망사커튼이며 원목탁자가 온데간데없어서였다. 울컥하는 심정에 한마디 하려고 발을 떼는데 때마침 안방에서 황 여사가 걸어 나온다. 그녀는 파자마 위에 굵은 털실로 짠 카디건을 걸치고 있었다. 황 여사가 카디건을 여미며 깜짝 놀라는 표정을 지었다. 〈자화상〉 속의 사내가 걸어 나온 것 같아 나도 멈칫했다.

"저 커튼은 뭐고, 여기 있던 탁자는 어디에 두셨어요?"

누가 들어도 다분히 따지는 말투다.

"커튼은 문간방에 갖다 뒀고, 탁자는 베란다로 옮겨 놨어요."

뭐가 잘못되었냐는 듯 그녀가 뜨악한 표정으로 대꾸했다. 당황스러웠다. 나는 문간방 처녀지 주인집 처녀가 아니라는 사실을 또 망각하고 있었다. 이 아파트의 소유자는 엄연히 황 여사다. 그녀가 당장 살림살이를 빼라면 군말 없이 처분해야 하는 것이다. 생각만

해도 심란하다. 짐스러운 가구들을 일정 기간 동안 맡아주겠다는 보관각서를 쓴 것도 아닌데다 그녀의 마음은 언제든지 변할 수 있으므로 미운털이 박혀서는 안 된다.

"제가 만두를 사 왔는데 점심 안 드셨으면 함께 드시죠."

그때 주전자에서 물이 끓는 소리가 났다. 황 여사가 날렵하게 자리를 옮긴다. 본의 아니게 그녀와 또다시 식탁에 마주 앉게 되었다.

전자레인지에 데운 냉동만두를 무슨 맛으로 먹느냐면서 그녀가 냄비에 찔 채비를 한다. 양념장도 만들었다. 작은 구멍이 촘촘히 뚫린 원형의 스테인리스 채반에서 건져낸 만두의 속살이 훤히 비친다.

"오늘도 월차 받았어요?"

"월차는 한 달에 한 번 쉬는 거구요, 오늘은 사정이 생겨서 조퇴했어요."

그런 질문을 당연히 받을 줄 알고 미리 준비해둔 대답이다. 황 여사가 만두에 거듭 입김을 불더니 양념장을 앞뒤로 묻혀 입안에 넣었다.

"집에서 하루 종일 뭐하며 지내세요?"

"……나 자신을 견뎌요."

겨울 나뭇가지의 눈꽃이 가슴속으로 툭 떨어지는 듯한 쓸쓸한 말투다. 내 귀에는 그 묵직한 대답이 속세를 등진 수도사, 혹은 고독을 자처한 예술가들한테나 어울리는 말로 들렸다. 그러고 보니 안방에서 모질음을 쓰다 나온 것처럼 황 여사의 얼굴이 푸석푸석하다.

"묵상하는 것도 좋지만 건강 생각하셔서 이따금 산책도 하세요. 주변에 아담하고 예쁜 공원이 많아요."

"그래도 매주 화요일과 주말엔 하루해가 언제 졌는지도 모르게 바쁘게 살아요."

"주말에는 교회에 가실 테고, 혹시 노인대학이라도 다니세요?"

"아니, 성공아카데미라는 곳에 나가요. 삶의 방향을 바꿔주고 잃어버린 꿈을 찾아주는 수업을 듣고 있어요."

"잃어버린 꿈을요?"

나도 모르게 콧방귀가 터져 나왔다. 그녀가 컵에 물을 따랐다. 기분이 상한 얼굴은 아닌데 재차 실수를 한 것 같아 뜨끔하다.

"성공아카데미에 나간 지 삼 주 됐어요. 이리로 이사 오니까 거기 가는 데 시간이 배로 걸리네요. 그래도 삼 개월치 수업료를 한꺼번에 냈으니 결석하지 말아야지."

"수강료까지 받는군요."

"그럼요, 젊은 양반들이 실패하고 좌절한 사람들을 좋은 길로 안내하려고 목이 터져라 수업하는데 마땅히 보답을 해야지. 그이들 말대로 진정 새로운 삶이 열리고 내 꿈을 되찾아준다면 그깟 돈이 뭐가 아깝겠어."

"수강생들은 많아요?"

"직장인, 대학생, 주부, 실직자, 나 같은 노인네, 별별 사람들이다 모였어요."

"강의하시는 분 나이가……."

"삼십 대 중반쯤 됐을라나. 젊은 양반들이 황 여사님, 황 여사님, 하면서 얼마나 살갑게 구는지. 거기 모인 이들은 모두 상처받은 사람들이에요. 그들에게 은총을 베풀어달라고 날마다 하나님께 기도해요."

그렇게 열심히 기도하면 삶이 올곧은 방향으로 흘러갈 텐데 돈까지 들여가며 그딴 강의를 왜 듣느냐고 부드럽게 핀잔을 주고 싶었지만 관뒀다. 물에 빠진 그녀가 '성공아카데미'라는 지푸라기를 붙잡고 있는 듯한 느낌이 얼핏 들었기 때문이다. 보나마나 줏대가 없고 아버지처럼 대인관계가 부실하며 현실감각이 떨어지는, 병약한 환상에 사로잡힌 사람들이 성공아카데미로 몰려들 터였다. 성공아카데미의 수업내용보다 강사의 나이가 더 같잖았다. 삼십 대 중반은 실패와 좌절을 맛봐야 할 시기지 수강생들의 허약한 삶을 놓고 이래라저래라 훈수하며 깝신거릴 나이가 아니다. 그래도 성공아카데미는 불황을 모르고 꾸준히 수익을 올릴 것이다. 입이 곧 돈줄인 만큼 강사들의 '말발'은 시쳇말로 기찰 테고, 기름기가 좔좔 흐르는 말은 중독성이 강한 법이니까.

나는 만두를 건성건성 씹으면서 이론으로 무장한 '젊은 양반들'에게 기대어 그녀가 찾으려는 꿈이 무엇일까 하는 의문을 떠올렸다. 우리가 계약서로 맺어진 관계가 아니었다면 당장 물어봤을 것이다. 그녀와 떨어져 있으면 렘브란트를 닮은 얼굴이 친근감을 안겨주는데 막상 대면하면 주인과 세입자 사이에 놓인 유리벽이 또렷하게 보였다.

책상 위에 망사커튼이 단정하게 개켜져 있다. 섬유유연제 냄새가 향기롭다. 그녀가 손수 세탁까지 했다. 엄마의 손길이 닿은 마지막 빨랫감을 남이 빨게 해서는 안 되는 거였다. 그녀의 친절이 야속하다. '우리 집'에 세를 든 건 아무래도 어리석은 판단이었나. 엄마도 아버지도 가볍게 놓아버린 끈을 나 혼자 악착같이 붙잡고 있는 기분이 든다. 햇살까지 내 마음을 집적거린다. 나는 광선을 덜 받는 쪽으로 자리를 옮겼다. 퍼즐잡지가 배달되지 않거나, 아버지의 일회용 면도기가 안 보이고, 여자들 옷뿐인 빨래건조대에 눈길이 닿으면, 뜨거운 물 한 방울이 손등에 툭 떨어지는 순간처럼 가슴이 따끔해진다. 그건 예전에 알고 지냈던 사람이 별안간 떠올라 동작을 멈추고 회상에 젖는 것과 같은 일시적인 그리움이다. 살림살이를 없애 버린다고 해서 엄마에 대한 기억과 추억마저 소멸하지는 않는다. 생부와 나의 인연은 짧았지만 민들레씨의 촉감 같은 미세한 연민이 마음 한구석에 단단히 맺혀 있다. 피붙이와 타인의 차이일 것이다.

화곡동에서 만난 아버지의 넋두리가 진주색 벽지에 줄줄이 찍힌다. 오늘밤 저 벽은 무수한 형체와 문장들로 채워져 내 수면을 철저히 방해하겠지. 매니큐어를 칠하고 지우며 불면증을 달래는 것도 따분하다. 나는 손바닥으로 얼굴을 가렸다. 거실인지 주방에서 단조로운 리듬이 들려온다. 황 여사가 찬송가를 흥얼거린다. 조각조각 깨진 노랫말이 부유식물처럼 내 머릿속에 떠다닌다. 술에 취한 아버지의 더듬거리는 말소리도 밀려든다. 나는 핸드백을 챙겨 들고서 방문을 박차고 나갔다.

집 근처 버스정류장의 벤치를 볼 때마다 저걸 그대로 들어 올려서 우리 집 베란다에 놓고 싶은 욕심이 생긴다. 그만큼 벤치가 견고하고 실용적이며 생김새도 수수하다. 엉덩이에 닿는 산뜻한 촉감도 만족스럽다. 온돌 침대에 앉아 있는 기분이라고 할까. 등산복 차림의 중년 여자가 벤치에서 조금 비켜서서 휴대전화를 만지작거리고 있었다. 잘록한 허리에 비해 어깨와 엉덩이가 지나치게 넓고 펑퍼짐했다. 운동신경이 남다르게 발달했을 것 같은 몸매다. 균형미는 없지만 건강미만큼은 물씬 배어 나온다. 남한산성으로 가는 버스가 여기서 선다. 산행하기에 최적의 날씨다.

나는 벤치에 앉아 얼굴을 하늘로 향했다. 비타민 D는 햇빛에 의해 피부에서 합성할 수 있으므로 하루 이십 분쯤 볕을 쬐는 게 좋다. 나는 눈을 감고서 머리를 좌우로 천천히 돌리며 짯짯한 햇살로 얼굴을 씻어냈다. 버스정류장 표지판 아래 서 있는 여자 등산객이 귀에 익은 노래를 흥얼거린다. 어디서 들은 노래더라. 나는 햇볕을 쬐다 말고 귀를 곤두세운다. '어쩌다 생각이 나겠지 냉정한 사람이지만……산을 너엄고 머얼리 머얼리…….' 뒷짐을 진 여자가 발끝으로 보도블록을 문지르면서 대중가요의 저음과 고음을 넘나든다. 순간 머릿속에서 노래 제목이 튀어 오른다. 저건 그 옛날 엄마의 가슴을 미어지게 했다던 노래다.

"서울 동대문 시장에 도착하면 새벽 두 시야. 거긴 대낮이지. 그때부터 큰 가방을 다섯 개씩 둘러메고 상가를 돌아다니며 물건을 해. 다른 사람들은 틈틈이 포장마차에 들어가 이것저것 잘도 사 먹는데 난 도통 입맛이 없어서 빈속으로 돌아다녔어. 다섯 개의 가방에 옷을 잔뜩 넣고서 관광버스로 돌아오면 날이 훤히 새. 하도 허기져서 빵과 우유를 먹으려면 그게 또 안 넘어가. 너무 지치면 침 삼킬 힘조차 없거든. 그런데 그 관광버스 운전기사가 '이별'이란 노래를 줄곧 틀어댔어. 그것도 한강대교를 건널 때 맞춰서. 그 노래를 듣다 보면 지난날이 무슨 영화 필름처럼 스쳐 지나가면서 가슴이 미어지곤 했어. 지금도 그 유행가를 들으면 까마득한 시절이 어제 일처럼 선명해져."

엄마가 입원 치료를 받을 때 병원 로비에서 혼자 중얼거린 말이다. 그때 몇몇 환자들과 우연히 '가요무대'라는 프로를 시청했는데, 어느 트로트 가수가 '이별'이란 노래를 불렀다. 여러 해 동안 지방에서 숙녀복 장사를 했던 엄마는 내 기억으로 일주일에 한 번 꼴로 동대문시장에 갔던 듯싶다. 양품점에 신상품을 진열하기 무섭게 옷이 팔려서 서울행이 잦았던 것이다. 그때는 대수롭지 않게 들렸던 노래에 담긴 사연이 오늘따라 가슴을 긁어대는 이유가 뭘까. 어서 르네상스 모텔로 가야만 갑작스레 더 산란해진 마음이 진정될 것 같다.

나는 때마침 달려온 버스에 냉큼 올라탔다. 버스가 바쁜 내 마음을 알았다는 듯이 후딱 내뺐다. 번듯하나 야하고, 상스럽긴 한데 그들먹한 건물이 내 앞에서 우쭐거리며 무슨 냄새라도 맡을 듯이 바싹 다가왔다.

"월풀욕조를 갖춘 특실은 다 찼어요. 일반 객실도 몇 개 안 남았습니다. 삼십 분만 늦게 오셨으면 일반 객실마저 놓쳤을 거예요. 운이 좋으신 겁니다."

"평일인데도요?"

"요즘은 평일, 주말이 따로 없어요. 오곡백과가 무르익는 가을 아닙니까."

남방 단추를 가슴까지 풀어 헤친 남자가 느끼한 미소를 흘리며 숙박 카드를 내밀었다. 불그레한 그의 목에서 금목걸이가 야단스럽게 빛났다. 월풀욕조에서 거품목욕을 할 수 없다면 르네상스에 묵으나마나다. 하지만 숙박비를 지불했다. 그냥 등을 돌리면 내가 운을 차버린 것이란 생각이 들어서였다. 나는 르네상스의 문지기에게 키를 받아 엘리베이터 대신 계단을 타고 올라갔다.

르네상스 오백육 호. 객실로 들어서자 달콤한 피로가 몰려왔다. 여기서 삼백여 미터 떨어진 곳에 인태의 직장이 있다. 지금 이 시간, 그는 느닷없이 야근 스케줄이 잡혀 불평을 터뜨리고 있거나,

멀티플렉스 영화관이 들어앉은 대형쇼핑몰에서 어떤 여자와 식사를 한 뒤 영화 상영시간을 기다리고 있지 않을까. 어쩌면 르네상스에 나보다 앞서 들어와 푹신한 침대에서 유영을 하고 있을지도. 많이 기다렸지? 내가 맥주랑 골뱅이무침 사 왔어, 하면서 인태가 문을 열고 들어설 것만 같다. 나는 과거를 기웃거리는 스스로를 얼른 현실로 데려다 놓는다.

 나는 창가에 놓인 앤티크 의자에 앉았다. 르네상스의 내부는 예전 그대로다. 시간이 숱하게 흘렀어도 변함없는 사람이나 사물을 대할 때 나는 복잡한 감정이 단순해지는 것을 느낀다. 우리가 자연에서 평온을 얻는 것은 한결같다는 믿음 때문일 것이다. 생김새만 곱상할 뿐 의자가 편하지 않다. 나는 침대로 기어 들어갔다. 이불에서 풍기는 소독약 냄새가 고독의 감흥을 살짝 떨어뜨린다. 이불을 들추자 그가 잠자리에서 아낌없이 쏟아내던 속삭임이 튀어나온다. 나는 그 속삭임들이 귓속으로 흘러들도록 내버려둔다. 오곡백과가 무르익는 가을이 아니냐던 문지기의 말대꾸도 섞여든다. 르네상스의 객실마다 매달린 인간 과실들이 달착지근하게 익어가는데 나 홀로 서리 맞은 낙엽처럼 이리저리 뒹굴고 있는 느낌이다.

 지문(指紋)을 확대해서 마구 찍어놓은 듯한 벽지가 사색의 물꼬를 터준다. 사람들의 지문처럼 벽지의 무늬도 가지가지다. 윗부분이 뜯긴 것처럼 잘려 나간 지문을 눈여겨본다. 우중충한 사연을 가지치기하고서 태연한 얼굴로 세월을 보낸 엄마의 지문은 아마 저런 모양일 것이다. 무슨 생각으로 마음 깊이 감춰 둔 보따리를 생을 마감하기 직전에서야 아버지 앞에서 풀어헤쳐 보였는지 종잡을 수가 없다. 삶에 죽음의 차양이 드리워지면 누구나 저절로 솔직해지는 걸까. 무의식적인 고백이었다고 말한 아버지의 판단은 틀렸다. 엄마는 분명 애초부터 임종 직전에 자신의 케케묵은 사연을 남김없이 토해놓겠다고 다짐했을 것이다.

  벽지 맨 아래 새겨진 지문 위에 나를 올려놓는다. 벽지 위의 내가 구불구불한 곡선을 타고 올라간다. 이쪽저쪽으로 발길을 옮기며 등고선 같은 지문을 찬찬히 밟는다. 나는 침대에서 일어나 벽지 안의 내가 서 있는 위치로 다가간다. 한 걸음 한 걸음 걸어가다가 나선형 모양의 지문을 짚고서 뒤돌아본다. 의미심장한 표정을 자아내는 무질서한 지문들, 나는 벽지를 정면으로 바라봤다. 어느 지문을 밟느냐에 따라 내 삶의 형태가 달라지기라도 하듯 나는 벽지 지문을 골똘히 살핀다. 어떤 지문을 골라잡아야 할지 망설이는데 조치원, 한일시멘트, 대갓집이란 단어가 머리 위에서 나방처럼 휙휙 날아다닌다. 나는 벽지 지문을 뒤로하고서 침대에 몸을 던져버렸다.

14
달섬에서의 특별한 점심식사

"맛은 둘째 치고 억척스런 기질 때문에 난 포도를 좋아해. 포도는 인간의 섬세한 손길을 원하지 않고 고통을 스스로 견딘대. 자갈밭에서 태어나 자라면서 저한테 필요한 영양분을 스스로 찾는다는 거야. 그렇게 척박한 환경에서 성장하는데도 맛이 어느 과일한테도 뒤지지 않는 걸 보면 참 기특하잖아?"

졸업식이나 입학식 아침이면 엄마는 으레 포도 이야기를 꺼냈다. 포도를 의인화한 어투가 하도 진지해서 이웃집 모범생과 비교당하거나 누군가의 인생 성공담을 듣는 기분이 들 정도였다. 그렇게 밥상머리에서 포도타령을 하고는 정작 학교에는 나타나지 않았다. 엄마는 엄연히 한 살림을 꾸려가는 바쁜 가장이었으니 입학식, 졸업식, 운동회, 소풍 등등 공식적인 행사의 불참을 눈감아줘야 했다. 반면 시간이 남아돌던 계부가 엄마의 역할을 대신하려 했으나 내가 앙알거린 뒤부터는 학교에 얼씬거리지 않았다. 흉측한 칼자국이 사람들의 눈에 띄어 나까지 시답잖은 인간으로 보일까봐 그의 출현을 극구 말렸던 것이다.

 엄마가 포도를 어여삐 여기는 까닭을 어릴 적에는 잘 몰랐다. 중학생이 되어서야 그 저의는 물론이고 엄마가 나를 포도처럼 키우고 있다는 사실을 알아챘다. 당신은 외딸을 섬세한 마음으로 보살피지 않고 스스로 자라도록 방치했던 것이다. 단 하루라도 수렵과 채집에 몰두하지 않으면 살기가 곤란해서 나에게 태무심한 건 아니다. 양품점이 기틀을 잡아 생활의 안정을 찾았으므로 엄마는 얼마든지 나를 위해 짬을 낼 수 있었다. 엄마의 양육 방식에 길들여진 나는 자의식이 강한 포도를 상기하며 떳떳하게 겉돌았다.

 녹음실에서 마이크를 조절하는데 느닷없이 '엄마의 말씀'이 떠올랐다. 나는 동작을 멈추고 허공에 시선을 붙박았다. 알이 굵은 포도가 눈앞에 주렁주렁 매달려 있다. 자갈밭에 뿌리를 내린 포도에게는 태양만이 유일한 축복이었다. 뜨거운 입김을 불어넣어주는 태양이 곁에 있는데 견디지 못할 고통이 뭐가 있겠는가. 따지고 보면 나는 포도보다 더 열악한 환경에서 변덕스런 기후를 견디며 살아가고 있는 셈이다. 가슴 밑바닥에서 아지랑이 같은 의욕이 스멀스멀 피어오른다. 자신감을 갖고 덤비자. 나는 마이크의 위치를 코

높이에 맞췄다.

　보름 만에 방문한 녹음실이다. 오늘은 월요일이었지만 나는 점자도서관으로 출근했다. 아침 아홉 시 정각에 도착했는데 삼 층 녹음도서실이 비어 있었다. 어디선가 옹알이 같은 기도소리가 들려왔다. 곧이어 화음이 들쭉날쭉한 노랫소리가 조그맣게 울려 퍼졌다. 찬송가였다. 점자도서관의 직원들은 아침 예배를 시작으로 하루를 여는 모양이었다. 찬송가를 들으면서 복도를 서성이고 있는데 '음향자료실'이라고 써 붙인 출입문에서 긴 머리를 틀어 올린 여자가 걸어 나왔다. 나는 용건을 말하고 그녀를 뒤따라갔다.

　"유정수 씨는 테스트를 받아본 적이 있군요."

　나를 안내한 여자가 서류철을 뒤적거리며 말했다. 유정수 씨라는 말에 나는 눈을 크게 떴다. 저 여자가 내 이름을 잘못 알고 있다는 생각이 한순간 들어서였다. 아차, 점자도서관에서 내 이름은 최정수가 아니라 유정수로 불리지. 나는 눈을 깜빡거리며 입술에 침을 발랐다.

　"어디 보자, 음정 불안. 아, 기억이 나네요. 제가 유정수 씨께 전화했었어요. 그런데 벌써 테스트를 받으러 오셨네요?"

　원래 음정이 불안정하다고 내 목소리의 결점을 꼬집어줬던 여자가 생각났다. 내가 음성 테스트의 합격선을 뛰어넘기 위해 이제껏 어떤 노력도 하지 않았다는 사실까지 덩달아 떠오른다. 출퇴근길에 전단지나 플래카드의 내용을 소리 내어 읽어보고, 잠자리에 들기 전 한 시간씩 소설책을 낭독하자는 생각이 그저 다짐만으로 끝나버린 것이다. 돌발적인 이사 계획, 결혼을 앞둔 치와와의 피곤한 수선, 엄마의 우중충한 과거, 핑곗거리는 많았다. 순식간에 기가 꺾인다.

"테스트 방법은 다 아실 테니까 생략하고, 여기서부터 읽어보세요. 저번에 녹음한 파일을 들어보니까 읽는 속도가 너무 느리더라구요. 읽는 속도도 발음 못지않게 중요해요. 우리가 어떤 책을 펼쳤는데 서체나 행간이 엉성하게 짜여 있으면 가독성이 떨어지잖아요. 실수를 안 하려고 느릿느릿 읽으셨나본데 그런 속도로 녹음한 시디를 시각장애인들이 들으면 바로 싫증을 내지 않겠어요? 자, 주의사항을 유념하면서 차분히 낭독해보세요. 그런데 직장인이시죠? 회사원들은 보통 토요일에 방문하는데 오늘 어떻게 시간이 나셨나봐요."

"사실은 점역편집실에서 자원봉사를 하고 있어요."

엉뚱한 대답이 튀어나왔다. 그녀가 우연히 알게 되면 모를까 굳이 내 입으로 발설할 까닭은 없었다.

"그러시구나. 점역편집실에서 어떤 봉사를 하고 계세요?"

"교정봉사요."

"그런데 왜 꼭 낭독봉사를 하려고 하세요. 봉사 자체에 의미를 둔다면 어떤 일이든 상관없잖아요. 하긴 내 음성이 시디에 기록되어 영구히 남으니까 낭독봉사가 매력적인 봉사긴 하죠."

공연히 무안하고 그녀의 말투가 다소 언짢은데 되받아칠 말이 없다. 내가 무엇 때문에 낭독봉사를 고집하는지 나 스스로도 잘 모르고 있으니까. 몸이 불편한 누군가를 진정 돕고 싶은 마음이 있는지도 의심스럽다. 내가 윗입술을 살짝 깨물며 테스트 용지에 시선을 떨어뜨리자 그녀가 비로소 물러갔다.

보나마나 불합격이다. 풀피리 소리처럼 떨리는 음성은 둘째 치고 실수를 연발했다. 마이크에 대고 침을 여러 번 삼킨 뒤에야 그게 금물이라는 주의사항이 불쑥 떠올랐다. 틀리게 발음한 글자며 띄어쓰기를 제대로 하지 않고 읽어댄 문장은 또 얼마나 많은가. 나는 중간에 포기하려다가 그럴 용기는 또 없어서 십여 분 만에 녹음을 끝내고 나왔다.

"돌아오는 십일월에 케이비에스 아나운서를 모시고 '낭독의 기술'에 대해 특강을 해요. 시각장애인들에게 양질의 디지털 토킹북을 제공하려면 보다 전문적인 낭독봉사자를 양성해야 하거든요. 특강을 들어보시면 많은 도움이 될 거예요."

여자가 불합격이라는 말을 그렇게 에둘러 표현하는 것 같다. 나는 바보처럼 실실 웃기나 할 뿐이었다. 그녀가 내일 모레쯤 테스트 결과를 알려주겠다고 했다.

"점역편집실에서 교정봉사를 하신다니 직접 올라오시면 되겠네요. 본인의 녹음 목소리도 들어보시구요."

"전 토요일에만 점역편집실에서 일해요. 그냥 전화주세요. 어떤 결과가 나올지 충분히 짐작하고 있지만요. 두 번째 테스튼데도 얼떨떨하네요. 마치 다른 사람의 목소리가 제 몸속으로 들어와서 지문을 읽은 것 같았어요."

복도에서 기다릴 테니 오늘 결과를 알려줘요, 불합격이면 다시 시험을 치르겠어요, 내가 진심으로 하고 싶었던 말이다.

햇살이 눈을 콕콕 쑤셔서 다른 좌석에 앉으려고 일어섰다가 엉겁결에 하차하고 말았다. 허둥지둥 내리는 승객들 무리에 휩쓸려버린 것이다. 을지로 입구였다. 소담한 햇살이 흐르는 맑은 날씨였으나 기온은 낮았다. 어떤 경건한 의식을 치르기 위해 노란 망토를 두르고 일렬종대로 자박자박 걸어가는 듯한 은행나무들. 백화점 쇼윈도의 완벽한 멋쟁이들이 오히려 경박스러워 보인다. 나는 도심의 노란 물줄기에 발을 담그고 천천히 떠내려갔다.

나는 골목골목을 쏘다녔다. 마음이 무거운데 어째 발걸음은 가뿐하다. 명랑한 걸음에 내 의지는 조금도 반영되지 않았다. 내 생각대로라면 나는 지금 아버지의 집으로 향하고 있어야 한다. 저번 주 화곡동에 다녀온 이후 뭔가 중요한 이야기를 빠뜨린 것처럼 내내 기분이 께적지근했다. 그렇다고 전화를 걸어 꼼짝 말고 집에 계시라는 당부를 디밀고 싶지는 않았다. 아버지가 출타 중이면 허름한 동네를 쏘다니다가 육수가 진한 물냉면을 사 먹고 돌아오려 했다. 차라리 잘되었다. 맨 정신으로 새삼스럽게 아버지와 무슨 말을 한단 말인가. 나는 씩씩한 두 발이 이끄는 대로 이리저리 방향을 틀면서 가을이 우려내는 향기를 들이마셨다.

휴가를 얻었다. 무려 일주일이다. 면직당할 각오까지 하고 원장한테 양해를 구했다. 일이 손에 잡히지 않는다고 나는 원장에게 솔직한 심경을 털어놨다. 하루에도 수십 번씩 흐렸다 갰다 하는 기분으로 환자를 대하다가 의료사고를 일으킬지도 모른다고 겁주는 소리도 지껄였다. 타협은 쉽지 않았다. 사흘까지는 땜질을 해보겠는데 일주일은 곤란하다는 거였다. 사실 치과는 시월 들어 환자가 부쩍 많아져서 스케일링 도구를 온종일 쥐고 있다시피 했다. 나는 그게 마치 지난 시간의 해로운 이끼인 듯 치아 구석구석에 잠복해 있는 세균덩어리를 정성껏 긁어냈다. 아침에 일어나면 손목이 뻐근하고 종아리가 퉁퉁 부었다. 이런 판국이라 나의 돌연한 휴가 신청에 동료들이 뒤에서 고시랑거릴 만도 했다. 치과 안주인 노릇을 하는 가위가 누구보다 펄쩍 뛰었다.

"정수 씨, 저렇게 환자가 밀려드는데 휴가를 달라는 말이 입에서 나와요? 정수 씨의 사사로운 감정 때문에 간신히 올려놓은 매출이 뚝 떨어질 거라구요. 왜냐니요, 인력이 부족하니까 그렇죠. 동료들이 겪게 될 불편은 생각해봤나요? 정말 무책임하군요. 혹시 실연이라도 당했어요? 그렇다면 더더욱 일에 파묻혀 살아야죠. 실연의 특효약은 일이에요, 일."

흥분한 가위가 뿔테안경을 벗었다 꼈다 하면서 학생 주임처럼 나를 야단쳤다. 그래도 나는 고집을 꺾지 않았다. 내 직장이 원천적으로 의사소통을 밀막는 무슨 사교집단 같아서 한시라도 빨리 벗어나고 싶었다. 실내의 공기청정기나 다름없던 데니스 브레인의 호른 연주는 산만한 마음에 부채질을 했다. 일상적인 일인데도 때가 꼬질꼬질하고 구취가 풍기는 환자의 입을 들여다보고 있으면 비위가 상해서 헛구역질이 나왔다. 직원들 눈치 볼 것 없이 사직서를 제출하면 그만인데 자진해서 물러서기는 싫었다. 가출은 하고 싶으면서도 호적에서 삭제되는 건 바라지 않는 심사와 비슷했다. 애당초 마련하지 않았어야 했던 한로의 술자리가 원인이었다.

깔끔한 음식점들이 옹기종기 모여 있는 골목길을 걷다가 모퉁이를 돌던 나는 너무나도 신기한 상황과 맞닥뜨렸다. 길모퉁이 뒤에서 이런 짜릿한 우연이 나를 기다리고 있었다니, 발이 무작정 나를 이끈 게 아니었구나. 나는 탄력 있는 몸놀림으로 거리를 좁혔다. 이젤 모양의 깜찍한 칠판에 눈이 번쩍 뜨이는 글귀가 노란색 분필로 쓰여 있었다. '이름이 〈최정수〉인 손님, 12:30～02:30까지 점심 식사를 무료로 드립니다. 주민등록증을 지참하세요.'

최정수에게만 특별히 점심식사를 대접하기로 한 음식점은 '달섬'이다. 스파게티 전문점이었다. 외벽이 하얀 달섬은 이글루 같았다. 나는 에스키모처럼 구부정한 자세로 이글루의 문을 열었다.

골목길을 어정거리다가 졸지에 행운의 주인공이 된 내게는 단순한 실내마저 신비스럽게 보인다. 나는 카운터로 가서 주민등록증을 내밀었다.

"최정수 씨, 반갑습니다. 오늘의 두 번째 주인공이세요. 일행은 없으십니까."

음식점 카운터보다 관공서 창구에서 손님을 맞이하는 게 더 어울릴 듯한 남자가 앞장섰다. 햇살이 옅게 스미든 코코아색 면직 소파가 오감을 한꺼번에 작동시켰다. 심플한 소파에서 고목(古木)의 질감이 느껴지는 순간 어디선가 풍경소리가 들려오는가 싶더니, 계피 향이 입안에 침을 고이게 했다. 창가 쪽 테이블에는 군인이 앉아 있었다. 남자가 나를 군인 뒷자리로 안내했다.

"이쪽 공간은 최정수님들의 자립니다. 저 군인도 최정수 씨죠. 메뉴판을 찬찬히 훑어보시고 주문하세요."

"이렇게 공짜 밥을 얻어먹어도 되는지 모르겠네요."

"오늘의 주인공이시니 기쁜 마음으로 드시면 됩니다."

"가을맞이 이벤튼가요?"

"그냥 재미로 날마다 손님들에게 한 끼 식사를 대접합니다. 이름은 그날그날 달라요. 제가 기분 내키는 대로 정하죠. 어제는 박주원이었어요. 과학발명왕대회에서 우승 트로피를 거머쥔 고등학생의 이름이죠. 돌아가신 저희 할머니 이름을 공개하기도 했는데 그날은 예상했던 대로 공짜 밥을 아무한테도 대접하지 못했어요. 저희 할머니 성함이 '권점석' 이거든요. 결코 흔한 이름이 아니잖아요."

"최정수란 이름은 어떻게 뽑혔나요."

"저희 형이 인공수정으로 팔 년 만에 낳은 아들 이름입니다. 그래서 오늘은 최정수 씨한테 디저트까지 무료로 제공합니다. 점심시간에만 벌이는 깜짝 이벤트라서 주인공이 많지 않아요. 시간과 거리가 맞아떨어져야 하니까요. 오늘 내 이름이 걸렸더라도 먼 곳에 살면 행운을 놓칠 수밖에 없죠. 손님은 어떻게 알고 오셨습니까?"

"시내버스에서 잘못 내렸는데 어쩌다 보니 이 골목까지 오게 됐어요."

"제가 바로 그런 우연을 손님들에게 선사하고픈 겁니다. 최정수 씨가 즉시 시내버스를 갈아탔으면 이런 음식점이 있는 줄도 몰랐겠죠. 이 조촐한 행사를 두 달째 하고 있는데 내일은 어떤 이름이냐고 심심찮게 전화가 걸려와요. 저는 일절 안 가르쳐줍니다. 미리 알면 재미가 없잖아요. 손님처럼 그야말로 우연히 자신의 이름과 만나야 의미가 있죠."

그가 생동생동한 얼굴로 이벤트의 취지를 설명하고서 돌아갔다. 음식점을 알리는 방법도 가지가지다. 그래도 적립카드에 도장이 열 번 찍히면 치킨 한 마리를 무료로 준다는 상술보다야 질적으로 한 수 위다. 달섬의 주인은 주로 기행문과 산문집을 탐독하면서 말랑말랑한 삶을 꿈꾸는 설익은 로맨티스트일 거란 생각이 들었다. 나는 카운터로 가서 토마토소스스파게티를 주문한 뒤 달섬에 들어설 때부터 내 시선을 잡아끌던 곳으로 다가갔다.

'잃어버린 한국의 꽃'이란 제목이 새겨진 팻말 아래로 사진 속에서 피어난 꽃들이 둥글게 모여 있었다. 내가 최고라고 엄지손가락을 추켜세운 듯한 구상나무 꽃, 입양아처럼 미국 땅에 옮겨져 자란 홍도비비추, 이슬을 방울방울 매달고 있는 두메양귀비. 소박한 얼굴로 어우러진 야생화들 사이에 '미스킴라일락'이 있었다. 이름이 생소했다. 본래 이름은 수수꽃다리였다. 해설을 읽어보니 미스킴라일락은 광복 직후 서울에 들어온 미국인들이 북한산 수수꽃다리의 향기와 모양에 이끌려 마구 씨를 받아 간 뒤, 화훼업자들이 관상용 정원수로 개발해서 붙인 이름이라고 했다. 수수꽃다리는 미스킴라일락으로 더 많이 알려져 있으며, 우리나라에 김 씨가 흔해서 미국인들이 '미스 킴'이란 호칭을 붙였단다. 이름 이벤트며 꽃사진 전시까지 달섬 주인의 아이디어가 별나다.

토마토소스스파게티를 먹는 동안 빈자리가 채워졌다. 음악도 팝송에서 클래식으로 바뀌었다. 최정수는 군인과 나 둘뿐이다. 군인 최정수는 스파게티와 디저트를 먹는 내내 휴대전화를 귀에 대고 수다를 떨었다. 군대식 말투로 지껄여대는 전화내용이 고스란히 들려왔다. 그는 토끼와 오리까지 보살피는 관리병이었다. 연대장이 애지중지하는 토끼가 새끼를 낳았는데, 여섯 마리나 되는 새끼를 잘 키워줘서 특별휴가를 받았다는 소식을 친구들에게 알리기 바빴다.

"인마, 새끼를 한 마리도 죽이지 않고 키우는 게 어디 쉬운 일인 줄 아냐? 도중에 한두 마리는 꼭 죽어. 우리 연대장이 오죽하면 특별휴가를 줬겠냐. 원래 내 손이 뭐든 잘 살려. 고장 난 가전제품,

시름시름 앓는 동물이나 식물도 내 손만 닿았다 하면 팔팔해지거든. 우리 외할아버지가 폐암으로 돌아가셨는데, 막판에 내가 간호해서 두 달이나 더 사셨어."

 디저트로 주문한 녹차가 씁쓸했다. 군인 최정수는 신통한 손을 허공에 추켜올려 뽐내듯 쥐었다 폈다 했다. 삐쩍 마른데다 힘줄이 불거진, 보기에는 손재주와 거리가 먼 손이다. 그의 거칠고 가무잡잡한 손을 눈여겨본다. 자화자찬이 늘어진 저 손을 한번 잡아보고 싶다. 치와와가 내 입장이었다면 유들유들하게 굴면서 악수를 하자고 손을 내밀었을 것이다. 군인 최정수의 영묘한 손으로 밥을 먹이고 삭정이 같은 몸을 씻겼다면 엄마의 저승행이 지연되었을까.

 암과의 싸움에서 패배를 자인한 엄마가 유독 물냉면만 입에 댄 사실을 나도 알고 있었다. 함흥냉면, 평양면옥, 고박사냉면, 장충동면옥 등등의 로고가 찍힌 종이가방이 현관 입구나 주방에서 자주 발견되었다. 링거액과 죽으로 목숨을 연명했던 엄마의 그 뜬금없는 식욕이 내심 반가우면서도, 저렇듯 반사(半死)의 몸으로 아득바득 사는 게 무슨 의미가 있을까 싶었다. 당신이 조금이라도 가족을 위한다면 오히려 죽음이 어서 자신을 낚아채주기를 간절히 바라야 하지 않을까. 회복 불능의 중환자는 가족들 저마다의 의욕이랄지 웃음, 선한 욕념, 애착 따위를 집요하게 갉아먹는다는 사실을 스스로 충분히 인지하고 있을 테니까. 그 무렵 내게 엄마는 무덤 속 해골이나 진배없었다.

그런데 물냉면은 하루라도 더 오래 살려고 먹은 음식이 아니라 죽음을 앞당기는 촉매제였던 것이다. 하기야 암환자였던 당신이 육수와 암세포의 관계를 모를 리 없었다. 상대방은 서둘러 떠날 채비를 하고 있는데 장기간 묵을 줄 알고 눈치를 준 꼴이 되었다. 나는 휴대전화의 전화번호부에서 어느새 낯선 글꼴로 시야를 흐리는 엄마의 이름을 불러냈다. '이 번호는 없는 번호이오니 다시 확인하시고 걸어주시기 바랍니다.' 휴대전화 속의 지킴이가 여기 그런 여자 살지 않아, 라고 퉁명스럽게 대꾸하는 것 같다. 마치 제품 번호 같은 아버지의 열 자리 휴대전화 번호에 눈이 멎는다.

"무슨 일이냐."

"저도 모르게 엄마한테 전화했는데 없는 번호라네요."

한숨인지 담배연기를 내뿜는 소리인지 헷갈리는 공허한 잡음만 귓가에 감돈다.

"지금 뭐하세요."

"오늘부터 아파트 경비실에서 일해. 관리사무소에서 어제 연락이 왔더라."

"듣던 중 반가운 소리네요. 일용직보다야 훨씬 낫죠, 안정적이고. 요즘은 경비원자리 구하기도 힘들다던데."

대꾸가 없다. 이번에는 숨소리조차 들리지 않는다. 무슨 경비 노릇을 한다고 그러세요, 그러다 요통이 재발하면 어쩌려구요, 제가 마땅한 일자리를 알아볼 테니 당장 관두세요. 아마도 아버지는 이런 대답을 기대했을 것이다. 그처럼 잔정이 떡고물처럼 묻은 말은 따뜻한 피를 나눈 사이에서나 오간다는 사실을 모르지 않을 텐데도. 나는 일간 들르겠다는 거짓 인사로 대화를 갈무리했다.

회사 유니폼을 입은 여자 셋이 '최정수 자리'에 앉았다. 달섬의 외양처럼 밝은 기색이다. 설마 전부는 아니겠고 그중 한 명이 오늘의 주인공일 터였다. 군인이 카운터로 걸어갔다. 그가 주인남자에게 거수경례를 했다. 만약 군대로 복귀하는 길이라면 두고두고 기억에 남을 점심식사였을 것이다. 최정수, 최정수, 이름을 속으로 불러본다. 나는 인간 수수꽃다리다. 제 이름을 잃고서 최정수로 불리는 꽃. 내게는 떼어버려도 그만인 상품의 레벨 같은 이름이다.

중세의 어떤 마귀를 쫓는 주술에서는 인체의 기관들을 미세한 부분까지 열거하며 거기서 악마가 떠나가도록 부추긴다고 한다. 이를테면 손톱에 정신을 집중하고서 "마귀야, 손톱에서 나가거라!" 하고 외친다. 이 용의주도한 주술이 흡사 미친 소리 같지만 언제나 마력을 발휘한다는 것이었다. 나는 반달이 희미하게 떠 있는 손톱을 뚫어지게 바라보며 마음속으로 거듭 부르짖는다. 악귀들아, 손톱에서 나가거라! 보나마나 치와와가 앞으로 툭하면 찾아갈 점쟁이의, 된장을 찍어 먹으라느니 참기름 냄새를 맡으라는 따위의 괘사스런 처방보다야 고차적이고 시적인 주술이다.

밥줄이 끊길 각오를 하고 휴가를 챙겼지만 딱히 할 일이 없다. 여행도 그다지 끌리지 않는다. 뒤죽박죽 얽힌 일상을 정리하고자 떠난 여행이 결국 허탈감만 안겨주는 걸 여러 차례 경험했기 때문이다. 막무가내로 빼앗다시피 한 휴가가 어떤 전환점이어야 한다는 사실만큼은 똑똑히 인지하고 있다. 그러나 무엇을 위한 전환점인지는 깜깜하다. 지도는 있는데 목적지가 없는 셈이다. 나는 푹신푹신한 소파에 드러눕듯 몸을 기댔다. 네 안을 속속들이 들여다보라고 누군가가 나를 달섬에 잠시 묶어 놓은 것 같다.

15
권총 한 자루

　　　　　　　　마음이 허할 때면 종종 찾아가 내 몸을 맡기는 남자가 있다. 그는 샐러리맨이며 단아한 공원에 산다. 우리 집에서 시내버스로 세 정거장만 가면 샐러리맨의 만년 거처인 공원에 닿는다. 주변이 온통 아파트 단지라서 번잡할 것 같은데 공원은 의외로 한산하다. 나는 모처럼 일찍 퇴근하거나 약속이 없는 주말이면 운동 삼아 공원까지 걸어 다니곤 했다.

　으리으리한 저택의 정원 같은 공원에 새들만 뜨문뜨문 날아다니며 지저귄다. 인적이 없는 공원을 거닐다가 소나무에 기대어 있으면 새들의 울음소리가 어느 나라의 생소한 언어처럼 들려온다. 재미나는 일 없을까, 출출하지 않니, 저기 화살나무로 놀러가자. 나는 새들의 지저귐이나 날갯짓으로 걔네들이 주고받았을 이야기들을 가늠해보곤 한다. 샐러리맨에게 가려면 공용화장실을 지나 나무계단을 타고 올라가야 한다. 달섬에서 토마토소스스파게티를 공짜로 얻어먹은 지 얼마나 되었다고 그새 속이 허출하다. 즐겁게 섭취한 음식물은 소화도 잘된다.

 나는 샐러리맨의 양복자락을 깔고 앉았다. 팔베개를 하고서 나무의자에 벌렁 드러누운 샐러리맨이 너무나 고되다는 듯 혀를 내밀고 있다. 넥타이가 반으로 접혀 가슴께에 늘어져 있으며 신발도 벗어 던졌다. 왼쪽 무릎에 오른쪽 다리를 걸치고서 누운 그의 머리맡에는 두툼한 서류가방이 놓여 있다. 바지주름까지도 실감 나게 표현해서 진짜 사람처럼 보이는 샐러리맨 조형물. 그는 속을 알 수 없는 남자다. 흔히 드러내기 마련인 제작자·제목·제작연도 따위의 기본적인 정보를 감추고 있기 때문이다. 샐러리맨의 현재 처지를 각자 상상해보라는 작가의 주문 같다. 자연스레 떠오르는 대로 '현대인의 초상'이란 진부한 제목을 붙이고 보면, 동상의 거처는 빌딩이 운집한 도심 근처의 공원이 제격일 듯싶은데 어째서 변두리 장소에 데려다 놨을까. 그가 몸을 누인 나무의자는 폭이 넓다. 자상한 미술작가가 한 사람 더 누워도 될 공간을 만들어 준 것이다. 나는 신발을 벗고 그의 품에 안겼다. 내 머리 위로 토실토실한 까치가 생기발랄하게 날아오른다.

 샐러리맨의 허벅지에 다리를 올려놓고 나는 직각으로 휜 그의 팔에 머리를 기댔다. 작가의 빈틈없는 계산에서 나온 구도인지는 몰라도 샐러리맨의 팔을 베고 누우면 커다란 고깔 모양의 하늘이 나뭇가지 사이로 보인다. 찌푸린 날씨엔 그 삼각형의 공간으로만 빗방울이 떨어지고, 화창한 날에는 부드러운 빛의 입자가 하염없이 흘러내려 샐러리맨과 나를 하얗게 지워버릴 것 같다. 나는 모로 누워 그의 지친 구릿빛 얼굴을 쓰다듬고 넥타이를 매만졌다. 휴, 하는 한숨 소리가 새어 나오는 것처럼 혀를 빼물고 있는 그를 보면 한낱 동상에 불과한 남자일지라도 동정이 간다. 치과에서 동료들과 그렇게 오래 어울렸어도 이런 감정을 느낀 적은 아직 한 번도 없었던 듯하다.

빗방울도 빛의 입자도 흩날리지 않을 성싶은 하늘을 바라보던 나는 몸을 일으켰다. 오늘은 샐러리맨과 껴안고 있어도 마음이 편해지지 않는다. 일상이 고달파서 연방 헉헉거리는 듯한 남자가 옆에 있으니 나까지 지치려고 한다.

"오늘은 당신과 오래도록 누워 있고 싶지가 않네요. 벌써 싫증이 나는 건가? 아무튼 다음에 봐요."

나는 구두를 꿰차고서 뒤도 돌아보지 않고 경사진 오솔길로 내려갔다.

번화가인데도 택시가 잡히지 않는다. 연두색, 파란색 버스만 번갈아 달려올 뿐이다. 시내버스가 트림하듯 뱉어 놓고 달아나는 배기가스에 코끝이 싸하다. 드라이브는 무슨, 혼잣말로 중얼거리며 막 돌아서려는데 어디서 나타났는지 말쑥한 택시가 내 발치에 정중히 멈춰 섰다. 나는 냉큼 택시의 손잡이를 잡아당겼다. 중형택시는 승차감이 좋고 청결하다. 레몬 향의 방향제가 콧속까지 시원하게 해준다. 구김살 없이 깨끗한 운전기사의 남방 또한 신뢰감을 안겨준다. 택시의 배경음악은 운전기사들이 흔히 틀어대는 트로트가 아니라 발라드 팝송이다. 이만한 조건이라면 가슴에 맺힌 무언가가 조금씩 닳아 없어지는 상쾌한 드라이브를 즐길 수 있을 것이다.

"아저씨, 여기서 일산이 가깝죠. 그쪽에 괜찮은 드라이브 코스가 있으면 한 삼십분 정도만 달려주시겠어요?"

운전기사가 잠시 서행하더니 이정표를 따라 핸들을 움직였다. 나는 창문 가까이 앉아 편안한 자세로 몸을 기댔다. 안도감에 옅은 신음소리가 새어 나온다. 무심코 머리를 옆으로 젖히다가 백미러 안에서 말똥거리고 있는 운전기사의 눈과 마주쳤다. 그가 잽싸게 시선을 돌린다. 내가 눈치 채지 못했을 뿐 아까부터 백미러로 나를 훔쳐본 것 같다.

도로 확장 공사로 혼잡한 차도를 더디게 벗어난 택시가 컬러풀한 주유소를 끼고 우회전했다. 방향만 바꿨을 뿐인데 이쪽 도로는 차량의 발길이 드물다. 고즈넉한 시간 속에서 시월만이 표현할 수 있는, 소박하면서도 기품 있는 색채가 탁한 마음을 정화시켜준다. 코스모스가 참하게 피어 있는 도로를 느긋하게 달리던 택시가 커브를 유연하게 돌았다. 풀기가 없이 흐슬부슬한 내 몸이 살짝 기울어졌다.

"아가씨, 오늘 저랑 데이트하실래요?"

별안간 얼음냉수를 뒤집어쓴 듯 정신이 번쩍 들었다. 운전기사가 느끼하게 변해버린 눈을 약간 추켜올리면서 백미러로 나를 쳐다봤다. 비린내 나는 군침이 입안에 감돈다. 잔잔한 팝송, 쾌적한 실내, 운전기사의 단정한 옷차림이 허튼 수작을 부리기 위한 꾸밈새였나. 택시 안이 오물로 뒤덮인 뒷골목 같아서 나는 하마터면 침을 뱉을 뻔했다.

"여기서 세워주세요!"

나는 택시의 문고리를 붙잡고 암팡지게 소리쳤다. 아까는 그렇게도 편안해 보이던 경치가 순식간에 위협색을 띠고 있었다. 행여 저이가 악랄한 짐승으로 돌변하지 않을까 싶어 내심 두렵기도 하다. 날이 어둡지 않아서 그나마 다행이었다.

"빨리 세우라니까요?"

"저는 그냥……."

"차비 받아요. 잔돈은 필요 없어요."

택시가 급정거했다. 나는 문이 부서질 듯 처닫고서 뒤돌아 무작정 걸었다. 택시가 겁을 먹고 꽁무니를 빼는 소리가 요란스럽게 들려온다. 나는 길을 가다 말고 땅바닥에 쭈그리고 앉았다.

날랜 자동차들이 뜨문뜨문 오가는 사 차선 도로가 너무나도 광활해 보인다. 어느 쪽으로 방향을 잡아야 할지 모르겠다. 빈 택시도 버스정류장도 보이지 않는다. 나를 태우고서 잠시간만 돌아다녀달라는 부탁이 은근슬쩍 저를 꼬드기는 말로 들렸나. 아니면 내가 꽃대만 슬쩍 건드려도 꺾일 헤픈 여자로 보인 걸까. 거스름돈을 챙기지 않은 게 새삼 아깝다. 승객의 마음을 헤아릴 줄 모르고 더러운 냄새나 풍기는 그따위 인간은 단돈 십 원도 공으로 먹을 자격이 없다.

나는 샐러리맨 동상을 빠져나오면서, 손수 운전하며 가을의 정취를 만끽하자는 계획을 짰다. 렌터카를 얻어 운전대가 이끄는 대로 쏘다니려고 했는데 아무래도 번거로울 것 같았다. 신호등과 속도 감시카메라를 의식하다 보면 내 머릿속의 그릇이 맑은 물로 채워지지 않을 테니 말이다. 아무 시내버스나 타고 종점까지 가는 여정도 그려봤는데, 왁자한 도심을 맴도는 단조로운 노선이 아무래도 지루할 것 같아서 택시를 선택한 거였다. 말 한마디 잘못해서 된통 뒤통수를 얻어맞을 줄이야. 도대체 어떤 화법을 구사해야만 상대방한테 내 진심이 전달될까. 나야말로 주변 사람들이 푸짐하게 꺼내놓는 말들을 제대로 이해하고 있는지. 나는 말의 공식을 떠올리려는 것처럼 머리를 주억거리며 황량한 거리를 헤맸다.

"벌써 이렇게 틀을 갖췄어?"

간신히 아파트 근처에 도착해서 땅만 뚫어지게 바라보며 터덜터덜 걷던 내가 불쑥 내뱉은 말이다. 사방에 흙을 무덤처럼 쌓아 놔서 을씨년스럽던 공원이 몰라보게 변해 있었다. 흙무덤이 있던 자리를 훤칠한 나무들이 차지했고, 여러 형태의 조형물도 모습을 드러냈다. 그림에 비유하자면 인부들은 밑그림에 색칠을 하고 있는 중이었다. 남자 일꾼들이 차량을 동원하여 나무들의 실한 뿌리를 땅속에 묻었고, 여자 일꾼들은 수건을 모자처럼 만들어 쓰고서 잔디 심기에 바빴다. 공원이 아니라 도심에 숲을 일구는 사람들 같다. 그들의 바지런한 몸놀림이 유별스럽게 생동감을 자아낸다. 거리의 미술 작업실에서 들려오는 소음은 공해라기보다 사방에 활기를 퍼뜨리는 일종의 리듬이었다.

나는 횡단보도를 건넜다. 샐러리맨 동상을 이 공원으로 데리고 왔으면 싶다. 하지만 샐러리맨이 지척에 있으면 나는 그를 소홀히 대할지도 모른다. 아파트와 이어진 보도블록을 거닐며 나는 공원을 기웃거렸다. 쾌적한 쉼터로서의 역할을 하려면 시간이 좀 더 걸리겠는데도 아이들을 비롯한 노인네들이 성급하게 뛰어들어 무리 지어 있었다. 그때 그들과 동떨어져 도로를 향해 앉아 있는 한 여자가 눈에 잡혔다. 겨자색 숄을 어깨에 두른 옆모습이 낯설지 않다. 그녀의 안면이 궁금해서 나는 공원을 가로질러 갔다.

뜻밖에도 그녀는 황 여사다. 내가 바로 옆에 서 있는데도 그녀는 나를 느끼지 못했다. 황 여사는 인부들을 뒤로 한 채 벤치에 손수건을 깔고 앉아 우수에 잠겨 있었다. 간간이 불어오는 색바람이 쾌적한 기온을 선사해 주는데도 그녀는 때 이르게 숄로 왜소한 몸을 단단히 감싸고 있다. 숄이 방한용이 아니라 어떤 위협으로부터 자신을 보호하려는 방어용 물건으로 비친다. 슬그머니 돌아서려는데 때마침 그녀가 고개를 돌렸다. 핏기가 없는 그녀의 얼굴이 아버지가 꼼꼼히 씻어 고아 먹던 희읍스름한 닭발을 연상케 한다. 황 여사가 눈을 휘둥그레 뜨면서 피식 웃는다. 웃음도 이렇게 부패한 냄새를 풍길 수 있구나. 내키지는 않았지만 그녀가 권하는 자리에 나는 엉덩이를 걸쳤다.

"오늘은 퇴근이 이르네요."

"아, 그게……올 여름 휴가를 가을에 쓰려고 아껴뒀거든요. 그러니까 저는 오늘부터 여름휴가에 들어간 셈이에요."

황 여사를 의식할 까닭은 없으나 장기 휴가를 받았다고 이실직고하기가 좀 멋쩍어 말을 둘러댔다. 월차에 조퇴, 게다가 연이어 휴가를 쓰는 중이라고 하면 그녀의 눈에 내가 직장 귀한 줄 모르고 농땡이나 치는 인간으로 비칠 것이 아닌가.

"그동안 무심코 지나쳤는데 오늘 보니까 공원이 몰라보게 변했네요. 그새 이렇게 꾸며놨다니, 무슨 도깨비들 같아. 건물 나와라 뚝딱, 공원 나와라 뚝딱, 하여간 우리 국민의 민첩한 동작은 알아줘야 해. 늦어도 이달 말이면 완공하겠어요. 어디 다녀오셨나 봐요?"

나는 허리를 곧추세우고서 공원을 휘둘러보다가 황 여사에게 말을 붙였다.

"성공아카데미에서 수업 받고 오는 길이에요. 거기 한번 다녀오면 힘이 쭉 빠져서 맥을 못 춰요. 오죽 멀어야 말이지."

기운이 빠지는 게 거리 때문이 아니라 시시풍덩한 강사들이 퍼뜨리는 말 공해 탓이라고 빈정거리고 싶어서 내 입이 근질근질했다. 그녀와 내가 무관한 사이도 아닐뿐더러 자기 돈으로 수강하겠다는데 왈가왈부할 까닭이 뭐가 있나. 성공아카데미의 수업이 빛 좋은 개살구였다는 사실이야 언젠가 반드시 깨닫게 될 테고, 때늦은 후회에 안타까워할 필요는 없다. 어떤 행위가 불러일으키는 후회의 시기는 저마다 다를 수밖에 없고 오히려 뒤늦은 뉘우침이 삶에 보다 더 진한 활력을 불어넣어 줄 수도 있으니 말이다.

황 여사가 밤색 가방을 뒤적이더니 내게 고지서를 건넸다. 지난달 도시가스와 상하수도 사용요금 청구서다. 사용기한을 확인하지 않아도 이건 내가 부담해야 할 몫이다. 2,170. 도시가스 사용료가 급기야 이천 원대로 떨어졌다. 평소에는 흐리마리하던 엄마의 빈자리가 확연히 느껴지는 순간이다. 엄마가 안주인이었을 때는 보통 현재 요금의 열 배 정도가 나왔었다. 상하수도 요금도 마찬가지였다. 결벽증이 있는 여자처럼 세탁과 청소를 수시로 해대서 물값이 다른 집에 비할 바가 아니었다. 널찍한 베란다를 독차지한 화분들이 양식으로 먹은 물 또한 적잖을 것이다. 우리 집에서 엄마만 달랑 물러났을 뿐인데 도시가스와 상하수도 요금을 합쳐봐야 만 원이 채 안 된다. 느닷없는 고지서 나부랭이의 출현이 나를 순간 벙어리로 만들어버렸다.

"문간방 처녀도 간절한 꿈이 있어요?"

그녀의 눈은 정면을 향하고 있었다. 잃어버린 꿈을 찾아준다는 성공아카데미의 강사들이 곧잘 써먹는 질문인 모양이다. 나는 글쎄요, 하면서 답변을 늦췄다. 당신한테 간절한 꿈이 있다는 뜻으로 들렸으므로 나부터 그녀의 속내를 엿볼 생각이었다. 그녀가 두 손으로 숄을 들어 올려 살살 흔들더니 목덜미까지 끌어 올려 두른다.

"나는 페루의 마추픽추 사원 아래서 매콤한 떡볶이를 만들어 파는 게 꿈이었어요. 미용기술을 배워서 관광객들의 머리도 깎아주고 싶었는데."

내가 듣기에는 낭만적이라기보다 철딱서니가 없는 꿈이었다. 남편이 제때 가져다주는 생활비로 집안 살림을 하면서 쉬엄쉬엄 공상이나 엮으며 살아온 여자라는 생각이 들었다. 그런 선입견을 들이대니까 아파트도 허리띠를 졸라매고 절약해서 늘그막에 장만한 게 아니라 타고난 돈복으로 굴러 들어온 재물 같았다.

"그거야말로 마음먹기에 달린 꿈이네요. 결심만 하면 내일이라도 당장 떠날 수 있잖아요. 떡볶이 요리야 따로 배울 필요가 없을 테고, 미용기술은 익히셨어요?"

"꿈이 그랬다는 거지. 다 늙어서 무슨 마추픽추야."

황 여사가 심드렁하게 대꾸했다. 나도 그녀의 꿈이 그럴싸해서 부추긴 건 아니다. 등 뒤에서 몇몇 인부가 내지르는 구령 사이로 굉음이 들려왔다. 고개를 돌려 보니 기골이 장대한 나무 두 그루가 무슨 동아줄에 묶여 트럭에서 내려지고 있었다. 나무들이 장정들의 부축을 받으며 아슬아슬 일어선다.

"저 나무들도 앞으로 불면증에 시달리겠네."

"불면증이라니요?"

"옛날에 우리 부모님이 애지중지하던 논밭이 있었는데, 군청에서 그 언저리에다 가로등을 세웠어요. 일 년 내내 밤새도록 불을 켜놓으니 곡식이 제대로 여물지 않더라구. 곡식도 밤에는 숙면해야 하는데 불빛 때문에 잠을 못 자서 그런 모양이야. 불면증으로 인한 스트레스는 사람이나 식물이나 똑같이 받나 봐요."

식물도 불면증에 시달린다는, 제법 일리 있는 말에 고개를 끄덕이며 공원의 관상수를 훑던 나는 흠칫했다. 황 여사가 권총을 겨누고 있었던 것이다. 나도 모르게 상체가 젖혀졌다. 그녀가 권총을 만지작거리며 이상야릇한 미소를 흘린다.

"어릴 적부터 손재주가 많았던 우리 딸이 조각칼로 나무를 깎아서 총 만드는 걸 좋아했어요. 손잡이만 봐도 실제 총 이름을 척척 알아맞혔으니까. 어려서도 인형보다 총이나 자동차를 가지고 놀더니만 결혼도 그런 계통에서 일하는 남자랑 합디다. 우리 사위가 사냥총을 제작하는 회사에 근무해요."

"솜씨가 대단하네요. 전 진짜 권총인 줄 알았어요."

나는 정교하게 깎아 비다듬은 목각 권총을 만져봤다. 실물과 접촉하는 기분이다. 초승달처럼 생긴 방아쇠를 당기면 날카로운 총성이 울려 퍼질 것만 같았다. 방아쇠를 힘껏 누르자 실감을 느끼게 해주려는 듯 어디선가 '딱' 하고 귀가 뻥 뚫리는 소리가 들려왔다. 사방이 일순 고요해졌다. 권총의 손잡이 귀퉁이에는 S. Y라는 이니셜이 새겨져 있었다.

"우리 딸애가 호신용이라면서 만들어 준 권총이에요. 밤에 골목 길을 걷다가 수상한 사람이 나타나면 이 총을 겨누라는 거야. 그런 어설픈 연기를 어떻게 하느냐고 내가 뿌리쳤지. 걔가 우스갯소리를 곧잘 지껄였어. 말이야 그렇게 했지만 난 이 권총을 가방에 항시 넣고 다녔어요. 호신용이 아니라 딸애를 대신하는 길동무로서요. 그런데 실제로 으슥한 거리를 홀로 걸을 때 이 권총을 외투주머니에 넣고서 만지작만지작하면 나를 보호해주는 안전한 무기를 지닌 것처럼 안심이 되데요."

황 여사가 제법 능숙하게 권총을 다룬다. 그녀가 총부리를 자기 가슴으로 향하면 나도 모르게 제지하는 행동을 취했다.

"아, 이건 가짜 권총이죠."

내가 멋쩍은 미소를 흘리면 '정말 실물처럼 잘 만들었죠?' 하는, 똘똘한 자식을 둔 엄마 특유의 자부심이 그녀의 얼굴에 아롱졌다. 나는 진짜 같은 목각권총을 빼앗고 싶었다. 그건 아주 빼어난 물건을 대했을 때 품게 되는 소유욕과는 전혀 다른 감정이었다. 걸음발을 타는 어린아이가 포크랄지 심이 뾰족한 연필을 가지고 노는 것을 바라볼 때와 흡사한 심정이랄까. 한낮에 불쑥 모습을 드러낸 목각권총은 괴이한 불청객처럼 위험스러운 무언가를 내포하고 있었다.

"모친은 어디 외국에라도 가셨어요?"

그녀가 두 손으로 목각권총을 감싸 쥐며 넌지시 묻는다. 섣불리 입 밖으로 내뱉을 수 없었던 자신의 짐작을 확인하려는 듯한 목소리였다. 상처하고 홀아비로 지내는 사실을 아버지가 숨긴 모양이다.

"작년 여름에 돌아가셨어요. 자궁암에 걸려서요."

"저런."

왜소한 어깨를 축 늘어뜨리면서 그녀가 길게 한숨을 내쉰다. 운명한 줄은 예상했지만 그 사인이 진정 뜻밖이라는 표정이다. 그러고 보니 친분이 조금도 싹트지 않은 사람에게 처음으로 엄마의 죽음을 발설했다. 왠지 용서받지 못할 죄를 지은 기분이 든다.

"팔자라는 말이 있잖아요. 그게 여덟 글자로 구성되어 있어서 팔자인데, 태어난 연월일시가 네 기둥이고, 그 기둥 하나마다 한 글자만 달라져도 팔자가 뒤바뀔 수 있다대요. 바뀐 하나의 글자가 나머지 일곱 글자에 영향을 미치기 때문이랍니다. 올림픽에서 금메달을 하나만 따도 팔자가 바뀐다고 해요. 부모, 혹은 피붙이의 죽음을 겪는 것도 팔자가 바뀌는 계기가 되지 않을까."

황 여사의 대사는 거기서 그쳤다. 엄마가 저승으로 떠난 뒤 삶에 어떤 변화가 생겼느냐는 문장이 빠진 독백이었다.

엄마가 세상을 등지고 나서 인태와 헤어졌으니 황 여사 나름의 팔자론도 수긍이 간다. 인태와 짝이 되느냐 남이 되느냐에 따라 내 팔자는 흑백의 차이만큼이나 달라질 테니까.

"젊은 사람들은 어떻게 생각할지 모르지만 난 죽음을 일종의 여행이라고 봐요. 이 세상 어느 누구도 여행담을 들려줄 수 없는 신비한 유람 말이에요. 굳이 이름을 붙이자면 수면여행이라고 해야 할까. 어디에도 그에 대한 기록이 없으니 과연 그 여정이 어떨지, 문득문득 그 여행길에 올라볼까 하는 생각이 들기도 해. 특히 어떤 책임감에서 자유로워지고 시간이 주전자의 끓는 물처럼 넘쳐흐르는 나 같은 늙은이들이라면 한 번쯤 그런 호기심을 품어봤을 거야. 문간방 처녀 모친도 스스로 원해서 수면여행을 떠났다고 생각하면 슬픔이 좀 가라앉지 않겠어요? 여행은 대개 즐거운 법이니까."

뭔가 석연치 않은 위로였다. 물론 엄마가 죽음에 이르는 과정을 똑똑히 지켜본 나에게는 여행 운운하는 무슨 잠언 같은 말들이 위로가 될 수도 없었다. 수면여행을 동경하는 듯한 늙은 여자의 언행이, 죽음을 삶의 일부로 여기는 도인다운 모습으로는 비치지 않았고, 그 이유 때문인지는 몰라도 우연히 합석한 이 자리가 이내 싫증이 났다.

"저렇게 무리 지어 다니면서 무슨 일을 할까요."

그만 일어서려는데 황 여사가 발목을 붙잡는 듯 궁금증을 끄집어낸다. 나는 그녀의 시선이 닿은 곳으로 눈길을 돌렸다. 옷차림도 양호하고 신체적으로 흠이 있는 것도 아닌데 하나같이 모자라 보이는 젊은 애들이 예닐곱 명씩 편을 짜서 이동하고 있었다. 보란 듯 기세 좋게 떠드는 소리가 여기까지 들려왔다.

"다단계에 걸려든 애들이에요."

"아, 그래서 늘 저렇게 떼로 몰려다니는구나. 근데 무슨 다단계예요?"

"그건 잘 모르겠어요. 요 아래 붕어빵이랑 어묵 파는 포장마차 있잖아요. 그 아줌마한테 주워들은 얘긴데 유령회사의 앞잡이들이 합숙까지 시키면서 애들을 부려먹고 개인행동도 일절 못하게 한대요. 쟤네들이 걸핏하면 우르르 몰려와서는 돈이 없다면서 붕어빵을 딱 천 원어치만 사 먹고 어묵 국물을 몇 컵씩 퍼 마시고 가나 봐요. 어떻게 야박하게 국물을 그만 먹으라고 하느냐면서도 그 아줌마 불평이 대단했어요."

"젊은 사람들이 뭐가 겁나서 저런 데 묶여 있어 그래. 한창 먹을 나이에 어묵 국물로 배나 채우고."

"아무리 똘똘한 사람이라도 다단계에 한번 빠지면 빚이 눈덩이처럼 불어난다잖아요. 쟤들도 그런 케이스겠죠."

황 여사는 고약한 덫에 걸려서 무일푼으로 생활하는 젊은이들이 딱하다고 말했다. 그들을 보는 그녀와 나의 시선은 딴판이었다. 세대 차이에서 비롯한 엇갈림인지 아니면 인간에 대한 내 이해가 부족한 건지는 몰라도 나는 그들의 행동거지가 상당히 눈에 거슬렸다.

연령대를 이십 대까지로 자른 듯한 다단계 집단의 개개인은 기약 없는 엉터리 공동생활에 내심 만족하는 것 같았다. 유령회사가 들어앉아 있는 건물 앞에 버스정류장이 있어서 나는 그들과 곧잘 맞닥뜨렸다. 비록 싸구려 티가 흐르긴 해도 딴에는 멋을 부린 옷차림, 먹물을 접한 흔적이 볼펜 똥만큼도 비치지 않으나 평범한 축에 끼는 얼굴, 무엇보다 '젊음'이라는 가산점을 넉넉히 확보하고 있는데도 그들은 함량 미달의 얼치기로 보였다. 혼자 걸어오든 떼를 지어 몰려다니든 그들이 다단계 직원임을 나는 단박에 알아챘다. 생김새나 옷차림이 특이하지도 않은데 물 위에 떨어진 콩깍지처럼 눈에 띄었던 것이다.

내가 시내버스를 기다리고 있을 때, 그 콩깍지들은 지하 사무실에서 기어 올라와 담배를 피우거나 잡담을 나눴다. 그러다가도 저만치에서 누가 걸어오면 담배를 뒤로 감추고 허리를 ㄱ자로 꺾어 인사했다. 졸개가 두목을 대하는 태도였다. 연배가 비슷한데도 설설 기는 걸로 봐서 유령회사의 고참 같았다. 후배의 인사를 받고는 겉멋을 부리느라고 고개를 까닥이며 절도 있게 걸어가는 고참의 모습은 더더욱 꼴같잖았다.

그들에게서는 이 몸을 회사에 무조건 맡기겠다는 듯한 맹목적인 의지가 엿보일 뿐이었다. 윗대가리들의 달콤한 말을 무조건 신뢰해서라기보다 언제까지나 밥과 잠자리를 제공받는 그 동물적인 안락에 길들여진 게 아닐까. 내 추측이 맞는다면 그들은 노예나 다를 바 없었다. 얼토당토않은 빚이 쌓이든 말든 이리저리 옮겨 다니며 끼니나 제때 해결하는 현대판 노예들. 그들은 어떤 제품을 호화로운 말로 치장해서 팔아먹고, 백수 처지의 또 다른 노예들을 유령회사로 꾸준히 끌어들이겠지. 우리의 판단력이 떨어져서가 아니라 참말과 거짓말의 혼동을 이 시대가 조장하고 있으니 현대판 노예들은 착실히 수를 불려갈 것이다.

"내비게이션이 뭔지 알죠."

황 여사가 말머리를 돌렸다.

"그럼요, 자동차들의 친절한 길잡이잖아요."

"어느 국도에서 한밤중에 연달아 추락사고가 일어났는데, 사고 난 지점이 똑같더래요. 조사해보니까 변고를 당한 운전자들이 같은 회사에서 제작한 내비게이션을 사용했다는구먼. 원래는 우회전해서 가야 하는 길인데 내비게이션이 직진하라고 안내하니까 운전자들이 그 말을 의심 없이 믿었다가 황천객이 된 거지."

"너무 끔찍하네요. 문명의 이기가 살인의 도구로 쓰였네요."

"좌회전해라, 우회전해라, 백 미터 전방에 속도 감시카메라가 있으니 조심해라, 나는 이래라저래라 하는 그 요상한 물건이 이상하게 정이 안 가데. 시댁식구들한테 처세를 웬만큼 한답시고 입바른 소리를 찍찍 해대는 며느리 같단 말이야. 문간방 처녀는 화가 치밀어 오르거나 마음이 허전할 때 어떻게 달래요."

"조용한 곳에서 고인 물처럼 가만히 앉아 있어요. 이를테면 대낮에 노래방으로 달려가 노래는 부르지 않고 침침한 고요를 즐겨요. 그러면 기분이 좀 나아져요."

"난 옛날 앨범을 뒤적거려요. 흑백사진들을 보고 있으면 여기 있는 난 가짜고 사진 속의 내가 진짜처럼 느껴지거든. 그런데 재작년에 이삿짐을 나르다가 다섯 개나 되는 앨범을 다 잃어버렸어요. 어느 날 갑자기 우리 가족이 흔적도 없이 사라진 것 같아서 두고두고 속을 태웠어요. 아무리 둘러봐도 앨범만 한 해열제가 없습디다."

 황 여사가 초승달 모양의 금장식이 띄엄띄엄 박혀 있는 가방에 목각권총을 집어넣으며 일어섰다. 나도 몸을 일으켜 세웠다. 유령회사의 나태한 콩깍지들이 인도를 점령하다시피 하며 활보하고 있었다. 나는 산책을 좀 더 하다가 들어갈게요, 하면서 그녀가 식목작업이 한창인 쪽으로 걸어갔다. 수북한 일감을 놔두고 한눈을 팔고 있었던 것처럼 나도 공원을 바삐 벗어났다. 냉랭한 기운이 서린 가을바람이 옷깃을 헤치며 파고든다. 오늘 황 여사와 말문을 제대로 튼 것 같은데 이상하게 한 발짝쯤이라도 가까워진 느낌은 들지 않는다. 오히려 처음 만났던 순간의 낯설음이 짙어질 뿐이다. 나는 걸음을 멈추고 뒤돌아봤다. 그녀가 온데간데없다. 오래전 분실한 앨범이 머릿속의 추억까지도 깡그리 걷어간 듯 허청허청 길을 줄여가던 그녀의 뒷모습보다, 기묘한 권총 한 자루가 자꾸만 눈에 밟힌다.

16
구멍

　　　　　　　다음 역에서 서울로 되돌아가자. 마음이 짱짱하게 조여졌다가도 막상 기차가 정차하면 흐물흐물 풀어졌다. 서울역에서 기차표를 구입할 때까지만 해도 내 심장은 여리게 뛰었다. 나는 그 잔잔한 설렘을 은근히 즐겼다. 서울역에서 출발한 무궁화호가 영등포역을 지나 수원역에 다다른 시점부터 마음이 들썽거리기 시작했다. 내 옆자리에는 중늙은이가 앉아 있었다. 그는 의자를 뒤로 활딱 젖히고서 입을 벌린 채 곯아떨어졌다. 내 입에서는 하품조차 나오지 않았다.

　다분히 충동적인 내 행동이 생각할수록 한심하기 짝이 없다. 동네 사람들에게 생부의 이름을 대면 대갓집을 알려줄 거라는, 아무래도 신빙성이 떨어지는 말을 귀담아들었다는 소리 아닌가. 그 당시 증조부든지 생부가 정치적으로나 사회적으로 위세를 떨쳤던 인물이었다면 또 모르겠다. 그 대갓집의 구성원들은 풍족한 재산에 기대어 한껏 우쭐거렸나본데, 그깟 돈이 좀 많았다고 해서 동네사람들이 아직까지도 생부의 이름을 기억하고 있을까. 허튼소리다. 자존심을 한 치라도 세우려고 생부를 그럴듯하게 포장한 엄마의 허영에 놀아나 조치원으로 달려가고 있는 나 자신이 어리석다 못해 딱하다. 핏줄이 쓰인다는 관용구는 이럴 때 써먹는 건가. 충동의 동의어는 후회 또는 실망이라는 사실을 일찌감치 터득했으면서도 매번 과오를 범하고 만다.

  오늘 점심때 나는 백화점에 있었다. 내일모레가 치와와의 결혼식이라 선물을 사려고 들른 것이다. 백화점에서 나오자마자 미용실로 직행해 파마한 뒤 치와와를 만나기로 스케줄을 잡았다. 나는 스트레스성 탈모라는 의사의 진단 자체를 아예 잊어버리기로 했다. 그런 마음가짐이 최고의 치료제일 테니까. 스트레스야 꾸준히 받고 있는데도 값비싼 샴푸와 린스 덕분인지 어쩐지 머리카락이 심각하게 빠지지는 않았다. 나는 파마로 머리에 볼륨을 줘서 엉성한 정수리를 감추기로 했다. 백화점의 지하에서 구 층까지 오르락내리락해봐야 이거다 싶은 물건이 없어 진부하지만 고급 찻잔 세트를 골랐다. 요새는 세일 기간이 아닌 평일에도 백화점이 시끌시끌하다. 사람들이 줄지어 있었지만 소량계산대라서 차례가 금방 돌아왔다.

 내 앞에 서 있던 여자가 콘플레이크, 욕실용 슬리퍼, 파인애플, 시금치, 튀김가루 따위를 올려놨다. 그녀가 살구색 지갑을 열어 신용카드를 꺼내는데 흑백사진이 내 눈 속으로 빨려 들어왔다. 운치를 자아내려고 일부러 흑백필름으로 찍은 게 아니었다. 그 사진을 촬영한 어느 날과 현재 사이에 수십 년의 세월이 녹아 있을 것 같았다. 가르마가 바른 흑발, 각진 얼굴에 이목구비가 시원스레 뚫려서 다기차게 보이는 젊은 남자는 그녀의 아버지임에 틀림없었다.

 누구나 보관하고 있을 그런 독사진을 나는 한 장도 가지고 있지 않았다. 독사진은커녕 생부의 기일도 모른다. 나는 그걸 엄마의 무지 탓으로 돌렸다. 내 앞의 여자는 지갑을 펼친 채로 물품 구입 영수증을 꼼꼼히 훑어봤다. 흑백의 남자와 나는 여전히 눈을 맞추고 있었다. 현재 서 있는 이곳이 화려한 백화점이 아니라, 바람만 불어도 먼지가 풀풀 날리던 단층집의 처마 아래인 듯 나는 달갑잖은 회상에 잠겼다. 흐릿한 풍경마다 생부가 어리숭한 모습으로 끼어 있었다. 여자가 지갑을 덮는 찰나 아득하면서도 낯익은 시절의 입구가 영영 닫혀버린 듯 허우룩했다. 나는 오후 스케줄을 무시해버리고 서울역으로 무작정 달려갔다.

 기왕 나선 걸음이니까 마음을 비우고 기차여행이나 즐기기로 했다. 굳이 서울로 되돌아갈 까닭이 없다. 종착역인 부산까지 내려가 모처럼 철 지난 해수욕장에 들러 백사장을 거닐어보자. 마음을 돌려세우니까 붉게 타오른 몸으로 눈짓하는 창밖의 가을이 이제야 눈에 들어왔다. 나흘째 밍밍한 휴가를 보내고 있다. 그동안 나는 점자도서관에서 음성 테스트를 받았고 휴대전화를 바꿨다. 나머지 시간은 집에서 밤낮 음악만 들었다. 테오발트 뵘이 작곡한 플루트 연주와 빌리 홀리데이의 재즈, 김두수의 포크송을 교대로 틀면서 머릿속의 잡념을 닦아냈다. 플루트 연주와 포크송은 기분에 따라, 재즈는 방에서 훌라후프를 돌릴 때 들었다. 플루트 개량화 작업에 지대한 공을 세운 테오발트 뵘의 서거 백 주년을 기념한 음반에 자주 손이 갔다. 실황 공연을 녹음한 시디라서 연주가 끝날 때마다 장맛비 같은 박수가 쏟아졌다. 연주는 포근하면서도 화려했다.

플루트의 청아한 음색이 피아노와 호흡을 맞추면서 빠른 속도의 고음으로 절정에 다다르면 저절로 눈이 감겼다. 누군가가 나를 별이 초롱초롱한 하늘로 끌고 올라가는 기분이랄까. 피아노가 현란한 리듬으로 점잖은 향연에 마침표를 찍는 순간 나는 구름 위로 푹신하게 떨어지는 것이다. 그때마다 나는 객석의 청중처럼 벌떡 일어나 박수를 쳤다. 깜깜한 방에서 포크송을 듣노라면 가수의 비장한 음색과 굼뜬 선율이 나를 어떤 초월적인 세계로 이끌었다. 포크송 가수는 해당화가 속없이 피었다거나, 새벽비가 침묵을 기르며, 유리꽃 같은 벽을 허물면 다시 무엇이 있느냐고 밤새 내게 속삭였다.

디자인에 반해서가 아니라 단지 '배경화면' 때문에 나는 멀쩡한 휴대전화를 갈아치웠다. 달섬에서 점심식사를 하고 돌아오던 날,

무심코 휴대전화 매장에 들렀다. 종업원이 나를 끈질기게 물고 늘어졌다. 통신사를 바꾸면 최신형 휴대전화를 공짜로 준다는 거였다. 그가 군침이 도는 여러 혜택을 내놓았다. 그래도 하자가 없는 정든 휴대전화를 선뜻 내던질 수가 없었다. 전화요금이 비싸다는 둥, 기지국이 적어서 산에 올라가면 수신이 차단된다는 둥, 온갖 허점을 들추며 그가 내 휴대전화를 깎아내렸다. 밥이나 겨우 먹여주는 남편을 등지고 하루속히 팔자를 고치라고 중매쟁이가 꼬드기는 것 같았다. 그가 멋들어진 휴대전화를 켜자 배경화면이 내 시선을 잡아당겼다. 애니메이션 기법으로 표현한 이 층 버스가 언덕을 천천히 달리는 화면이었다. 이 층 버스 뒤로는 실물을 축소시켜 놓은 듯한 만리장성, 피사의 탑, 이집트 피라미드, 에펠탑, 후지 산이 펼쳐져 있었다. 이 층 버스가 점점 속력을 내면서 관광명소를 차례로 지나갔다. 실제로 이 층 버스에 앉아 에펠탑과 만리장성을 구경하는 것만 같았다.

플루트 연주와 재즈, 포크송을 배경음악으로 틀어놓고 공상과 상념에 잠겨 있다 보면 어느새 날이 저물었다. 내가 오래도록 렘브란트로 기억할 황 여사는 고맙게도 눈치가 있는 여자였다. 그녀는 사사로운 일이나 말로 나를 귀찮게 하지 않았다. 우리는 서로 집에 없는 듯 지냈다. 나는 귀로 황 여사의 거동을 살폈다. 새벽 다섯 시에 그녀는 어김없이 집을 나섰다. 그리고 새벽 여섯 시쯤 교회에서 돌아왔다. 그녀의 열렬한 기도가 어떤 잡신도 발붙이지 못하게 하는 부적처럼 여겨졌다. 아주 안전하게 보호받고 있는 기분이었다. 오전 열 시와 오후 다섯 시 무렵 주방에서 그릇 부딪치는 소리가 들려왔다. 그녀는 하루에 두 끼만 먹었다. 황 여사가 지극히 단조로운 일과를 마치고 안방으로 잠수한 초저녁에야 나는 올빼미처럼 날개를 퍼덕였다. 주방에서 먹기 편한 음식을 준비하다 보면 흐느껴 우는 듯한 기도 소리가 집 안에 어렴풋이 감돌았다. 이상스럽게도 그 소리가 내 가슴을 할퀴고 지나갔다.

치와와는 날이면 날마다 전화를 걸어 하소연을 늘어놨다.

"오빠랑 또 싸웠어. 집에서 틈만 나면 컴퓨터와 씨름해. 주말이면 밤을 새우는 눈치야. 더군다나 돈이 오가는 게임이란 말이야. 게임에 미쳐가지고 난 안중에도 없어. 도박 빚을 여태 갚고 있는데 정신 못 차리고 그런 게임이나 즐기고 있으니 이 일을 어쩌면 좋니. 어제는 울화통이 터져서 배 속에 있는 아기한테 콱 죽어버리라고 고래고래 소릴 질렀어. 그런 끔찍한 악담을 퍼붓다니, 난 정말 미친년이야."

두 사람은 늦잠 자는 것 말고는 서로 통하는 구석이 없었다. 성격도 판이했다. 치와와는 예비신랑을 모진 말로 늘씬하게 후려치다가도 결국엔 '내가 무사히 결혼식을 올릴 수 있을까' 하는 고민으로 애를 태웠다. 임신이 안겨준 안정도 잠시였다. 일주일도 못 가 그녀의 불안이 재발한 것이다. 도무지 납득이 안 가는 신경과민이었다.

"결혼식이 겨우 일주일 남았어. 무사히 결혼식을 올리지 못할 이유가 없잖아. 더군다나 임신까지 했으면서. 넌 그 선생님의 확실한 며느리라고."

"한 치 앞도 모르는 게 인생이라고 하잖니. 일주일이면 무수한 가능성이 있어. 나는 요새 고향집에서 전화가 걸려와도 깜짝깜짝 놀라. 식구 중에 누가 사고를 당했을까봐. 오빠가 결혼식장에 나타나지 않을 수도 있잖니. 솔직히 오빠는 결혼 문제에 대해 굉장히 소극적이었어. 결혼 날짜도 내가 오빠를 달달 볶아서 잡은 거야. 그러니까 오빠가 결혼식날 행방불명될 확률이 눈곱만큼도 없다고 장담 못해."

"야, 그런 시추에이션은 연속극에서나 벌어지지. 결혼을 앞두면 다들 그렇게 뒤숭숭하대. 살도 쭉쭉 빠진다더라. 제발 태아를 생각해서라도 잔걱정 좀 그만해. 나까지 심란하단 말이야. 그렇게 헛소리나 하려거든 전화하지 마."

문제는 치와와가 걸린 전염병이 내게로 삽시간에 퍼진다는 사실이다. 그녀를 다독여 전화를 끊고 나면 곧장 내 마음이 헝클어졌다. 나야말로 초조해할 이유가 없었다. 휴가를 마치고 치과로 돌아갔을 때의 상황이 내심 염려되지만, 만일 나를 거부한다면 다른 치과로 옮기면 그만이다. 무슨 사고를 당해서 물질적으로나 정신적으로 나에게 해를 끼칠 가족도 없다. 그런데도 나와 연관 있는 비보가 별안간 날아들 것 같은 불쾌한 예감에 휘둘리면 이내 시무룩해졌다. 나는 치와와의 음침하면서도 알루미늄처럼 가벼운 목소리가 영 듣기 싫었다. 음악과 기도 소리로 차분해진 내 마음에 확성기를 틀어대는 것 같아서였다.

이번 정차 역은 조치원역입니다, 조치원역에서 내리시는 손님 안녕히 가십시오.

창밖에 만판 시선을 맡기고 있던 나는 화들짝 놀랐다. 기차가 완전히 멈추지 않았는데도 나는 승객들을 밀치면서 복잡한 통로를 빠져나갔다. 건성으로 들었는데도 아버지가 내뱉은 '조치원'이란 지명이 뇌리에 또렷한 무늬를 새겨놨나 보다. 이렇게 머릿속에 각인되어버렸으니 앞으로 매스컴이나 책 속에서 그 이름을 발견하면 내 눈과 귀가 자연히 열리겠지. 마뜩잖은 반사작용이다.

협소하고 우중충한 대합실이었다. 혼잡하지도 않다. 나는 열차 시간표를 훑어봤다. 바로 출발하는 서울행 새마을호가 있었지만 지나쳤다. 사십 분 후 플랫폼에 도착하는 부산행 무궁화호도 끌리지 않았다. 나는 일단 대합실 안에 있는 분식점으로 발길을 돌렸다. 엄마를 잃고서 내가 겪은 유일한 변화는 어디서든 혼자서 식사를 할 수 있다는 것이다. 그 전까지 나는 공공장소에서 간단한 패스트푸드조차 혼자 먹지 못했다. 이상하게도 사람들의 시선을 의식하는 나 자신이 싫어서였다. 불특정 다수의 무심한 눈길이 자꾸만 나를 수상쩍은 인물로 보는 것 같았다. 그것도 일종의 폐쇄적인 자의식이든가, 정신적 외상으로 말미암은 강박증인지도 몰랐다.

엄마와 영원히 헤어지고 나자 거리낌이 없어졌다. 음식점 출입이야 말할 것도 없고 출출하면 시내버스 안에서도 햄버거를 먹어댔다. 이제는 혼자 힘으로 살아야 한다는 사실을 정신보다 육체가 먼저 알아차린 것이다. 대합실 간이식당에서 볼이 홀쭉한 남자가 연신 손목시계를 보며 우동을 먹고 있었다. 그가 오동통한 면을 젓가락으로 듬뿍 건져 올려 입김을 세게 불더니 촐싹거리며 면가닥을 씹어 넘겼다. 뜨끈뜨끈한 음식을 잘 먹는 남자였다. 나도 우동을 시켜서 면은 놔두고 국물만 후루룩거렸다.

아버지가 일러준 대로 택시를 잡아타고서 한일시멘트와 이웃한 동네까지 왔다. 깜박하고 치와와의 결혼 선물을 서울역 보관함에 맡기지 않았다. 내 머릿속에서 풀썩거리는 잡념만큼이나 거추장스럽다. 내 눈이 하늘로 향했다. 찌뿌드드하다. 똑같은 옷을 입어도 사람마다 차이가 나듯 계절도 도시에 따라 색감이 판판으로 달라진다. 조치원의 가을은 추레한 모습이다. 변변한 건물조차 없는 후진 동네, 이런 곳에 대갓집이 가당키나 해. 나는 실소를 터뜨렸다. 저만치 서 있는 정자나무가 마치 마중을 나와 아는 척하듯 몸을 살짝살짝 흔들었다. 날씨가 흐려서인지 정자나무는 우울하고 지쳐 보였다. 나는 그리로 보폭을 넓혔다.

정자나무는 멀리서 볼 때보다 키가 크고 품이 넓었다. 원숙한 자태다. 길 건너, 내가 정자나무를 바라보던 곳은 어설프게 꾸민 상가들이 띄엄띄엄 들어섰고, 상가 뒤로는 헌 가옥들이 논밭 언저리에 처량하게 앉아 있었다. 마을을 둘러싼 검누런 산이 생기발랄한 세상과의 통로를 차단하는 무슨 장막 같았다. 을씨년스럽다. 초등학생 예닐곱 명이 나뭇가지에 기다란 헝겊을 매달아 때리는 시늉을 하면서 걸어갔다. 빨간 헝겊이 교과 단원의 중요성을 강조하는 밑줄처럼 허공에서 흐느적거린다. 네가 지금 막 진도를 나가려는 삶의 한 단원을 허투루 여기지 말라는 암시 같다.

작은 트럭이 과일 박스를 푸짐하게 싣고서 아이들을 앞질러 달렸다. 먼지가 뿌옇게 인다. 어쨌든 조치원까지 밀려왔으니 저 먼지처럼 호기심이 살아나야 할 텐데 어서 돌아가야 한다는 생각만 분주하다. 나는 일단 정자나무 아래 자리를 잡았다. 치와와의 결혼 선물이 여간 귀찮지 않다. 더군다나 크리스털을 촘촘히 박은 찻잔이라서 조심히 다뤄야 한다. 이 동네의 터줏대감을 어디서 찾아야 할지 난감하다. 노파나 영감이 지나가길 마냥 기다릴 수도 없고, 이게 무슨 생고생인지 이래저래 짜증이 난다.

"아빠!"

무리 지어 걸어가던 초등학생 가운데 한 녀석이 목청껏 소리치며 대열에서 빠져나왔다. 그러고는 쏜살같이 달려갔다. 메주 빛깔의 점퍼를 입은 남자가 마치 골키퍼처럼 두 팔을 벌리고서 이리저리 익살스럽게 몸을 움직인다. 길쭉한 인간 공이 그의 품으로 깔끔하게 굴러 들어갔다. 사내아이가 제 안의 힘을 끌어모아 활짝 터뜨린 '아빠!'라는 호칭. 일순간 하늘까지 맑아지는 것 같았다. 나는 아빠라는 호칭을 그럴듯 애틋하게 불러보지 못했다. 내게 그런 기회는 평생 오지 않을 것이다. 사내아이가 '아빠!' 라고 발음했을 때 대지에 울려 퍼지던 청청한 공명은 가슴 밑바닥에서 우러난 소리이기 때문이다.

　나는 계획적으로 계부를 아버지라고 불렀다. 엄마가 자궁 절제 수술을 한 직후였다. 생리적인 기능이 현저히 약해진 엄마가 치료를 목적으로 자궁까지 들어냈다면 당신은 이제 인간으로서 구실을 못 한다고 봐야 했다. 아직은 보호자 신분이어야 할 나이에 철저히 보호를 받아야 하는 처지가 된 것이다. 솔직히 부모만 아니라면 어디로든 내빼고 싶은 심정이었다. 계부와 나는 서류상으로나 부녀 관계일 뿐이어서 괴로움을 나눌 대상을 떠올려 볼 때 그는 내 머릿속에 겨자씨만큼도 비치지 않았다. 그 무렵 대학을 중퇴한 나는 보건전문대학 치위생과를 목표로 시험공부에 몰두하고 있었다. 기한이 없는 엄마의 병시중을 들었다간 내 인생의 나이테가 허무하게 늘어갈 터였다. 앞길이 막막했다. 이럴 줄 알았으면 일찌감치 유학이나 가버릴걸 그랬다는 후회가 밀려들었다. 유학 중인 나는 어느 날 엄마가 사망했다는 급보를 받고 귀국을 서두른다. 이런 시나리오였다면 지금보다는 엄마를 한결 그리워했을 것이다.

　그런데 느지막하게 철이 들어 물류센터의 운전기사로 근무했던 계부가 엄마의 수족 노릇을 하는 거였다. 퇴근시간이 들쭉날쭉하고 지방 출장도 잦았는데 오후 여섯 시까지만 일하기로 고용주와 합의까지 봤다고 했다. 당연히 월급이 대폭 깎였다. 엄마의 건강이 악화되자 그는 사표를 내고 간병인으로 들어앉았다. 계부는 엄마의 충견이었다. 또, 그는 내 정신의 갈증을 풀어주는 생명수이기도 했다. 나는 엄마에게서 슬그머니 손을 떼는 대신 그를 깍듯이 대하자는 다짐을 여퉜다. 어떤 불만도 없이 마땅히 자기 책임이라는 듯 엄마를 떠맡았으니 설령 그가 역겨워할지라도 나긋나긋하게 굴고 싶었다. 오로지 나 자신을 위해서 살갑게 뻔뻔해져야 했다.

군소리 없이 끝까지 병수발을 하도록 그를 꼬드길 말이나 행동이 뭐가 있을까. 나는 짬짬이 머리를 굴렸다. 계부에게 밥상을 차려주고 그의 옷을 빨아 주는 단순한 일만으로는 부족했다. 물론 계부야 의붓딸의 그만한 변화에도 감지덕지했겠지만 나는 성이 안 찼다. 내게 처세술의 골자를 알려준 사람은 경비아저씨였다. 입시학원에서 수업을 마치고 귀가하는 길이었다.

"요새는 아버지가 집에 계시데?"

눈앞에서 불꽃이 번쩍했다. 계부에게 벅찬 감동과 책임감을 동시에 안겨줄 '아버지'라는 호칭. 나는 엘리베이터를 타자마자 아버지, 라고 나직이 불러봤다. 교정 장치를 한 것처럼 입안이 불편했다. 혀도 뻣뻣하니 잘 돌아가지 않았다. 나는 수축된 근육을 풀어주려고 어두운 층계참에 앉아 아버지란 단어를 수십 번이나 내뱉었다. 입안에 돌멩이가 굴러다니는 것 같았다. 계부가 거부반응을 보일 수도 있으니 섣불리 입을 놀려서는 안 된다고 스스로를 다그쳤다. 나의 작전이 성공하려면 적절한 시기에 '아버지'라는 약물을 투여해야 했다. 된장찌개에 청양고추가 빠질 수 없듯이 아버지라는 호칭을 넣어야 제맛이 살아나는 어떤 순간을 나는 간절히 기다렸다. 강풍이 휘몰아치던 새벽, 나는 욕실에 쓰러져 있는 엄마를 발견했다. 빛깔이 연한 잠옷 바지가 피투성이였다.

"아버지!"

겁에 질려 외치면서도 나는 마침내 절호의 기회를 잡았다는 사실에 안도했다. 아버지라는 존재를 절절히 원해서가 아니라 나는 일종의 생활필수품으로 계부를 곁에 두고 있었던 셈이다.

백발의 영감이 지팡이에 온몸을 의지하고서 아슬아슬하게 걸어오고 있다. 허리가 굽어 반으로 접힌 몸뚱어리가 정체불명의 생물체로 비친다. 나는 순간 긴장했다. 누군가가 오로지 나를 위하여 저 노인을 보낸 듯한 느낌이 소름처럼 돋았기 때문이다. 내 엉덩이가 저절로 들렸다. 저이는 분명 이 마을의 고목과 같은 존재일 것이다. 내가 생부의 고향에 정확히 착지했다면 오늘 적어도 허탕을 치지는 않겠다. 바람이 휘이잉 소리를 내며 땅바닥을 기습적으로 핥고 가자 영감의 지팡이가 휘딱 기울어진다. 어! 하는 외마디소리와 함께 내 발이 튀어나갔다. 그는 나의 반응에 개의치 않고 지팡이를 힘주어 내디디며 다가온다. 이윽고 그가 벤치에 앉더니 이휴, 하면서 심호흡을 한다. 쉬척지근한 냄새가 내 콧속으로 스며든 순간 마치 꿈속을 헤매다 깨어난 것처럼 비로소 현실 감각이 되살아났다.

"할아버지, 물 좀 드릴까요."

나는 기차 안에서 마시고 남은 생수를 내밀었다. 영감이 물은 먹지 않고 손수건을 꺼내 축이더니 마른 입술을 닦는다.

"고맙수. 이놈의 바람 때문에 거의 기다시피 왔네."

그는 마치 폭설 속을 헤치고 달려온 운전기사처럼 상기된 표정으로 말했다.

"아가씨는 이 동네 사람이 아닌 것 같은데?"

"네, 서울에서 왔어요."

영감이 치와와의 결혼선물이 들어 있는 백화점 쇼핑백을 곁눈질한다. 물음표가 덩두렷하게 떠오른 눈빛이다. 안면 구석구석마다 검버섯을 키우면서 수수하게 늙어가는 노인이 자연의 일부처럼 느껴진다. 영혼이 빠져나간 육신은 결국 자연의 자궁으로 돌아가므로 황혼기에 접어든 노인들이 그것의 면면을 닮아가는 걸까.

"할아버지는 이 마을에 오래 사셨어요?"

"그럼, 여기서 반평생 넘게 눌러앉아 있었지. 얘랑 나는 죽마고우나 마찬가지야."

눈썹마저 새하얀 노인이 지팡이로 정자나무를 가리켰다. 내 의심과 궁금증이 서서히 풀릴 기미가 비치기 시작한다.

"제가 역사학을 전공하는 대학원생인데요, 우리나라 종갓집에 관심이 많아서 짬이 날 때마다 이렇게 찾아다니고 있어요. 이곳에도 그런 대갓집이 있다는 말을 듣고 내려왔는데 혹시 이 동네에 유진석 씨 본가가 있나요?"

나는 고삐를 확 잡아당기는 기분으로 순식간에 지어낸 말을 얼른 내뱉었다.

"유진석이라……그 양반이 유상열 어른의 자제가 아닌가 싶은데, 가물가물하네. 그 집안의 소작농이었던 내 친구한테 물어보면 대번 알 수 있는데 작년에 저승으로 내빼버렸어. 아무튼 저 윗동네에 번드르르한 대갓집이 있기는 해. 거기가 유상열 댁이야."

그가 뜸을 들이면서 슬슬 이야기보따리를 풀기 시작한다. 별안간 가슴에 뚫린 구멍을 메우려고 나는 생수를 들이켰다. 물이 부족하다. 나는 물 대신 깔깔한 공기를 듬뿍 들이마셨다. 오랫동안 땅속에 파묻혀 있던 누군가의 은밀한 유품이 조금씩 형체를 드러내는 것 같다. 유상열이라는 이름을 생전 처음 들어보는데도 이상하게 낯설지가 않다. 유진석이 유상열의 아들이라는 사실이 밝혀지지도 않았건만 나의 심증은 서서히 굳어가고 있었다.

"그 댁이 외부에까지 알려진 모양이네. 하긴 소문이 날 만도 하지. 기와집이 으리으리한데다가 그 댁의 땅을 밟지 않고는 조치원 일대를 걸어 다닐 수 없을 만큼 부자였으니까. 그 댁은 자식도 많았어. 고만고만한 형제들이 교복을 입고서 논두렁을 걸어가는 모습을 바라보면 꼭 까마귀 떼가 지나가는 것 같았지. 그 말쑥한 자식들 중에 하나가 곁길로 빠져서 집안이 발칵 뒤집힌 적이 있었거든. 그 대갓집에서 쉬쉬했을 텐데도 동네에 별의별 소문이 다 나돌

앉어. 결국 야반도주한 건지, 아니면 집안에서 쫓겨난 건지 언제부턴가 그 아들이 보이지 않더만. 나중에 누구 말을 들어보니까 욕심 사나운 형제들이 그 양반의 재산을 죄다 빼돌렸다대. 객지에서 떠돌다가 무슨 병으로 죽었다는 소문도 들리고. 부잣집에서 아랫것들한테 서방님 소리 들어가며 살던 양반이 그렇듯 비참한 죽음을 맞을 줄 누가 알았겠나. 사람의 한평생이 덧없어."

왠지 듣기 거북한 영감의 회상이 내 마음속 구멍으로 차곡차곡 떨어졌다. 말을 토해낼수록 불투명하던 그의 기억이 점점 또렷해지는 모양이었다. 시득시득한 외모와는 달리 발음이 생생하고 눈에 총기도 서려 있다. 머릿속이 멍멍해진 나는 평생 썩지 않을 말들이 수북하게 쌓인 내 안의 구멍이 커지는 것을 여실히 느끼고 있을 뿐이다.

"아가씨, 그 댁에 한번 가볼 텐가? 저어기 '한마음상회'라는 구멍가게 보이지? 거기서 오른쪽으로 오십 미터쯤 걸어가면 샛길이 나와요. 그 샛길로 쭉 걸어가면 조그만 다리가 보일게요. 그 다리를 건너서 논두렁을 따라 계속 걸으면 덩실한 기와집이 나타날 거야. 바로 그 집이야. 가다가 모르겠으면 유상열 댁이 어디냐고 아무나 붙잡고 물어봐요. 그 댁 사랑채 뒤편에 산소가 있는데 조상들 묘지를 어찌나 정성스레 가꿔놨는지 입이 쫙 벌어져. 그렇게 풍광이 좋은 곳에 누울 수 있다면 난 오늘 죽어도 여한이 없겠어."

"현재 그 댁에는 누가 살아요?"

"그건 나도 잘 몰라. 자손들 중에 누군가가 정기적으로 들러 관리를 하는 모양이데. 오늘이 그날이면 아가씨가 집 구경을 할 수 있을 텐데. 한로가 지나니까 바람이 대번에 차버리네."

영감이 바지를 툭툭 털면서 일어선다. 앉아 있을 때는 멀쩡하게 보이던 그의 몸이 다시 낫처럼 휘었다.

"그럼, 구경 잘하고 올라가요."

할아버지 덕분에 대갓집을 쉽게 찾았다고 고마움을 표시하자 영감이 손을 휘저으며 경사진 길을 비틀비틀 내려갔다. 그는 첫인상 그대로 실재감이 느껴지지 않는 존재가 되어 내 시야에서 흐물흐물 멀어져 간다. 유진석이 유상열의 아들이라고 딱 부러지게 말한 건 아니지만 영감의 잔잔한 어조에는 내 핏줄의 비화를 어떤 의심 없이 인정하게끔 만드는 묘한 기운이 서려 있었다.

나는 조치원역에 전화를 걸어 열차 시간을 알아봤다. 오후 다섯 시 삼십칠 분에 서울로 출발하는 무궁화호가 있었다. 시간은 넉넉하다. 나는 영감의 말을 되새기며 머릿속에 약도를 그려본다. 조그만 다리를 건너 어느 쪽으로 가라고 했는지 헷갈린다. 하지만 집을 찾지 못하겠거든 아무나 붙잡고 물어보라고 했으니 걱정할 건 없다. 나는 살짝 두근거리는 가슴을 쓸어내리며 천천히 발걸음을 옮겼다.

영감이 일러준 돌다리까지 왔다. 걸어오는 도중에 노인의 말대로 동네 주민들 누구나 유상열 씨 댁을 알고 있는지 확인해보려고 배추 한 단씩을 양손에 들고 가는 여자한테 말을 걸었다. 그녀가 아, 그 집이요? 하고 숨을 몰아쉬더니 돌다리를 건너서 논두렁을 돌아 십여 미터만 걸어가면 나온다고 했다. 시원시원하게 길을 안내해주는 그녀를 보자, 행인들 어느 누구도 그 집을 모른다고 할까봐 조마조마했던 것처럼 마음이 놓인다. 한편으론 내가 왜 초대받지 않은 집을 향해 걸어가고 있는지 의아스럽다.

나는 돌다리 입구에 서 있었다. 엄마는 이 돌다리를 한 번도 건너보지 않았을 것이다. 어쩌면 나처럼 여행객으로 위장하고서 그림의 떡일 뿐인 시댁을 먼발치에서나마 바라보려고 이 자리에서 서성거렸을지도 모른다. 나는 선뜻 앞으로 나아가지 못하고 돌다리 주위를 하릴없이 거닐었다. 도도한 저택을 들여다볼 용기가 없어서라기보다 마치 내 몸이 부실공사로 만들어진 것처럼 가슴 한가운데에 뻥 뚫린 구멍 때문이다. 딱히 누구에게랄 것 없이 터져 나오는 원망의 말들과 스스로에게 퍼붓는 비난이 맨홀 같은 구멍 속에서 메아리친다. 그 맨홀 안에서 불어오는 듯 억센 바람이 풀과 나무와 덩굴을 마구 흔들며 지나간다.

가을 햇살이 서늘하다. 고추잠자리가 사랑을 나누듯 두 마리씩 포개져 내 머리 위에서 빙글빙글 돈다. 뒤죽박죽 날아다니는 고추잠자리가 불안하게 지속된 고요를 마침내 깨뜨린 것 같다. 엊그제 밤에 인태를 만났다. 굳이 전화를 피할 까닭이 뭐가 있겠나 싶어서 받았더니, 화이트치과에 스케일링을 하러 갔는데 네가 휴가 중이라고 하더라, 집안에 무슨 일이 생겼느냐, 어디 아픈 거 아니냐면서 연애시절 초기의 부드러운 말투로 안부를 챙겼다. 황당한 수작이었다.

"집에서 그렇게 죽치고 있을 거면 휴가의 의미가 없잖아. 요즘 여행사 광고에 환상적인 패키지 상품이 쏟아져 나오던데 하나 골라잡아서 다녀오지 그래. 줄줄 새는 시간이 아깝지도 않아? 말이 나온 김에 우리 단풍놀이라도 다녀올까. 지금 설악산에 단풍이 절정이라던데."

"지금 잠꼬대해? 이봐요 박인태 씨, 정신 차려. 우린 연인이 아니야. 남남인 우리가 함께 단풍놀이를 간다면 그거야말로 시간 낭비지. 먼지처럼 들러붙지 마. 털어내기도 귀찮으니까."

일방적으로 전화를 끊었는데 한 시간쯤 지나서 인태에게 다시 연락이 왔다. 우리 집 근처라고 했다. 무슨 꿍꿍이속인지 어처구니가 없었다.

나는 옷을 갈아입고 집을 나섰다. 그는 아파트 뒤편의 담벼락에 승용차를 세워 뒀다고 했다. 잡목이 우거진, 인적이 뜸한 길이라서 우리가 종종 데이트 장소로 삼았던 곳이다. 그는 나를 집까지 바래다주면 곧장 돌아가지 않고 차 안에서 내 몸의 은밀한 부위를 집적거리며 시간을 끌곤 했다.

그 담벼락을 향해 터벅터벅 걸어가다가 나는 문득 스커트를 입고 나왔다는 걸 깨달았다. 인태를 만나러 간다니까 예전의 습관이 되살아나 나도 모르게 폭이 넓은 치마로 손이 간 것이다. 무의식중에 저지른 나의 행동에 눈살이 찌푸려졌다. 집으로 돌아가 옷을 바꿔 입자니 너무 많이 걸어와버려서 그냥 무시하기로 했다. 치맛자락이 맵시 있게 퍼지지 않고 자꾸만 발목에 감겨서 나는 몇 번이나 걸음을 멈추고 신경질적으로 다리를 흔들어댔다.

담벼락 아래 외따로 서 있는 낯익은 승용차가 어슴푸레 보인다. 인태가 애마처럼 다루는 산타페. 그가 일부러 가로등과 거리를 두고 세워 둔 것 같았다. 백미러로 내가 다가오는 모습을 봤는지 인태가 승용차에서 내렸다. 두 달 만의 만남이었으나 본의 아니게 그가 선호했던 스커트 차림으로 나온 것이 마음에 걸릴 뿐 별다른 감흥이 일지 않았다. 그가 오랜만이야, 하면서 매너 좋은 남자처럼 생뚱맞게 악수를 청한다. 아니나 다를까, 그의 야릇한 눈길이 내 스커트를 더듬었다. 내게 데이트를 하자고 치근덕거리던 택시기사의 눈빛이 떠올랐다. 인태가 내 어깨에 슬쩍 손을 얹고서 승용차의 뒷문을 열더니 들어가라는 손짓을 했다.

"어디 가려는 거야?"

"단풍놀이 가자니까 시간 낭비라면서. 오랜만에 만났으니 잠깐 얘기라도 나눠."

"용건이 있거든 여기서 말해. 바람결이 이렇게 고운데 차 안엔 왜 들어가. 답답하게. 대체 할 말이 뭐야?"

"요즘 사흘 내리 야근을 했더니 피로가 쌓여서 무슨 갑옷을 입고 있는 것 같아. 일단 차에 타봐."

 그가 허리를 굽혀 뒷좌석으로 먼저 들어가 앉았다. 카키색 코르덴 재킷을 벗어 등받이에 올려놓더니 고개를 비스듬히 꺾고서 손가락을 까닥거린다. 그냥 뒤돌아설까 하다가 공연히 촌스럽게 구는 것 같아 한때는 내 소유물처럼 만만히 다뤘던 승용차에 몸을 실었다. 인태는 쫓겨나지 않으려고 고분고분하게 굴지만 무료하기 짝이 없다는 직장생활이며 아직까지 동거하고 있는 남동생의 근황을 늘어놨다. 나와는 하등 상관없는 이야기들이었다. 그때 하얀색 지프가 헤드라이트를 켠 채 주차공간을 찾아 두리번거렸다. 건조한 불빛이 차 안으로 쏟아져 들어왔다.

 "씨이, 저게 진짜."

 헤드라이트 때문에 산통이 깨진 듯 그가 볼멘소리를 내지른다. 뒤쪽에서 어렴풋이 시동 꺼지는 소리가 났다. 불편한 마음으로 정면의 허름한 다세대주택을 응시하고 있는데 어느 순간 인태의 손이 내 스커트 속으로 파고들었다. 통통한 쥐 한 마리가 기어 들어온 것처럼 나는 흠칫 놀랐다. 그가 내 허벅지를 능숙하게 어루만졌다. 너는 나의 손맛을 결코 잊지 못할 거라고 말하는 듯한 건방진 손놀림이었다.

 "아까 말이야, 신당동에 있는 카페에서 거래처 사람과 미팅을 하다가 화장실에 갔는데 네가 못 견디게 보고 싶더라. 너도 그 럭셔리한 화장실을 봤으면 마음이 달라졌을 거야. 그래서 퇴근하자마자 치과로 달려갔지. 냄새가 아주 달콤해. 무슨 향수 썼어?"

어느새 인태의 코가 내 귓불을 더듬고 있었다. 온몸에 소름이 돋았다. 발칙한 손이 어느새 기어올라 내 불거웃을 살살 헤치고 있다.

"야, 이 손 치워. 저번에는 르네상스 모텔에 가니까 내가 문득 떠올랐다더니 이번엔 오줌 싸면서야? 그러니까 나랑 결혼하기는 싫고 가끔 섹스 상대로 만나고 싶다는 거지. 꿈 깨. 난 너랑 몸이든 마음이든 엮이고 싶은 마음이 깨알만큼도 없어. 상투적이고 과장스런 너의 섹스에 신물이 나. 가서 다른 여자나 물색해봐. 너 따위 보험은 필요 없으니까."

얼빠진 표정으로 굳어 있는 그를 걸레처럼 내팽개치고 나는 승용차에서 내렸다.

산타페에서 멀어질수록 시멘트 바닥이 환해졌다. 키다리 보초 같은 가로등이 나를 내려다보면서 길을 밝혀주고 있었다. 나는 서두르지 않고 길을 줄여갔다. 한 번쯤 뒤돌아보고 싶었지만 그런 미련조차 짓뭉개버렸다.

대갓집의 대문은 굳게 닫혀 있었다. 공연히 주눅이 들어 주위를 살피다가 처음에는 살짝, 그 다음에는 힘껏 대문을 밀어봤지만 삐걱거리는 소리조차 나지 않았다. 감히 어디에 발을 내디디려 하느냐는 누군가의 엄포가 들려오는 듯했다. 철저히 버림받은 기분이다. 어느 해 이맘때, 동네 개들한테조차 들키지 않으려고 요리조리 몸을 감추며 기웃거렸을지도 모를 엄마의 행동거지를 내가 재현하고 있는 것만 같다.

　유 씨 가문의 자손이라면 누구나 우쭐해할 고택이다. 안채를 호위하고 있는 담이 내 키보다 훨씬 커서 아쉽게도 고택의 속살을 훔쳐볼 수는 없었다. 내가 유 씨 가문을 남몰래 방문해서 만난 건 담장 위로 머리를 쳐든, 덩달아 위엄을 풍기는 나무들뿐이다. 어쩐지 그것들이 철마다 인상이 변하는 일개 관상수로 비치지 않는다. 나는 약간 경사진 풀밭에 두 손을 모으고 서서 한옥과 오래 눈을 맞췄다. 세월의 때가 고상하게 묻은 옛집이 신비한 기운을 퍼뜨리고 있다.

　내게 대갓집은 문학기행 중에 접한 어느 선비의 원기가 서린 고택으로 와 닿을 뿐이었다. 누가 알아주기 전에 제 위엄과 권위를 스스로 인정하며 도도하게 서 있는 듯한 기와집이 과연 나의 출생과 연관이 있을까. 유상열과 유진석은 단지 성이 같은 이웃이었거나 촌수를 헤아리기 어려운 먼 친척 관계였을지도 모른다. 하지만 유상열과 유진석이 정말로 부자지간이라면 나도 저 대갓집의 엄연한 자손인 것이다. 나는 후자인 경우에 믿음을 실어 저 집이 네 핏줄의 뿌리다, 네 번듯한 가문이다, 라고 스스로에게 주입시켜본다. 그러나 내 마음은 산마루의 바위처럼 사나운 바람에도 끄떡없다. 그렇긴 해도 저 꼿꼿한 집안의 피붙이들 가운데 무슨 말결에나마 나라는 존재를 떠올리는 사람이 있을까 하는 의문만은 줄곧 따라붙었다. 어림없는 기대다. 사과의 썩고 짓무른 데를 예리한 칼로 야무지게 도려내듯이 그들은 부적절한 관계가 생산한 인격체를 깡

그리 잊어버렸겠지. 아니, 나라는 인간이 존재하고 있는지조차 그들은 모를 것이다.

지금 내 처지는, 어느 동네의 보육원 앞에 버려졌다는 흐릿한 기억에 기대어 혈육을 찾아 고국으로 날아온 입양아와 다를 바 없다. 결국 나도 여느 입양아들처럼 파근한 여정 뒤에 남은 애증을 그러안고서 발길을 되돌려야 할 것이다. 내 조상이 빈한한 소작농으로 살았던 것보다야 부유한 양반인 쪽이 자부를 가질 만함은 말할 것도 없겠지. 하지만 나는 뿌리 깊은 집안의 자손이야, 라고 백날 떠들어봤자 내 흔적이 그 집안 누군가의 기억 속에 희미하게나마 묻어 있지 않다면 그 자랑은 좀스런 허영일 뿐이다. 저렇듯 대문을 단단히 걸어 잠그고 있는 대갓집 앞에서 미련을 키우며 머뭇거릴 까닭이 없다. 애초부터 나를 깔아뭉갰다면 나도 그 가계(家系)의 존재를 무시해버리면 그만이다.

나는 배낭에서 디지털카메라를 꺼냈다. 영감에게 둘러댄 대로 전국의 종갓집을 두루 감상하고 다니는 역사학과 학생이라 여기며 나는 카메라 속의 피사체를 끌어당긴다. 삼십 년 만에, 그것도 남 모르게 훔쳐본 내 핏줄의 모체가 셔터를 누름과 동시에 산산이 흩어진다. 묘하게도 내 전 존재의 위상에 대한 착잡한 심정도 말끔히 걷히는 기분이다.

17
제비는 달력 속에만 있다

빨간 솔방울이 주렁주렁 매달린 집에 가면 어떤 귀인이 너를 기다리고 있을 거라는 누군가의 말을 되새기며 나는 길을 걷고 있었다. 어두침침한 산비탈을 오르자 층층이 지어 올린 이국적인 집이 모습을 드러냈다. 나는 빨간 솔방울을 찾으려고 일 층부터 샅샅이 훑어봤다. 숨을 헐떡이며 맨 꼭대기 층까지 오르자 끄트머리에 빨간 솔방울이 무슨 액세서리처럼 들러붙은 문이 보였다. 나는 한달음에 달려가 노크를 했다. 그러나 문을 열어준 사람은 귀인이 아니라 험상궂게 생긴 노파였다. 그녀는 나를 문전박대했다. 추위와 허기로 손발이 얼어붙은 나는 따스한 집 안으로 들어가려고 안간힘을 썼다. 네가 누군데 억지를 부리느냐고 노파가 윽

박지르면서 손잡이를 잡아당겼다. 저를 모르시겠어요? 라고 울먹이면서 나는 문을 열어젖히려고 발버둥 쳤다. 내 집에서 썩 나가라! 어느 순간 노파가 소리치며 벼락같이 뛰쳐나오더니 내 목덜미를 잡아 난간 아래로 떠다밀었다.

나는 외마디 소리를 지르며 눈을 떴다. 등골이 서늘하다. 위기 상황에서 극적으로 구출된 기분이다. 목덜미에 저절로 손이 간다. 나를 가뿐히 들어 올리던 노파의 살인적인 힘이 여실히 느껴진다. 꼭대기의 난간에서 떠밀려 침대 위로 떨어진 듯한 박탈감도 그득 차오른다. 디지털 탁상시계는 AM 4:55를 새기고 있다. 조금 있으면 황 여사가 새벽 예배를 보러 가려고 안방에서 나올 것이다. 어제 느지막이 조치원을 출발해서 저녁 아홉 시쯤 집에 다다랐다. 기차 좌석이 없어서 내내 서서 왔다. 몸과 마음이 지칠 대로 지친 외출이었다. 오다가 장생약국에 들러 편안히 잠들 수 있는 약을 조제해 먹었는데도 이상야릇한 꿈에 시달렸다. 께름칙하다. 탁상시계로 자꾸만 눈이 간다. 한집에서 사는 처지인데도 뜬금없이 황 여사의 안부가 궁금해진다. 그녀의 발소리가 들리면 나는 냉큼 방문을 열고 욕실로 걸어가면서 사람 조심 차 조심 하시라고 다정하게 인사를 건넬 참이다.

토요일 오후 세 시. 63빌딩 예식장. 오늘 마침내 치와와가 결혼식을 올린다. 어제 기차 안에서 무려 아홉 통의 문자메시지를 받았다. 모두 그녀가 보낸 휴대전화 쪽지였다. 결혼식을 하루 앞둔 치와와의 불안과 긴장은 최고조에 이르렀다. 이러다 예식장으로 가기 전에 기절하겠다고, 마음 같아서는 신경안정제를 복용하고 싶지만 태아를 생각해서 꿋꿋이 버틸 거라고 했다. 제 능력으로는 어찌해볼 도리가 없는 불안증이었다.

새벽 다섯 시가 넘었는데 기척이 없다. 오늘 황 여사는 교회에 가지 않을 모양이다. 그러고 보니 요즘 집 안에서 그녀가 움직이는 소리를 못 들은 것 같다. 교회에서 어르신들을 위해 가을맞이 효도관광이라도 보내줬나, 라고 혼잣말을 하며 나는 옷장 앞에 벗어 놓은 빨랫감을 들고서 거실로 나갔다.

베란다 창문으로 어슴푸레한 여명이 비쳐왔다. 숨 쉬는 것조차 실례라는 생각이 들 정도로 거실은 되직한 정적에 휘감겨 있다. 나는 그대로 멈춰 섰다. 고요 속에서 한결 도드라진 시계의 맥박소리가 오늘따라 으스스하게 들린다. 팔을 뻗어 벽시계 아래 붙어 있는 스위치를 누른다. 거실에 불이 들어오는 순간 꿈속의 노파처럼 무시무시하게 보이는 가구들이 나를 꼼짝 못하게 에워싼다.

"황 여사님, 황 여사님, 아직 주무세요?"

가늘게 갈라지는 내 목소리에 미미한 경련이 인다. 나는 대답도 듣지 않고 방문을 열었다. 누리치근한 냄새가 콧속으로 스며든다. 퀴퀴한 냄새로 자신이 살아 있음을 알리던 엄마의 서글픈 악취가 이 방에 아직도 남아 있나. 차마 정을 못 떼고 서성이는 엄마의 그림자가 언뜻 눈에 비친다. 완벽하게 창문을 가리고 있는 커튼 때문에 방이 음침하다.

　황 여사는 방 안의 어둠만큼이나 칙칙한 누비이불을 덮고서 단정히 잠을 자고 있었다. 가슴에 올려 있는 뭔가가 눈에 띈다. 딸이 만들어 줬다던 목각권총이다. 탄알을 잴 수 없는 권총인데도, 주인공이 살인을 목적으로 숨겨 둔 스릴러 영화의 무기처럼 기이한 기운이 감돈다. 황 여사에게는 목각권총이 결혼반지나 자식의 배냇저고리 같은 상징적인 물건인가 보다, 라고 여기며 나는 살짝 몸을 틀었다. 그녀가 새벽 예배도 잊어버리고서 모처럼 단잠을 자고 일어났는데 밥상까지 차려져 있으면 오늘 하루가 그야말로 상쾌하겠지. 약간 들뜬 마음으로 밥을 안치러 나가려는데 침대 가까이에 놓인, 우산꽂이처럼 생긴 원통이 선명히 눈에 들어왔다. 내 눈에 그것은 새벽빛을 모조리 흡수한 발광체처럼 비쳤다.

　잠기운이 아직 배어 있는 눈을 끔벅거리며 나는 조심조심 다가가 고개를 수그렸다. 물이 가득 담긴 길쭉한 원통에 늘어져 있는 것은 그녀의 희뜩한 왼팔이었다. 물이 검붉다는 사실을 감지한 찰나 머릿속에서 뭔가 번쩍이더니 온몸을 쇠줄로 옭아맨 듯 꼼짝할 수가 없다. 머리를 약간만 쳐들면 황 여사의 잠든 얼굴을 볼 수가 있다. 그러나 내 눈은 이미 굳게 감겨 있고 두 발은 방바닥에 빈틈없이 들러붙었다. 내 몸은 어디론가 달아나버리고 공포감으로 빳빳해진 누군가의 육체를 고스란히 떠안고 있는 것만 같다. 조금이라도 움직이면 공포의 대상으로 변해버린 황 여사의 왼팔이 내 머리채를 잡아당길 것이다. 나는 끔찍한 확신에 짓눌려 부들부들 떨고 있었다.

괴괴한 녹음실이다. 내 눈을 향해 있는 마이크의 공격적인 모습, 중환자실의 시트를 연상시키는 벽, 공기마저 싸늘하다. 냉기와 습기가 배어 나오는 어둑한 뒷방에 갇혀버린 느낌이다. 나는 어깨에 가방을 둘러멘 채 팔걸이의자에 앉았다. 내 둔부를 마지못해 그러안고 있는 인태의 손길이 느껴진다. 엉덩이를 실룩거려본다. 그의 불평처럼 의자가 삐꺼덕거린다.

녹음실 담당자가 뒷짐을 지고 걸어왔다. 점자도서관의 녹음도서실에 처음으로 방문했던 날 내 곁에서 치약 냄새를 풍기며 서 있던 남자다. 그는 오늘도 청바지 안에 남방 자락을 집어넣고서 벨트로 허리를 조여 맸다. 그가 책상 위에 A4용지를 내려놓고 한 발짝 물러섰다.

"카드를 보니까 이번 주 월요일에 다녀가셨더군요. 시월 들어 여러 번 음성 테스트를 받으셨데요. 녹음 파일을 들어보니까 첫날보다야 많이 좋아졌는데 낭독봉사를 하기엔 아직 미흡해요. 목소리가 잔잔한 수면 같아야 하는데 물결이 일거든요. 유정수 씨의 목소리는 글자가 두 겹, 세 겹으로 잘못 인쇄되어 있는 것 같아요. 낭독하시기 전에 물로 목을 충분히 적시고 심호흡을 한 뒤, 내가 제일 자신 있는 게임을 한다 생각하시고 지문을 읽어보세요. 시간제한이 없으니까 차도 마셔가며 느긋하게요."

적극적이고 끈질긴 지원자라서 안타까운 마음이 드는지 그의 말투며 행동이 다정스럽다. 하지만 그의 조언은 내 귓속으로 흡수되지 않고 거듭 튕겨져 나간다. 사실 그가 질문해주기를 바라는 말은 따로 있었다. 기어코 낭독봉사를 하려는 이유가 뭡니까.

"침 넘어가는 소리, 쌍디귿 같은 된소리가 문장 안에 끼어들지 않도록 필히 신경 쓰세요."

주의사항을 덧붙이고 나서 그가 조용히 출입문을 닫았다. 나는 문을 잠그고 가죽가방에서 종이봉투를 꺼냈다. 관할 경찰서에서 조사를 받고 나오는 길에 화장품을 샀다. 나는 샘플로 받은 스킨과 로션, 영양크림을 차례로 발랐다. 얼굴이 번들거린다. 피부의 잡티나 결점을 커버해준다는, 극도로 미세하고 가벼운 성분으로 제조한 파운데이션을 얼굴에 칠했다. 우중충한 피부가 대번 환해진다. 노란 피부부터 까무잡잡한 피부까지 고루 어울린다는 핑크컬러의 립스틱을 바르자 얼굴에 생기가 돈다.

황 여사가 황천길로 떠났다. 커터 칼로 손목을 깊이 긋고서 미리 물을 채워 둔 원통에 그 왼팔을 담갔다. 교묘한 자살이었다. 혈액이 물속으로 하염없이 새어 나와 그녀의 온기를 앗아갔을 것이다. 그녀의 이름은 '황영옥', 나이는 예순여덟이었다. 남편은 올봄에 별세했다. 1남 2녀의 자식들은 서울과 경기도에 거주하고 있었다. 외딸이 미국에 살고 있다는 말은 헛소리였다. 뜻밖에도 아파트는 그녀의 재산이 아니었다. '박선영'이라는 여자가 소유주였다. 그녀는 황 여사의 맏딸이었다. 나는 경찰서에서 그녀에 관한 신상 정보를 주워들었다. 이름도 나이도 모르고 지낸 완벽한 무관심이 나의 결백을 증명해주는 것 같아 가슴이 벌벌 떨리면서도 내심 마음이 놓였다.

"한집에 살면서 사람이 죽은 걸 몰랐단 말입니까? 여러 세대가 어울려 사는 단독주택이라면 몰라도 거긴 아파트 아뇨."

"저는 어제 조치원에 있었어요."

"어제 자살한 게 아니잖습니까. 시체 상태로 봐선 목숨을 끊은 지 최소한 이틀은 됐을걸요. 이 양반 팔자도 참 딱하구먼. 노인들 자살 사건이 이달에 벌써 세 건이나 터졌네."

"안방에서 기도하거나 성경을 읽나 보다 생각했어요. 한번 방에 들어가면 잘 나오지 않았거든요."

"그렇게 관심을 끄고 살다가 오늘 새벽엔 어쩐 일로 안방 문을 열어보셨습니까."

"그분이 새벽마다 교회에 가는데 오늘은 기척이 없더라구요. 느낌이 이상했어요. 그런 걸 육감이라고 하죠. 거실에 나갔다가 저도 모르게 안방으로 이끌려 갔어요. 모처럼 아침밥을 해서 함께 먹고 싶기도 했구요."

"그런 생각이 일찌감치 들었으면 좋았을 텐데요."

내가 더듬더듬 꺼내놓는 사고 경위를 컴퓨터에 받아 적으면서 경찰관이 입술을 일그러뜨렸다.

"그 아파트가 본래 최정수 씨 집이었단 말이죠. 왜 하필 그 집에 세를 들었습니까. 내 상식으론 이해가 안 되는데."

"제 상식으론 가능한 일이에요. 중학교 때부터 살아온 집이라 정이 들어서 떠나기가 자못 아쉽던 차에 그분이 제가 쓰던 방을 세놓겠다고 했어요. 근데 그게 이 사건과 무슨 상관이 있나요? 저는 시체를 발견한 사람이에요. 그것도 어둔 새벽에요. 전 지금 아저씨보다 더 기가 차고 심장이 벌렁거려요. 오늘 오후 세 시에 친구 결혼식이 있어서 그만 가봐야 해요. 제 협조가 필요하시면 언제든 연락 주세요."

나는 어기차게 말대꾸를 하고서 경찰서를 빠져나왔다. 그는 나를 허투루 대하면서 비정한 인간으로 취급하고 있었다. 말끝마다 아랫입술을 질근질근 깨물면서 눈을 치뜨는 태도가 불쾌했다. 그는 황 여사의 비극적인 운명이 내 탓인 듯 말을 비꽜다. 나에겐 잘못이 없다. 설령 내가 방에서 자살했더라도 그녀 또한 한동안 몰랐을 것이다. 오늘 저녁이나 내일 아침에 늙은 여자의 자살 사건이 소통 단절 운운하며 토막뉴스로 보도되겠지. 그녀와 한집에 살았던 나는 '최 모 씨'라는 익명으로 알려져 세인의 입에 오르내릴 테고, 소통 불능의 시대를 살아가는 현대인의 전형으로 떠오를 것이다.

비좁고 컴컴한 통로를 힘겹게 빠져나와 첫울음을 터뜨린 인간에게는 삶과 죽음의 모습이 애당초 정해져 있다고 믿어 왔다. 엄마는 쉰여섯에 자궁암으로, 황 여사는 예순여덟에 자살로 사라진다는 내용이 생사의 명부에 적혀 있는 것이다. 그러므로 황 여사의 비참한 죽음은 누구의 책임도 아니다. 개개인에게 주어진 삶의 분량과 죽음의 차림새는 절대 바뀔 수 없다. 나는 죄책감이 조금이라도 고여 들지 못하게 하려고 내 무관심을 합리화시켰다. 그럴수록 마음이 가라앉기는커녕 오만 감정이 떠들고 일어섰다. 나는 쇄골을 짓누르며 예식장이 아니라 점자도서관으로 가는 전철을 탔다. 경찰관이 수소문해서 연락한 망인의 자식들이 곧바로 들이닥치지 않아서 천만다행이었다.

메이크업이 끝났다. 서툰 화장이지만 적어도 새벽에 죽음을 목격한 얼굴로는 비치지 않는다. 뭔가 허전하다. 나는 화장품이 들어 있는 종이봉투를 뒤적거렸다. 아차, 값비싼 자외선 차단제를 바르지 않았다.

"아시아인의 피부는 세계 여러 인종 중에서 가장 각질층이 얇고 약하기 때문에 피부 트러블이 쉽게 발생하고 멜라닌도 과다하게 생성돼요. 그러나 멜라닌은 햇빛에 의해서만 생기는 게 아니랍니다. 삼백육십오 일 지속되는 환경오염, 온난화, 심리적 스트레스도 피부를 자극하죠."

가을의 색채를 눈에 공들여 표현한 여자가 종알대더니 진열장에서 자외선 차단제를 꺼냈다. 선크림이 피부의 나이를 십 년이나 젊게 해준다는 말도 덧붙이면서. 시월 한 달 동안 내 얼굴에는 멜라닌이 무진장 생겨났을 것이다. 몰라도 그만인 출생의 비밀과 동거녀의 자살이 내 피부를 사정없이 자극했을 테니까. 나는 주저 없이 그녀가 권하는 자외선 차단제를 샀다.

　마이크를 조절한 뒤 녹음실 직원이 시키는 대로 심호흡을 여러 번 했다. 생수로 목도 축였다. 나는 마우스를 움직여 컴퓨터 속의 빨간 단추를 누르고서 테스트 지문을 읽기 시작했다. 벼, 보, 뫼, 수, 쉬, 웨, 쥬……사람들은 햇콩 단콩 콩죽 깨죽 죽 먹기를 싫어하더라. 저기 계신 저분이 박 법학박사이시고 여기 계신 이분이 백 법학박사이시다……카페인은 아마도 세계에서 가장 널리 애용되는 정신활성제일 것이다. 순수 알칼로이드인 카페인은 뜨거운 물에 아주 잘 녹으며 커피 150밀리리터에 30~180밀리그램이 들어 있다. 한편 콜라 360밀리리터에는……나는 버튼을 눌러 녹음을 중지시켰다. 영어의 발음 기호를 연습할 때처럼 혀가 더디 움직이고 목소리가 작은 폭으로 가늘게 떨린다. 정신활성제가 필요한 순간이다.

　녹음실 입구로 나갔더니 남자 직원이 벽에 기대어 잡지를 읽고 있었다.

　"벌써 녹음을 끝내셨어요?"

　"커피 마시고 나서 하려구요. 목소리가 진정이 안 돼요. 입에 마이크만 댔다 하면 떨리네요. 나중에 녹음 파일을 들어보시면 또 지적을 많이 받지 싶어요."

　"사 층 점자도서관에 가보셨습니까."

"아뇨."

"그럼 일 층 인쇄실도 안 가보셨겠네요. 점자책을 본 적은 있으세요?"

부드러웠지만 뼈딱한 말투였다. 좀 무안했다. 나는 종이컵에 커피 믹스를 넣었다. 정수기의 온수 버튼을 누르면서 딴생각을 하느라고 하마터면 물이 넘칠 뻔했다. 유리창에 비친 내 얼굴이 화사하다. 또, 깜박했다. 아까 녹음실에서 그의 설명을 들을 때는 맨얼굴이었다. 첫날 녹음실에서 분장하고 나온 내 얼굴을 보고 실소를 참던 그의 표정이 떠오른다. 녹음실에 들어가면 으레 화장부터 하는 여자라고 단정해버렸는지 그는 나의 변신에 아무런 반응이 없었다. 상대방은 관심도 없는데 오히려 내가 민망해져서 가급적 얼굴을 보이지 않으려고 고개를 수그렸다.

"다음번에 나오시면 도서관, 인쇄실, 점역편집실을 두루 둘러보세요. 점자도서관에서 자원봉사를 하실 뜻이 진정 있으시다면요. 저는 하얀 종이에 새겨진 요철을 보면 눈밭에 찍힌 새의 발자국 같다는 생각이 듭니다. 단 오 분 만이라도 눈을 가리고서 집 안을 거닐어보세요. 시각장애인들의 처지를 조금이나마 헤아려본 뒤 마이크 앞에 앉으면 음성이 한결 차분해질 겁니다. 이 사보에서 방금 읽은 내용인데요, 기상청 달력은 시월이 되면 지역별 제비 이탈 소식을 전하느라고 바쁘대요. 그러나 오래전부터 텅 빈 하늘, 제비들은 달력 속에만 있다는 거예요. 요즘이 이탈 시기인데 그러고 보니 제비를 한 마리도 못 본 것 같아요. 그 많던 제비들은 어디서 무얼 하고 있을까요. 자신만의 공간에 갇혀서 그저 점자책하고나 소통하고 있을 장애인들이 이탈하지 못하는 제비들 같다는 생각을 해봤어요. 사실 따지고 보면 두 눈 멀쩡한 우리들도 그 제비들과 다를 게 없겠죠."

나는 멍청한 얼굴로 그의 말만 듣고 있다가 녹음실로 들어왔다. 내 머릿속은 뭔가로, 이를테면 무슨 점액질 덩어리 같은 걸로 과부하 상태였다. 눈이 침침하다. 오후 한 시 사십칠 분이다. 지금쯤 치와와는 신부 대기실에서 그야말로 배우 같은 몸짓으로 방긋방긋 웃으며 하객들의 인사를 받고 있을 것이다. 결국 그녀에게는 어떤 불미스러운 일도 일어나지 않았다. 내게 닥칠 불행의 전조를 치와와가 대신 느껴준 꼴이 되었다.

잠시 중단했던 음성 테스트를 마저 끝내야 하건만 나는 종이컵을 든 채 멍하니 앉아 있었다. 오늘 새벽의 섬뜩한 장면이 나를 집요하게 괴롭힌다. 내 시야를 가로막는 건 온기를 완전히 잃어버려 괴이하게 뒤틀려 보이던 그녀의 왼팔이 아니라 푸른빛을 띤 어둠이다. 시간이 더해질수록 검푸른 어둠이 괴력을 지닌 실물처럼 나를 압박한다. 황 여사의 영혼이 푸르스름한 어둠이 되어 방 안을 휘덮고 있는 듯했다. 언제까지나 동이 트지 않을 것 같은 밀폐된 공간에서 나는 정신적인 진통을 견뎌야 했다.

가까스로 안방에서 빠져나와 경찰서에 신고한 지 이십여 분 만에 경찰들이 달려왔다. 나는 화단에 쭈그리고 앉아 있었다. 밤새 아파트를 지키느라 졸다 깨다 하여 얼굴이 푸석푸석한 늙은 경비원이 화들짝 놀라면서 그들과 함께 엘리베이터를 탔다. 나는 비좁은 경비실로 들어가 경비원들이 침상으로도 이용하는 등받이가 긴 의자에 무너지듯 앉았다. 음질이 거친 라디오에서 손끝으로 힘주어 현을 뜯어대는 국악의 가락이 단조롭게 흘러나왔다. 구슬픈 리듬이었다.

 나는 두 팔에 머리를 파묻고서 황 여사와 함께 지낸 시간들을 뒤적거렸다. 그녀의 사생활을 추측해보면서 그런대로 잘 굴러가고 있는 인생이라고 생각한 내 믿음은 그릇된 판단이었다. 한 인간에 대한 나의 평가가 이렇듯 실제와 판이하게 다를 수 있을까. 마치 내 삶의 짧은 봄날이 송두리째 없어진 것처럼 그렇듯 허무할 수가 없었다. 두 눈을 크게 떠봐도 졸음과는 전혀 다른 끈끈한 무언가가 내 눈꺼풀을 끌어 내렸다. 나는 외딴 밤거리를 홀로 헤매는 심정으로 한참 동안 장송곡 같은 국악에 내 전부를 맡기고 있었다.

 헐벗은 마음을 달랠 길이 없다. 녹음실이 으슬으슬 춥다. 쓸데없는 짓인 줄 알면서도 치와와에게 전화를 걸어본다. '미녀와 야수'의 배경음악이 흘러나온다. '미녀와 야수'는 그녀가 단역으로 출연한 뮤지컬인데 그 장기공연이 막을 내린 직후 신랑감을 만났다. 아마도 '미녀와 야수'는 그녀의 마지막 작품이 될 것이다. 속사정이야 어떻든 그들은 뮤지컬에서처럼 결실을 맺었다. 아무쪼록 줏대

없고 사나운 야수를 순하게 길들여 치와와의 목적대로 시아버지에게서 재산을 두둑이 물려받길 바랄 뿐이다. 휴대전화 전화번호부에서 진작 삭제한 인태의 전화번호가 불현듯 떠오른다. 쓴웃음이 나마 흘리게 만드는 기억력이다. 지금 당장 말벗이 필요한 나는 인태 대신 아버지한테 전화를 걸었다.

"여보세요, 정수냐?"

"주무셨나 봐요."

"어제 야간 경비를 섰거든. 2교대야. 밤을 꼴딱 새웠더니 허공에 붕 떠 있는 것처럼 머릿속이 멍해. 차차 적응되겠지. 일자리가 생기니까 이제야 비로소 일상이 제대로 굴러가는 것 같다. 머릿속을 드라이클리닝한 느낌이야. 여기서 더 바라면 욕심이지."

"제가 단잠을 깨웠나 보네요. 더 주무세요. 다음에 전화할게요."

"아냐, 괜찮아. 무슨 일 있냐."

"그냥 걸어봤어요. 토요일인데 뭐하시나 해서요."

"너는 토요일인데 뭐해."

"화장하고 책 읽다가 커피 마셨어요."

"안 하던 화장까지 하고, 오늘 무슨 중요한 약속이라도 있냐?"

"따분해서 재미로 해봤죠."

"너도 얼른 짝을 찾아야 할 텐데. 잔정보다는 속정이 깊은 놈으로."

"아버지, 아파트 처분한 돈은 어디다 쓰셨어요."

"은행에서 빌린 대출금 갚고, 내 집 장만했다."

"그 원룸 사신 거예요?"

"이 나이에 세속적인 집을 왜 사. 사실은 공원묘지에 내가 누울 자리를 마련했어. 지난여름에 친구 따라서 우연히 가봤는데 공원묘지의 전망이 어찌나 좋던지 한눈에 반해버렸다. 내가 죽고 나서 그리로 가면 원이 없겠는데 수중에 목돈이 있어야 말이지. 그래서 아파트를 팔아치웠어. 꼭 그 이유 때문만도 아냐. 너는 어떤지 몰라도 난 그 아파트에 오만 정이 떨어졌어. 네 엄마가 암이라는 교활한 덫에 꼼짝없이 걸려서 푹푹 썩다가 죽은 집이잖아."

"아버지가 욕심낸 공원묘지의 자리 값이 얼만데요."

"천만 원."

"제가 그깟 공원묘지 하나 장만해 주지 않을까봐 그렇게 서둘렀어요? 아버지는 그 나이에 치아까지 건강하니 제가 해드릴 게 없네요. 음식도 저보다 더 잘하시고."

"한데 말이야, 내가 거기에 묻히면 공원묘지 관리비는 네가 내줘. 부담을 느낄 정도의 액수는 아닐 거야. 너도 알다시피 내가 부탁할 사람이 없잖냐."

아버지가 잠꼬대를 하듯 웅얼거린다.

집주인의 자살 소식을 나는 끝내 입 밖으로 꺼내지 못했다. 경찰관이 안방의 서랍장에 들어 있던 황 여사의 신분증과 아파트계약서를 보면서, 아버지와 통화할 수 있겠느냐고 물었지만 당신은 지금 중국으로 여행을 떠났다고 말을 둘러댔다. 나야말로 아파트 매매계약서를 작성할 당시의 정황에 대해 소상히 알고 싶었지만 궁금증을 덮어버렸다. 오수를 즐기고 있는 당신의 평온을 깨뜨리고 싶지 않았기 때문이다. 주말이 지난 뒤에 말짱 거짓말 같은 실화를 들려주면 어떤가. 하기야 아버지가 반드시 알아야 할 까닭도 없다. 집주인과의 동거가 아무래도 불편해서 독립했다고 말해버리면 그만일 테니까.

  나는 책상에 엎드렸다. 노년의 렘브란트를 빼닮은 황 여사의 얼굴만 오롯이 떠오른다. 두 사람은 생김새뿐만 아니라 비참하게 생을 마감한 말년의 모습까지 흡사하다. 그래도 렘브란트의 죽음은 이렇듯 돌발적이지는 않았다. 평소에 뭔가 좀 수상한 낌새를 풍겼다면 동거인으로서 이처럼 기막히지는 않을 것이다. 페루의 마추픽추 사원 아래서 떡볶이 장사를 하고 싶다던 사람답게 거실에 싱그러운 커튼을 걸어 놓고, 새벽마다 교회로 향하던 그 활기를 접하면서 어느 누가 자살이라는 칼날을 떠올릴 수 있단 말인가. 수수한 생활의욕과 늙은이다운 점잖은 처신으로 자신의 생에 순종했던 사람에게 그런 자발적 폭력이 어느 날 무작정 저질러질 수 있다면 그녀한테 한 가지만 물어보고 싶다. 우리 집으로 거처를 옮기기 전부터 계획한 자살인가요, 아니면 살다 보니 그런 충동을 억제할 수 없었던가요, 라고. 만약 후자라면 황 여사의 자살사건이 나와는 아무런 상관이 없다고 완강히 손을 내젓지는 못하겠다.

끔찍스럽게도 나는 일 년여의 시간 동안 한집에서 두 여자의 죽음을 목격했다. 과연 나는 엄마에게 어떤 존재였을까. 새삼스런 의문 하나가 별똥별처럼 떨어진다. 어쩌면 나는 한 여자의 인생을 잡아챈 올가미였는지도 모르겠다. 사랑이 아니라 자궁에 돋아난 새순을 차마 지워버릴 수가 없어 곧은길을 놔두고 울퉁불퉁한 길로 들어선 거라면 사정이 어찌되었든 나만은 그 속내를 어루만져줬어야 하지 않았을까. 예년에 비해 쌀쌀했던 시월에 엄마의 케케묵은 과거가 드러났고, 늙은 미망인이 하늘 저편으로 날아갔으며, 나는 내 안의 또 다른 나를 속속들이 눈여겨봤다. 세 여자의 일생을 다룬 진지하나 답답한 장편영화를 관람하고서 홀로 객석에 앉아 있는 것 같다.

 황 여사는 실연의 후유증에 보대끼다 결국 자살하고 만 것이다. 남편과 살던 집은 어쩌고 큰딸 소유의 아파트에 혼자 살게 되었는지 그 내막이야 알 길이 없으나 그건 중요한 문제가 아니다. 그녀는 가족과 어울려 살았어도 자신의 남은 목숨쯤이야 가벼이 여겼을 것이다. 사별의 질긴 눈물이 독소가 되어 암세포처럼 몸 구석구석으로 퍼졌을 테니까. 대갓집 아들과 사랑에 빠졌던 엄마는 실연의 상처가 아물기도 전에 한 남자를 처마로 삼았다. 졸지에 청상과부 신세가 된 무능력한 엄마는 딸을 길러야 했으니 돈줄이 튼튼하다면 새 신랑감이 백수건달이라도 상관없었을 것이다. 실연에 대처하는 여자들의 태도가 황 여사는 극단적이었다면, 엄마는 지극히 현실적이고 자기애로 뭉쳐 있었다. 이런 내 분별은 과연 정당할까.

 남편이 너무나 졸지에 그래서 허망하게 저승사자를 따라갔다면 황 여사는 이제부터 자신의 자투리 삶을 온전히 스스로를 위해 쓸 수는 없나. 엄마의 경우는 남자를 바치는 자신의 체질을 온몸으로 감싸면서 짧은 생애와 파란만장한 팔자에 길들여졌다고 해야 옳을까. 하긴 내가 그녀들을 탓할 주제가 아니다. 불과 얼마 전까지만 해도 나는 탁한 육체를 순간이나마 쾌적하게 해주는 환풍기 같은 남자를 곁에 두려 했으니까.

 내게 인태는 마음으로 통하는 연인이라기보다 물리지 않는 성적 대상이었다. 엄마가 병석에 있을 때 그를 하루도 만나지 않으면 불안했다. 교외의 한적하고 청결한 모텔에서 장기 투숙하며 그와 함께 게으름을 피우고 싶은 욕구가 날마다 솟구쳤다. 그 시절 무슨 일로 인태와 연락이 두절되었다면 나는 아마 미쳐버렸을지도 모른다. 그렇다고 내 육체를 아무 남자한테나 맡기기는 싫었다. 박인태라는 남자 자체가 아니라 그의 발랄한 알몸에 집착하는 나 자신이 혐오스러웠지만 그런 감정의 뒤끝은 오래가지 않았다. 따지고 보면 나는, 남편이 정신적인 둥지였을 황 여사나 어리숭한 백수건달을 두툼한 돈주머니로 여긴 엄마보다 더 남자한테 기대면서도 도도하게 군 모순덩어리였다. 이래서 젊음은 다디단가 하면 쓰디쓴 과일이다.

잠언 형식을 빌려 인간 조건에 대한 회의, 부정, 절망을 표현한 루마니아 태생의 에세이스트가 책을 통해 들려준 이야기 한 토막이 머릿속에 스며든다. '너는 이 세상에 무엇을 찾으러 왔느냐?' 아침 나절 내내 일할 수 있으리라는 의욕에 이끌려 책상에 앉았는데 그 설득력 있는 상투어가 그의 팽만해진 기분을 사그라지게 했다는 것이다. 그래서 그는 무슨 해답을 캐낼 요량으로 침대로 되돌아갔다. 나 또한 그가 흉측하고 치사스럽다고 표현한 그 질문 앞에서 좌절을 맛본 심정이었다. 이 세상에서 무엇을 찾으려고 두리번거리기는커녕 그래야 하는 사실조차 까맣게 잊은 채 나는 삶의 레일을 무작정 밟고 있었던 것이다. 캐나다로의 이주와 취업계획은 그야말로 어릴 적 그저 마음만 먹으면 거뜬히 이루어질 줄 알았던 빛깔 고운 '장래희망' 같은 거였다.

생부와 엄마, 그리고 황 여사는 현실 속에서 무엇을 얻어가지고 망망한 곳으로 떠났을까. 눈앞에 시커먼 장애물이 놓인 듯 숨이 막힐 지경인데 내가 왜 이 녹음실에 눌러앉아 있는지 알다가도 모를 일이다. 누군가는 증오심이 생기고 모욕을 당할 때마다 복수하고 싶은 욕구를 멀리하기 위해 무덤 속에 편히 누워 있는 자신을 상상한다고 했다. 신통한 치유법 같지는 않으나 아쉬운 대로 실습해보기로 한 나는 여기가 무덤 속이라고 스스로에게 속삭이며 눈을 감았다. 무덤이란 단어로 머릿속을 도배하자 헐한 마음자리에 미세한 무언가가 보슬보슬 떨어지는 것 같기도 하다. 잇단 불운을 견딜

수 있는 유일한 방법은 불운이라는 관념 자체를 사랑하는 것이라 했던가. 억지고 헛소리에 불과한 아포리즘이지만 초라하게도 현재 내가 기댈 곳은 그 따르기 벅찬 문구밖에 없다.

언제부턴가 아파트 현관문을 여는 순간 그녀의 해진 신발이 보이면 반가웠다. 삶이 시시하고 절망적일 때 자못 위로가 되었던 아련한 기도 소리, 주방의 냄비에 넉넉히 담겨 있던 시래기국과 미역국, 무엇보다 엄마의 살림살이를 치워달라고 닦달하지 않아서 고마웠던 마음을 겉으로 표현하지 않은 게 그지없이 후회스럽다. 황 여사는 날마다 기도하고 성경을 읽으며 사별의 고독을 견디게 해달라고 빌었을 것이다. 그녀에게 성공아카데미는 가뭄이 든 마음 자리를 적셔줄 마지막 샘터였는지도 모른다. 기도와 성공아카데미도 결국 한 늙은이의 작은 소망을 들어주지 못했으니 모든 말씀이란, 그 발화 행위 자체가 일단 사기 행각이 아니고 무엇인가.

느닷없이 몰아친 태풍에 가로수가 휘어진 모습을 바라보는 심정으로 나는 테스트 용지를 집어 들었다. 발음하기 어려운 것으로만 가려 뽑은 글자와 문장들이 날을 세우고 있다. 녹음실 직원의 무심한 듯하면서도 예리한 눈빛이 떠오른다. 점자책이 어떻게 생겼는지도 모르면서 낭독봉사를 하겠답시고 설쳐대는 내가 가소로웠겠지. 당분간 녹음실 출입금지. 스스로에게 경고하고서 둘레둘레 녹음실을 살피는데 달력이 눈에 띈다. 그동안 수차례 녹음실을 들락거렸건만 저기에 달력이 걸려 있는지도 몰랐다. 몽환적인 색채로

꽃과 나비를 표현한 수채화를 시월의 단조로운 숫자들이 떠받들고 있다. 부정할 수 없는 진실을 싣고서 날쌔게 흘러간 시월은 내 인생에 짙은 흉터를 남길 것이다. 오만 감정의 회오리가 나를 흔들어 대지만, 적어도 극단적이거나 현실적인 방법으로 실연의 통증을 치유하지 말자는 생각만큼은 머릿속 한 귀퉁이에 새겨뒀다.

숫자들이 저마다 네모난 방을 차지한 시월의 달력을 망연히 바라본다. 광활한 하늘로 날아오르지 않은 제비들이 그 안에서 날개를 접고 있다. 그 여름새들은 가느다란 선을 사이에 두고 웅숭그린 나, 엄마, 두 아버지, 박인태, 황 여사, 혹은 안면이 있는 얼굴로 비치기도 한다. 점자도서관의 녹음실을 벗어나면 당장 갈 곳이 없다. 막막하다. 탄생보다 죽음에 익숙한 엄마의 살림살이는 또 어디로 보내야 하나. 생각해보니 후불로 받겠다고 했던 시월 한 달치 월세를 황 여사에게 전해 줄 방법이 없다. 이래저래 빚을 져버린 나는 절박한 심정으로 녹음 프로그램의 빨간 단추를 눌렀다. 그리고 입을 크게 벌려 낱자부터 또박또박 읽어 내려갔다. 가갸거겨고교구규……천성적으로 불안정하다던 내 목소리가 깊은 시름처럼 녹음실에 떠다닌다.*

금빛 트로피가 돋보이도록 포즈를 취하고 있는 단발머리 계집애의 억지웃음. 딸의 불안한 마음도 몰라주고 기념촬영 운운하며 사진관으로 발길을 돌린 엄마가 한없이 원망스럽다. 유수한 출판사의 독후감경시대회에서 '특선'을 거머쥔 뒤끝, 전학생이었던 계집애는 별안간 시골 초등학교의 샛별로 떠올랐다. 하지만 엄마의 행복이 그 아이에게는 불행이었다. 수상작 '정글북을 읽고'는 순전히 엄마의 손끝으로 직조한 독후감이었기 때문이다.

스탠드의 새하얀 불빛 위로 어린 시절의 초상이 선명히 떠오른다. 그 후 엄마는 한 번 더 재주를 부려 내 이름을 수상자 명단에 올려놨다. 당연히 문예반에서 나를 탐냈지만 나는 핑계를 앞세워 요리조리 피해 다녔다. 글재주가 들통날까봐 두려웠기 때문이다. 나는 각종 글짓기 대회에 학교 대표로 뽑혔다. 그때마다 눈앞이 깜깜해졌다. 일을 이 지경으로 만들어놓고 엄마는 짐짓 모른 체했다. 하기야 언제까지 엄마가 대신 써줄 수도 없는 노릇이었다. 거짓이

드러나면 어쩌지 하는 초조한 마음을 그러안고 나는 읽기와 쓰기에 매달렸다. 그해 연말 나는 혼자 힘으로 원고지를 메워 전국어린이글짓기대회에서 '입선'이라는 열매를 따냈다. 비로소 나 스스로에게 떳떳해지는 순간이었다.

"귀농할까봐."
"무슨 쓸데없는 소릴 하고 있어."

가까운 벗들은 나의 속뜻을 하나같이 농담 아니면 투정으로 받아들였다. 작년 이맘때 나는 실제로 귀농을 진지하게 고려해봤다. 감히 농사에 손대려는 건 아니고, 대청이 넓은 시골집을 수수하게 꾸며서 동네아이들에게 양질의 지식을 제공하는 생활도 나름대로 의미 있겠구나 싶었다. 어린 시절, 엄마가 맺어준 글과의 인연은 의외로 질겼다. 초등학교를 졸업하면 달갑잖은 작문 행위와도 영영 이별일 줄 알았는데, 시간이 흐를수록 마지못해 행했던 글쓰기의 여운이 점점 짙어졌다. 급기야 소설을 내 인생의 동반자로 삼아야겠다는 욕심까지 품고 말았다. 서른두 살 때 내게도 등단이라는 육중한 문이 열렸으나 그와 동시에 긴 공백기가 시작되었다.

 내 첫 장편은 막연히 귀농을 떠올리며 꼬박 반년 동안 공들인 작품이다. 쓰고 지우기를 반복하며 빈틈없이 채운 백 장 분량의 스프링노트를 펼쳐 보면, 중간에 몇 번이나 손을 놓고 싶었던 나 자신과의 싸움이 생각나 가슴이 뜨거워진다. 그토록 바라던 꿈을 막상 이루고 보니 너무나 과분한 선물을 받은 것 같아 마음이 마냥 불편하다. 이 어설픈 소설을 어떻게 세상에 내놓나 하는 부끄럼도 섞여든다. 기축년 새해, 내게 낭보가 날아들었지만 이게 끝이 아니라는 사실을 잘 알고 있다. 가파른 산을 오르다 약수 한 사발 마실 수 있는 여유가 생긴 것뿐이다. 땀을 식히고 나면 비밀이 탄로날까봐 읽기와 쓰기에 열중했던 어린 시절의 마음으로 돌아가 묵묵히 글밭을 일굴 참이다.

 눈앞을 스쳐가는 얼굴들이 많다. 내가 굴러 떨어지지 않도록 탄탄한 받침대 역할을 해준 엄마와 어둑한 길을 밝혀준 심사위원님들, 정다운 눈길로 무언의 격려를 해주신 모교 교수님들, 단단한 의리로 나를 다독거려준 벗들, 꼼꼼히 매만져 한 권의 책으로 만들어주신 분들께 고마운 마음을 전한다. 끝으로 삶과 문학 앞에서 한껏 겸허해지라던 당신의 채찍이 없었더라면 내 소설의 꽃대는 진작 꺾였을 것이다.

2009년 3월 김설원

추천사

《이별, 다섯 번》은 섬세하면서도 감각적인 여성 특유의 작품이다. 이 소설은 유정수(혹은 최정수)라는 이름을 가진, 서른 살이 다 되어가는 치위생사 직업을 가진 한 도시 여자가, 여러 건의 인생의 이별을 통해 어떻게 스스로를 정립하고 받아들이는가 하는 과정이 차분하게 전개되고 있다.

이 소설 주인공의 내면 혹은 현실에서 이별은 다층적으로 구성되어 있다. 첫 번째의 이별은 생부(生父)의 죽음으로 인한 것이다. "정수 아빠가 운명했다. 나 혼자서 정수를 키울 수 있을까. 절름발이 인생."이라고 적힌 엄마의 일기장을 몰래 훔쳐보고 난 뒤의 아버지의 죽음에 대한 인지(認知)는 그녀에게 상실감보다는 엄마와 계부에 대한 반발로 이어지게 한다.

두 번째의 이별은 엄마의 죽음이다. 소설 진행 시점에서 약 사백 일쯤 과거에 엄마는 자궁암으로 죽었다. 하지만 주인공은 엄마의 죽음에 대해 표면적으로는 심리적 동요를 일으키기는커녕 인태라는 남자와의 애욕 행각에 더 큰 비중을 둔다.

세 번째의 이별은 계부가 갑자기 집을 팔게 됨으로 인해서 벌어지는 인위적인 것인데, 이 경우에도 주인공은 이별을 담담하게 받아들이고 있다. 네 번째의 이별은 애욕의 상대였던 인태와의 이별이다. 그녀는 자신의 육체만을 탐하면서 도무지 결혼이라는 형식으로 그들의 사랑을 합일하지 않으려고 하는 인태를 용납할 수 없었고, 그것은 인태에 대한 매몰찬 거부로 나타난다. 이 소설에 나타나는 마지막 이별은 그녀의 집을 사서 주인이 된 황 여사가 갑자기 자살하는 바람에 발생한 이별이다.

 이 다섯 번째의 이별이 이 소설의 근간을 이루는 것이며, 이 이별에 대한 주인공의 태도가 이 소설의 주제의식과 맞물려 있다. 생부의 죽음은 정수와 아버지와의 이별이기도 하면서 엄마와 아버지의 이별이다. 하지만 엄마는 슬픔에 잠겨 있기는커녕 재빨리 말을 갈아탄다. 엄마는 보다 현실적으로 그들 모녀의 미래의 삶에 대한 보험으로 재빨리 계부를 택했던 것이다. 바로 그것이 정수가 엄마가 사망할 때까지 엄마에게 반발하는 결정적 이유가 된다. 순수성 혹은 순수한 사랑에 대한 옹호는 정수의 친구인 '치와와'와 인태에 대한 혐오로 이어진다. 삼류 뮤지컬 배우인 치와와는 그녀의 세속적 출세를 위해 남자를 선택한다. 그녀는 백그라운드와 '돈' 때문에 결혼과 임신에 혈안이 되고, 자신의 '몸'을 무기로 목적을 달성한다. 치와와가 그렇다면 엄마의 계부에 대한 선택도 무엇이 다르겠는가.

인태 역시 속물이기는 마찬가지다. 그가 노리는 것은 섹스밖에 없다. 공중 화장실에서 벌이는 그들의 엽기적인 섹스 행각도 육체적 자극을 위한 하나의 퍼포먼스일 뿐이다. 아버지에게서 유산을 상속받고 친구에게까지 돈놀이를 하고 있는 지극히 현실적인 인태가 정수에게 청혼을 하지 않는다는 것은 결국 정수를 몸을 나누는 상대로밖에 생각하지 않는다는 증거다.

하지만 황 여사의 죽음을 계기로, 생부의 고향을 다녀온 이후로 정수는 엄마의 속물근성에 대한 혐오를 뒤집는다. 결국 엄마의 속물근성이 정수로 인한 것이었음을 자각하는 것이다. 자신은 엄마의 자궁 밖에 있었던 또 하나의 혹이었음을 인식하게 된 것이다.

박인태라는 남자 자체가 아니라 그의 발랄한 알몸에 집착하는 나 자신이 혐오스러웠지만 그런 감정의 뒤끝은 오래가지 않았다. 따지고 보면 나는, 남편이 정신적인 둥지였을 황 여사나 어리숭한 백수건달을 두툼한 돈주머니로 여긴 엄마보다 더 남자한테 기대면서도 도도하게 군 모순덩어리였다. 이래서 젊음은 다디단가 하면 쓰디쓴 과일이다.(300쪽)

  이 지점에 이르면 드디어 정수는 엄마와 화해하게 된다. 이별이라는 쓰라린 상처를 통해 드디어 모성과 화해하게 되는 것이다. 누군들 그렇지 않겠는가. 이별은 갑자기 인간을 성숙하게 하고, 그 황망한 이별의 폐허에서 인간은 새로운 만남의 씨앗을 뿌리는 것이다.
  《이별, 다섯 번》은 낭만적이면서도 조금은 쓸쓸한, 그러면서도 잔잔한 여운이 남는 사랑과 이별과 화해의 드라마다.

– 하응백(문학평론가)

이별, 다섯 번

1판 1쇄 인쇄 2009년 4월 6일
1판 1쇄 발행 2009년 4월 15일

지은이 | 김설원

발행인 | 김재호
편집인 | 이재호
출판팀장 | 김현미

편집장 | 윤성근
기획·편집 | 홍현경
아트디렉터 | 윤상석
디자인 | 박은경
마케팅 | 이정훈·유인석·정택구
교정 | 우정희
인쇄 | 삼영인쇄사

펴낸곳 | 동아일보사
등록 | 1968.11.9(1-75)
주소 | 서울시 서대문구 충정로3가 139번지(120-715)
마케팅 | 02-361-1031~3 팩스 02-361-1041
편집 | 02-361-1254 팩스 02-361-0979
홈페이지 | http://books.donga.com

저작권 ⓒ 2009 김설원
이 책은 저작권법에 의해 보호받는 저작물입니다.
저자와 동아일보사의 서면 허락 없이 내용의 일부를 인용하거나 발췌하는 것을 금합니다.

ISBN 978-89-7090-697-3 03810
값 9,800원